勸導

PERSUASION

作者簡介

珍．奧斯汀（一七七五年～一八一七年）出生在英國漢普郡斯蒂文頓鎮的一個鄉村牧師家庭，一家人過著和睦而殷實的生活。喬治．奧斯汀夫婦一共生育了八個小孩，珍排行第六。她從來沒有進過正規的學校，只是九歲時，曾經被送往姊姊的學校陪讀。姊姊卡珊多拉和她一樣終生未嫁，是她一生中最好的朋友。珍的啟蒙教育大多來自於父親。在父母的指導下，她充分利用家裡那擁有五百卷藏書的書房，閱讀了大量古典文學作品和當代流行小說，漸漸和文學結下了不解之緣。她酷愛讀書，十一、二歲時就已經開始寫作，總是把家人當作她的第一個讀者，在家裡誦讀她的作品。

成年後的珍．奧斯汀多次隨全家搬遷到各地。一八一七年，珍的健康出現問題，為了方便求醫，最後一次舉家搬遷到曼徹斯特。然而，兩個多月後她就去世了，死後安葬在溫徹斯特大教堂，年僅四十二歲。

珍．奧斯汀創作的小說，幾乎都經過長時間的反覆修改。一八一一年出版的第一部小說《理性與感性》，與一八一三年出版的第二部作品《傲慢與偏見》，加上她去世後一八一八年出版的《諾桑覺寺》，都寫於一七九〇年代，通常被視為她早期的作品。而一八一四年出版的《曼斯菲爾莊園》，一八一六年出版的《艾瑪》，和一八一八年出版的《勸導》，均寫於十九世紀，算是她後期的作品。

珍．奧斯汀被稱為「第一個現實地描繪日常平凡生活中平凡人物的小說家」。她的作品反映了當時英國中產階級生活的悲喜劇，顯示了家庭文學豐富的內涵。她多次探索年輕的女主角從戀愛到結婚過程中自我發現的過程。相較於那個年代其他小說家的作品，她的文章更加注重分析人物性格，以及女主角和社會之間的緊張關係，從而更接近於現代的生活。正是這種現代性，加上她機智而風趣的寫作風格，豐富的內心情感，巧妙的故事結構，讓她的小說能長期吸引讀者。

十九世紀初流行的誇張、戲劇性的浪漫小說，已經被人們所厭倦，珍．奧斯汀樸素的現實主義，就像吹來一陣清新的輕風，受到讀者的歡迎。她嚴肅地分析了當時社會的性質和文化的品質，記錄了舊社會向現代社會的過渡，全面展現了那個時代人們的生活背景。現代評論家也讚嘆珍．奧斯汀小說高超的組織結構，以及她能在平凡而狹窄有限的情節裡，揭示出生活中喜怒哀樂的精湛技巧。

作品導讀

大家公認珍．奧斯汀最著名的小說是《傲慢與偏見》，但是她的其他幾部作品也都各具特色，值得推崇。《勸導》雖然是奧斯汀在四十歲之後完成的最後一部作品，但卻被認為是最具思想和情感深度的愛情故事。

《勸導》描寫了一個曲折多磨的愛情故事。貴族小姐安妮．艾略特和年輕的軍官溫特沃斯曾經傾心相愛，訂下了婚約。可是她的父親沃爾特爵士和教母拉賽爾夫人，卻嫌溫特沃斯出身卑賤，沒有財產，一致反對這門婚事。安妮出於對婚姻的謹慎和對家庭成員的尊重，接受了教母的勸導，忍痛和心上人解除了婚約。

八年之後，在戰爭中升了官、發了財的溫特沃斯上校退役回到家鄉，和姊姊、姊夫一起成為沃爾特爵士的房客。兩人再次相遇，又經歷了從漠然到相識再到相愛的過程。溫特沃斯雖然一開始對安妮還有怨恨，但是隨著了解的加深和時光的流逝，他們歷盡曲折，最終仍不忘舊情，排除干擾，結成良緣。

《勸導》情節完整，故事生動，內涵深刻，在細小中突顯出生活的真諦。譯者認為，本書在兩方面獲得了巨大的成功：一是對人物的刻畫，二是無形中對貴族制度的批判。

首先，本書側重從正反兩面對比刻畫人物。透過把安妮·艾略特塑造成一個聰明、美麗、睿智、識大體、受眾人喜歡的好女孩，來揭示出她姊妹的愚昧自私、克萊夫人的狡猾可恥；透過把一群新近發達的海軍軍官刻畫成可愛、善良、幹練、多情的小伙子，對比出老牌貴族沃爾特爵士和繼承人艾略特先生的愚蠢、揮霍無度、可恨、勢利、小心眼和不擇手段。

其次，它批判了英國世襲的貴族制度，把沃爾特爵士描寫成一個「愚昧無知、揮霍無度的準男爵」，在妻子去世之後，持家無方，最終家道中落，陷入財產危機，不得不招募房客，自己搬遷，暗示出貴族階層的無能和昏庸。並且，還深刻地剖析了傳統的家庭婚姻階級觀念：過分看重社會地位，而不珍惜真正的愛情。

8
Persuasion

從藝術手法來看，《勸導》並不追求情節的離奇、特殊，而是以更加現實的寫法，嚴謹的結構及細膩的筆法來完成創作。小說中有很多細節描寫，看似平淡無奇，但細細體會，卻讓人覺得回味無窮、清新雋永。

上卷

1

薩默塞特郡凱林奇莊園的沃爾特．艾略特爵士為了在空閒時自娛自樂，手裡沒有其他的書，只有他最喜歡的《準爵錄》。一拿起這本書，他就能在閒暇時光中找到消遣，在煩惱中得到寬慰。讀著這本書，想到最早加封爵位的人如今所剩無幾，他心裡不由得激起一股豔羨、崇敬之情。家裡的事情讓他感覺不舒服，但是一想到上個世紀加封的爵位多得數不勝數，這種不愉快的感覺就自然而然地轉化成了憐憫和鄙夷。而這本書裡，如果其他頁面上沒有什麼吸引他的，他可以帶著經久不衰的興趣，閱讀他自己的家史。在他最喜歡的那一卷裡，這一頁總是翻開的：

凱林奇莊園的艾略特爵士：

沃爾特．艾略特出生於一七六〇年三月一日，一七八四年七月十五日和格洛斯特郡南方莊園的詹姆斯・斯蒂文森的女兒伊莉莎白結婚，其妻於一八〇〇年去世。在生時，於一七八五年六月一日生下女兒伊莉莎白；一七八七年八月九日生下女兒安妮；之後於一七八九年十一月五日生下一個男嬰，夭折；最後於一七九一年十一月二十日生下了女兒瑪麗。

這本書上剛開始只有這樣一段文字。但是沃爾特爵士為了給自己和家人提供更多的資料，就增加了很多文字內容，在瑪麗的出生後面加上這樣一句話：「於一八一〇年十二月十六日嫁給薩默塞特郡厄波克勞斯的查理斯・默斯格羅夫先生之子兼繼承人查理斯為妻。」然後又補充了他是哪個月、哪一天失去妻子的準確時間。

然後就是以平常的字眼，記錄了他那貴族世家發跡的歷史：最開始是怎樣在柴郡定居的；達格戴爾的書裡曾經怎樣提到過，之後成為柴郡的州長，接著連續當選三屆國會議員，盡忠效力，加封爵位，以及在查理二世登基後的那一年，先後和瑪麗小姐和伊莉莎白小姐結婚。寫滿了那漂亮的十二開本的兩邊之後，他還在結尾的地方加上了族徽和題字：「主府邸：薩默塞特郡凱林奇莊園。」而沃爾特爵士的筆跡又出現在最後的那一段裡：

假定繼承人：第二位沃爾特爵士的曾孫威廉・沃爾特・艾略特先生。

愛慕虛榮是沃爾特・艾略特爵士從頭到尾的特徵。不管是就個人還是地位來看，他都覺得自己有虛榮的條件。他年輕時就很英俊，如今已經五十四歲了，仍然是個很好看的男人。女人很少有像他那樣注重儀表的，就連新加封的伯爵的貼身男僕，也不會像他那樣滿意自己的社會地位。他認為，從美貌上得到的愉悅，僅次於從爵位得到的幸福，而《準爵錄》裡那位兩者兼備的沃爾特・艾略特爵士，一直是他最熱烈崇拜和熱愛的對象。

他好看的外表和優越的地位，是他擁有一位美麗女性的附加條件。就因為這樣，他才娶到一位人品比他要好很多的妻子。

艾略特夫人是很優秀的女性，明白事理又和藹可親。她公正的處事態度和言行舉止，讓我們不需要任何理由，就原諒她因為年輕一時衝動而成為艾略特夫人。十七年來，當她的丈夫有什麼過失時，她都是用調侃、溫和，甚至隱藏的態度來對待，讓她的丈夫成為真正受人尊敬的人。雖然她自己不能說是這個世界上最幸福的人，但是她在履行職責、結交朋友和照顧孩子的過程中，找到了足夠的樂趣，所以當上帝要召喚她離開他們時，她不可能不感到戀戀不捨。她有三個女兒，大的那兩個，一個十六歲，一個十四歲，她把她們託給愚蠢又自以為是的父親管教，真是個令人可怕的包袱。不過，她有個非常親密的朋友，那是一個很明白事理、值得尊敬的朋友。她因為和艾略特夫人感情深厚，於是搬到凱林奇莊園來住，守在她身邊。她的仁慈和忠告，讓艾略特夫人得到很大的幫助，全賴這位朋友的好心指點，艾略特夫人才能夠堅持正確的原則，對女兒們進行教導。

不管認識他們的人是如何期待，這位朋友和沃爾特爵士並沒有結婚。艾略特夫人去世後這十三年來，他們是相近的鄰居和最親密的朋友，而且一個仍然是鰥夫，另外一個一直是寡婦。

這位拉賽爾夫人，已經到了很穩重的年齡，再加上生活又過得非常好，所以從來沒有想過要再結一次婚。這一點用不著向大家解釋什麼原因，因為一個女人再次結婚給公眾帶來的不滿意，要比不結婚多得多。可是，沃爾特爵士的繼續單身就必須要解釋一下了。這位沃爾特爵士，就像那些好父親一樣（在經過一、兩次很不理智的求婚被私下拒絕之後），他就驕傲地對外宣稱，他要為了三個可愛的女兒保持單身。為了他最大的那個女兒，他還真的會犧牲某些東西，只不過現在還沒有太大的必要那樣做。伊莉莎白在十六歲時，成功地從母親那裡繼承了所能繼承的一切權力和地位，而且她又像父親那樣長得很好看，這一點對他的影響一直是很大的，他們父女倆相處得也非常融洽。而他的另外兩個女兒可就完全沒有那麼高的價值了。瑪麗成為查理斯．默斯格羅夫夫人，還保留了一點虛假的身價；可是安妮，憑著她高雅的頭腦和甜美的性格，如果遇到一個真正理解她的人，一定會給她一個很高的位置。可惜這個人既不是她父親，也不是她姊姊。她的話從來都顯得很沒有分量，她的個人得失總是被拋在一邊——她只是安妮。

說真的，對於拉賽爾夫人來說，安妮是最親密、最可愛的一個養女、甜心和朋友。拉賽爾夫人愛他們所有人，可是只有在安妮身上，她才能看到她母親的影子。

幾年前，安妮．艾略特曾經是個很漂亮的女孩，可惜她的花季凋謝得太早，而即使在她最青春年華、最漂亮時，她的父親也不曾讚賞過她（因為她精巧的五官和溫柔黝黑的眼睛，完全沒有來自他的遺傳）。而現在，她又老又瘦，當然更不能引起他的重視。他本來就不抱希望要在他那最心愛的書裡的某一頁讀到她的名字，現在就更沒有了。要想成就一樁門當戶對的婚事，剩下的希望就寄託在伊莉莎白身上了。因為瑪麗只不過是把自己嫁給一個有錢、體面的鄉下家庭，只是把榮譽給了別人，自己什麼也得不到。而伊莉莎白一定可以在某一天很體面地嫁出去。

有時候會出現這樣的情況，那就是一個女人在她二十九歲時，會比她十年前還要漂亮。而且，一般來說，如果一個人身體健康又沒有煩惱的話，在生命中的這個階段，幾乎是不會失去什麼魅力的。伊莉莎白正是這樣，十三年前她已經是漂亮的艾略特小姐，現在仍然是這樣，所以，沃爾特爵士忘了她的年齡是可以原諒的。或至少他是在假裝糊塗，看著其他人都漸漸失去美麗的容顏，而他自己和伊莉莎白卻永保青春。因為他可以明顯地看到，家裡的其他人和外面的朋友都在慢慢地變老。安妮容顏憔悴，瑪麗皮膚粗糙，而鄰居的每一張臉都變得愈來愈老，就連拉賽爾夫人鬢角周圍的皺紋也在迅速增多，這早就引起了他的擔憂。

就個人而言，伊莉莎白並不完全能夠讓她父親滿意。十三年來，她就像凱林奇莊園的女主人一樣，主持、掌管著家事，沉著冷靜，堅決果斷，這絕不會讓人覺得她比實際年齡年輕。這十三年來，她在家裡樹立威信，制訂了家規，帶頭乘坐四匹馬拉的馬車，緊跟著拉賽爾夫人出入鄉下人家的客廳、餐廳。在那十三個嚴冬裡，在這個小地方所能舉辦的令人讚賞的舞會上，她總是帶頭跳第一支舞；而在那十三個百花盛開的春天裡，她每年都要跟著父親去倫敦過上幾個星期，享受一下那大世界的樂趣。她還能夠回憶起所有這些事情，她意識到自己已經二十九歲了，因此覺得有些遺憾和擔憂。她對自己仍然像過去那樣漂亮感到非常滿意，但是她也感覺到自己已經愈來愈接近危險年齡，如果可以在之後的一、兩年裡嫁個準男爵，她就非常高興了。到了那個時候，她就可以像她年輕時那樣，興致勃勃地拿起那本書，而現在，她可不喜歡它。書裡總是明確地記載著她的出生日期，而且除了她最小的妹妹以外，也看不到任何一樁婚事，這讓那本書顯得很討厭。不只一次地，當父親把那本書翻開著放在她旁邊的桌上，她就把書闔起來，把眼睛移開，然後把書推到一邊去。

此外，還有另外一件讓她失望的事情，那就是那本書裡，特別是家史的部分，隨時都在提醒她不能忘記那位假定繼承人——威廉·沃爾特·艾略特先生，而且父親似乎總在維護他的繼承權，這讓她非常失望。

當她還是個小姑娘時，當她知道如果她沒有兄弟，這位艾略特就是將來的準男爵時，她就下定決心要嫁給他，而她的父親也有同樣的想法。當艾略特還是個小男孩時，他並不認識他們。但是在艾略特夫人去世後不久，沃爾特爵士就找到了這個人，雖然他的主動表示沒有得到熱烈的回應，但是考慮到年輕人謙虛而謹慎的處事態度，他還是堅持要認識他。於是，就在伊莉莎白剛進入青春妙齡時，趁著某一回到倫敦去春遊，便主動認識了艾略特先生。

那時候他還只是個很年輕的小伙子，正忙著學習法律。伊莉莎白發現他讓人感到非常舒服，於是訂定了種種討他喜愛的計畫。他受邀到凱林奇莊園去做客。在那一年剩下的時間裡，大家都在談論他，期待他下一次到來。可是他卻再也沒有來過。第二年春天，他們又在城裡見到他，發現他還是那樣和藹可親，就再一次鼓勵他，邀請他，等待他，可是他還是沒有來。而接下來就傳來他已經結婚的消息。他沒有選擇成為艾略特家族的繼承人來獲得他的財富，而是自作主張地娶了一位出身卑微但家財豐厚的女人。

沃爾特爵士對此憤憤不平。作為這個家的家長，他覺得這件事艾略特先生應該要和他商量才對，特別是在他牽著這個年輕人的手出席公眾場合之後。「大家一定看到我們在一起了，」他說，「一次是在塔特索爾拍賣行（註：塔特索爾拍賣行是倫敦有名的馬匹拍賣行），另外兩次是在下議院休息廳。」他一方面表示反對這樁婚事，但是又顯得一副不在意的樣子。艾略特先生並沒有打算做什麼解釋，顯然是不想再受到爵士一家人的關注，不過沃爾特爵士卻認為他不配受到關注，於是他們之間的交情就這樣完全中斷了。

和艾略特先生那段尷尬的故事已經過去幾年了，伊莉莎白還是覺得很生氣，她本來就喜歡這個人，再加上他又是她父親的繼承人，於是就更加喜歡他了。而且她憑著一股強烈的家庭自豪感，認為只有他才配得上沃爾特・艾略特爵士的大小姐。那票準男爵當中，從頭數到尾，還沒有一個人可以像他那樣讓她心甘情願地承認和她相配呢！

但是他的行為那樣卑劣，那段時間（一八一四年夏天）在伊莉莎白眼裡，雖然他還在為他的妻子戴著黑紗，但是她必須承認，他已經不值得讓人再去想他了。也許他的第一次婚姻是很丟臉的，但是人們沒有理由認為恥辱會永遠持續。如果他不是做了更糟糕的事情，這種恥辱早就可以結束了。可是他做了。有些好管閒事但好心的朋友們告訴爵士父女說，艾略特曾經出言不遜地議論過他們全家人，並且用非常蔑視、非常鄙夷的口吻，詆毀他所隸屬的家族和將來歸他所有的爵位。這是不可原諒的。

這就是伊莉莎白・艾略特的思想和情感。她現在的生活就是這樣既單調又高雅，既生動又變化莫測，既熱鬧又無趣，既高雅而又千篇一律。她長時間生活在鄉村這個小圈子裡，生活平平淡淡，除了到外面從事公益活動和在家裡施展持家的才幹技能之外，還有很多空閒時間，所以她想為生活增加一些樂趣，來打發這些時間。

可是現在，除了這些之外，又有另外一件事情占據她的時間，增加她的煩惱。她父親愈來愈為錢而苦惱。她知道，現在父親拿起《準爵錄》這本書，是為了忘掉那些帳單，忘掉他的代理人謝波德先生給他的那些不受歡迎的忠告。

凱林奇莊園是個不錯的財產，但是在沃爾特爵士看來，還是和它的所有人的身分不太相稱。在艾略特夫人還活著時，這個家被管理得有條有理，需求有度，節省開銷，這讓沃爾特爵士還能夠收支平衡。可是，她的去世帶走了所有這些理智，從那個時候開始就入不敷出了。他是不可能減少花銷的，他只是妄自尊大地做了沃爾特．艾略特爵士所需要做的事情。但是，儘管他是無可責難的，他的債務還是變得愈來愈可怕了。而且，因為經常有人說起，因此就算他想瞞著女兒，哪怕只是隱瞞一部分，也是徒然的。在去年春天他們進城時，他就給了伊莉莎白一些暗示。不過他只是把話題扯得很遠地說：「我們能不能節約一點？妳有沒有考慮過我們可以從哪個方面節約一點？」而伊莉莎白，憑著她公正的態度，像所有女人那樣表達了最初的驚訝之後，開始認真地思考應該怎麼辦。最後，她提出可以節省開支的兩個建議：一是取消一些不必要的施捨，二是不要再重複地為客廳添置新家具。而在這兩個權宜之計之後，她又想出一個更好的辦法，他們要打破過去的管理，不再按照過去的習慣每年送禮給安妮。這些辦法雖然很好，卻不能補救已經嚴重虧損的財政赤字。

在那之後不久，沃爾特爵士又不得不親自向女兒坦白事態的嚴重性。伊莉莎白已經找不出更有效的辦法了。她覺得自己就像父親那樣受到了侮辱而且還很不幸。他們兩個人誰也想不出任何辦法，既可以節約開支，又可以不損及他們的尊嚴或無需放棄現在的舒適生活，因為那是他們所不能忍受的。

沃爾特爵士的不動產當中，他只能處理掉很小的一部分，但是就算他能把每一寸土地都賣掉，那也沒有任何不同。他寧可對外屈尊抵押他的財產，卻從來沒有想過要屈尊變賣了它們。不，他絕對不會那樣辱沒自己的姓氏！凱林奇莊園是如何完整地傳承給他的，他也要如何把它傳承下去。

他們有兩位親密的朋友：一位是住在附近集鎮上的謝波德先生，還有一位就是經常給予他們建議的拉賽爾夫人。不管是父親還是女兒，似乎都在期盼著他們當中的某一位，可以幫助他們擺脫這個困境，減少開支，而且不至於讓他們體面的名聲受損。

2

謝波德先生是個謹慎而有禮貌的律師，不管他對沃爾特爵士抱持什麼樣的看法，或有什麼不愉快的事情，他都寧願讓其他人去說，推說自己沒有任何主意，並請求大家聽從拉賽爾夫人的精闢建議。他希望讓沃爾特爵士採納的那些具體措施，都是由以聰明著稱的拉賽爾夫人來完成。

拉賽爾夫人在這個問題上表現得非常熱心而焦慮，她非常認真地考慮。身為一個女人，與其說她辨事能力很強，不如說她更願意提出建議。在目前這個棘手的問題上，她遇到了兩個完全對立的原則，所以很難做出任何決定。她本人是個嚴謹而正直的人，而且也很體面，可是她也像其他通情達理又正直的人一樣，努力顧及沃爾特爵士的感受，熱切希望維護這個家庭的榮譽，從貴族的角度設身處地地為他們的應得利益著想。她是一個善良、有愛心的好女人，感情強烈、行為端正、禮儀規範，言談舉止被視為教養有素的楷模。她有一顆諄諄教導之心，一般來說，理智而堅定。不過她有一個偏見，那就是更偏向於貴族，偏向於尊崇高官厚位，是以對達官貴人的缺點就有點視而不見。她自己只不過是一個騎士的遺孀，因此對準男爵是非常尊崇的。而沃爾特爵士，不但是她的老朋友、時常來往的鄰居、親切的房東、她最親密的朋友的丈夫、安妮和她的姊妹們的父親，而且在她心目中的沃爾特爵士，在他現在陷入的這種困境裡，是值得大家深切地同情和體諒的。

他們必須縮減開支，這一點不容置疑。可是她非常希望能夠把事情做得更好，盡可能減少他和伊莉莎白的痛苦。她制訂了裁減計畫，做了很精確的計算，而且做了一件其他人意想不到的事情：她去找安妮商量，而在其他人看來，安妮好像和這件事情完全沒有關係。她去商量了，而且在制訂最後遞交給沃爾特爵士的那份節約計畫的過程中，多多少少受到了安妮的影響。每一項修改，安妮都是懷著一顆公正的心，絕不講究排場。她希望能夠採取更強硬的措施，更完善的改革，才能更快從債務中解脫出來。她強調其他任何事都不重要，除了公正和合理。

「如果我們可以說服妳的父親全部照著做，」拉賽爾夫人在看完了她的措施之後說，「那問題就一定可以解決。而如果他願意採取這些辦法，七年之內，他就可以還清債務了。我希望我們可以讓他和伊莉莎白相信，凱林奇莊園本身是體面的，不會因為這些縮減計畫而影響到它的體面。而沃爾特．艾略特爵士也真的很受人尊敬，在明智的人心目中，這種真正的尊嚴是絕不會因為他按照原則辦事而受到損害的。他將要做的事情，事實上，不就是很多貴族家庭做過，或應該做的事嗎？他的這種情況沒有什麼特別的，這種特殊的想法常常讓我們感到很難受，也讓我們在行動中受阻。我有很大的希望可以說服他們。我們必須嚴肅而堅決。因為無論如何，欠債的人最終還是要拿錢來還的。雖然我們要充分照顧一個像妳父親那樣的家長和紳士的感受，但是更要顧及一個誠實的人的人格。」

這就是安妮希望她的父親遵守的，也是他的朋友們敦促他照辦的原則。她認為，採取全面的節儉措施，用最快的速度還清所有債務，這是義不容辭的責任，是不需要去顧及尊嚴之類的事的。她希望把這一點也視為一項規定，像一個義務那樣去履行。她高估了拉賽爾夫人的影響力，而她自己憑著良心提出的嚴於律己，她相信，說服大家來一場徹底的革命，並不會比一場不太徹底的革命要困難多少。她了解她的父親和伊莉莎白，就拉賽爾夫人提出的那份過於溫和的節儉清單來看，她覺得減掉一對馬並不一定比減掉兩對馬痛苦多少。

安妮那些更加嚴格的措施會產生什麼樣的影響，已經不重要了。拉賽爾夫人完全沒有成功：這是不能接受，不能忍受的。「什麼！去掉生活中所有舒適的條件！旅行、倫敦、僕人、馬、用餐——縮減和限制所有這一切！要像一個無名紳士那樣不體面地生活！不，我寧願很快地離開凱林奇莊園，也不願意按照這樣可恥的限制，繼續待在這裡。」

「離開凱林奇莊園！」謝波德先生立刻接過話柄，他一心就想要沃爾特爵士真正節省開支，但是他又十分清楚：如果不讓他換個住處，那就一事無成。「既然這個建議由一個可以發號施令的人提了出來，那麼我就不該再猶豫了，」他接著說，「我承認我完全同意這個做法。在我看來，沃爾特爵士既要在莊園裡保持名門世家、殷勤好客的聲譽，就不可能從根本上改變現在的生活作風。另外換一個住處，沃爾特爵士就能自己作主，隨心所欲地選擇自己的生活方式，安排自己的家務，並且受到人們的敬仰。」

沃爾特爵士願意離開凱林奇莊園了。在經過一段時間的懷疑和優柔寡斷之後，他的去向這個大問題得到了解決，這一項重大改革的初步方案也就制訂好了。

他們有三個選擇，倫敦、巴思（註：巴思是英格蘭西部著名的溫泉療養勝地）或鄉下的另外一所房子。安妮最希望的是選擇後者。那是一所離他們家不遠的小房子，那裡還是在拉賽爾夫人的社交範圍之內，可以繼續住在瑪麗附近，可以繼續不時地欣賞凱林奇的草地和樹林，這也是安妮最大的願望。但是這也許就是安妮的命運吧，有些事情總是和她的願望背道而馳。

她不喜歡巴思，而且認為自己並不會高興住在巴思，可是巴思卻成了她的家。

沃爾特爵士首先想到的地方是倫敦，可是謝波德先生認為把他放在倫敦是不讓人放心的，於是就巧妙地勸阻了這個想法，而把巴思作為首選。對於像他這樣一個處於困境中的紳士來說，那是一個非常安全的地方：在那裡，很重要的一點就是，他可以不用開銷太大。巴思和倫敦相比有兩個非常大的優勢，而這兩個優勢起了非常大的作用：一是它和凱林奇的距離剛好適中，只有五十英里，很方便；二是拉賽爾夫人每年冬天可以到那裡去住，這一點讓拉賽爾夫人非常滿意，她最開始在做這項改革計畫時，首先選擇的就是巴思。沃爾特爵士和伊莉莎白在經過了勸導之後，認為住在巴思既不會失去他們的身分，也不會沒有樂趣。

拉賽爾夫人雖然知道她心愛的安妮的心願，但是又不得不加以反對。要讓沃爾特爵士降低身分，住在他家附近的一個小房子裡實在有些過分，安妮自己也覺得這比她之前的想像要更加有失體面，而在沃爾特爵士看來，那肯定是讓人厭惡的。而對於安妮不喜歡巴思這一點，拉賽爾夫人認為那只不過是偏見和誤解所引起的：首先，是因為在她母親去世之後，她曾經在那裡的一所學校念了三年的書；第二，是因為她曾經在那裡和拉賽爾夫人一起度過一個冬天，而那個時候她的情緒是很不好的。

總而言之，拉賽爾夫人喜歡巴思，是以就偏心地認為那個地方會適合所有的人。而為了她年輕朋友們的健康，只要他們在最熱的那幾個月回到凱林奇和她住在一起，所有的危險就都排除了。事實上，改變一下環境，對身心都是有好處的。安妮很少離開家，其他人也很少看到她。她的情緒不振，大量的社交可以改善這一點。她希望能夠有更多的人認識安妮。

幸好他們的搬遷計畫從一開始就包括了一項內容，而且是很重要的一項內容，對於沃爾特爵士來說，這讓他更不喜歡在這附近找房子住。那項內容就是，他不但要離開自己的家，而且要看著它落到別人的手裡——這即使對毅力比沃爾特爵士更強的人，也是個難以承受的考驗。凱林奇莊園要出租。不過這一點必須嚴格保密，不能洩露給周圍的人知道。

沃爾特爵士很不願意、也很受不了讓人知道他的房子要出租。謝波德先生曾經有一次提到

「登廣告」，就再也不敢提了。沃爾特爵士堅決反對用任何方式提出出租，絲毫不允許向外人透露他有這種打算。除非有非常合適的申請人主動向他提出請求，他才會按照自己的條件，作為一種恩惠而出租凱林奇莊園。

我們要是喜歡什麼東西，找理由是相當快的。拉賽爾夫人這麼高興沃爾特爵士一家能搬出鄉村，還有一個很重要的原因。伊莉莎白最近認識了一個很親密的朋友，她非常希望破壞她們。那是謝波德先生的女兒，她因為一樁不幸的婚姻失敗而被送了回來，回到她父親的家裡，而且還帶著兩個孩子。她是一個非常聰明的女人，懂得如何取悅別人——至少懂得如何在凱林奇莊園裡取悅眾人。她讓自己獲得了艾略特小姐的喜愛，而且到那裡待了不只一次，儘管拉賽爾夫人對此表示反對，認為這段友誼是不合適的，甚至曾經暗示和勸阻過。

事實上，拉賽爾夫人對伊莉莎白幾乎沒有什麼影響力。她看起來是喜歡她的，不過那更多是因為她覺得她應該喜歡她，而不是伊莉莎白本身討人喜歡。這位夫人從伊莉莎白那裡得到的，僅僅是表面上的客氣，只不過是稍微表示一下禮貌而已。她從來沒有成功地說服伊莉莎白改變以往的偏見，接受她的觀點。沃爾特爵士父女每次去倫敦都把安妮一個人留在家裡，拉賽爾夫人很明白這種安排自私不公，有失體面，曾經幾次三番地力爭讓安妮跟著一起去，並且多次試圖拿自己的見解和經驗開導伊莉莎白，但是都白費心機，伊莉莎白就是要按照自己的意願來做。而且她在選擇克萊夫人做朋友時，她和拉賽爾夫人作對的想法比以往任何一次都堅決。她拒絕了一個如此可愛的妹妹，卻對一個本來只配以冷淡的禮貌對待的女人表達了無限的情誼和信心。

從地位上，在拉賽爾夫人看來，克萊夫人和伊莉莎白是很不相稱的，而從她的性格上來說，拉賽爾夫人也認為這是一個非常危險的朋友。所以，搬離這個地方，離開克萊夫人，幫艾略特小姐選擇一些更有地位的朋友，就是她最重要的目標。

3

「我必須要說，沃爾特爵士，」一天早晨，謝波德先生來到凱林奇莊園，他放下手中的報紙說，「目前的形勢對我們來說是非常有利的。現在這樣的和平時期（註：和平時期是指歐洲聯軍對拿破崙戰爭（一七九三至一八一五年）已經宣告結束），有錢的海軍軍官就要回到岸上了，他們都想有個家。不可能再有比現在更好的時機了，沃爾特爵士，你可以任意選擇你的房客，選擇非常可靠的房客。在戰爭期間，很多人都發了大財。如果我們遇到一個富有的海軍上將，沃爾特爵士……」

「那他一定是個非常幸運的人，謝波德。」沃爾特爵士回答說，「我只能這樣說了。凱林奇莊園就要成為他的戰利品了，而且是最好的戰利品啊！這可比他過去獲得的多多了，不是嗎？謝波德。」

謝波德笑了起來，他知道他必須這樣做，然後他又補充說：「沃爾特爵士，我敢說，如果說做生意，海軍那些紳士們是很好來往的。我對於他們做生意的方法略有所知。我可以坦白地說，他們都是非常慷慨的，絕對是非常讓人滿意的租客，絕不比我們遇到的其他任何人差。所以，沃爾特爵士，請允許我提一個建議，那就是，如果你從這件事的重要性出發，打算把這件事傳出去，因為我們都知道現在這個世界上，某一地的人有什麼行動和打算，很難保證不引起其他地方人們的注意和好奇。地位顯赫有它的負面影響。我，約翰·謝波德，可以隨我的意願把家裡的事情都隱藏起來，因為其他人認為我沒有什麼值得關注的。可是你，沃爾特·艾略特爵士，其他人的眼睛總是注意著你，讓你很難躲避。那麼所以，我必須冒險說一下，雖然我們都很小心，但如果有一些話傳到了外面去，我並不會感到很吃驚。我剛才想說的是，如果出現了這樣的情況，毫無疑問地會有人提出申請，我想的是，能不能給我們那些富有的海軍軍官們一些特別的優待。我還要補充的是，不管在什麼時候，當你遇到麻煩需要我幫助時，我一定會在兩個小時之內趕到你身邊的。」

沃爾特爵士只是點了點頭。可是在那之後不久，他就站了起來，一邊在房間裡來回地走著，一邊諷刺地說：「如果有任何海軍軍官住到這個屋子裡來，我想，應該沒有人不會大吃一驚吧！」

「毫無疑問地，他們可以看一看他們的周圍，然後慶幸自己的好運氣。」克萊夫人說。因為當時克萊夫人也在場，她是跟著父親一起來的，坐馬車到凱林奇來做客對她的身體是很有幫助的。「不過，我非常同意我父親的想法，那些水手是可以成為非常讓人滿意的房客的。我對於這個職業非常了解。他們不只很慷慨，並且總是很整潔、謹慎。你這些價值不菲的畫，沃爾特爵士，如果你選擇把它們留在這裡，完全可以不必擔心安全問題。這個屋子裡的每一件東西都會被保存得很好。花園和灌木林都會像它們現在這樣被收拾得整齊有序。艾略特小姐，妳不需要擔心，花園裡那些可愛的花是不會被忽視的。」

「說到這個嘛……」沃爾特爵士冷冷地繼續說：「如果我接受了你們的建議，把房子出租，我可完全沒有打算要加上什麼附加條件。我完全沒有打算要特別優待哪個房客。當然，公園可以為他們開放，不管是那些海軍軍官，還是其他什麼人，誰會有這麼大的一個公園呢？可是，如何限制使用遊樂場那就是另外一回事了。我可不喜歡有人可以隨意接近我的灌木林。而且我也要建議艾略特小姐好好當心她的花園。我坦白對你們說吧，我一點兒也不想給凱林奇莊園的房客任何優待，不管他是海軍還是陸軍。」

在一陣短暫的停頓之後，謝波德先生假設說：「這類的事情都是有一些慣例的，這樣就可以讓房東和租客之間所有的事情都變得清楚明白。沃爾特爵士，你的利益掌握在非常可靠的人手裡。你就放心吧！我不會讓你的房客超越他應得的利益。冒昧地說一句，沃爾特・艾略特爵士對他自己利益的保護，還不如約翰・謝波德的一半好。」

這時，安妮說話了：「我認為，那些海軍，為我們做了那麼多事，他們至少可以像其他人一樣享受平等的權利，在自己家裡享受所有舒適的條件和優厚的特權。我們必須承認，海軍們那麼辛苦地工作，應該享受到舒適的條件。」

「非常正確！非常正確！安妮小姐說的真是太正確了！」謝波德先生附和道。

「哦，當然！」他的女兒也這樣說。

可是，沃爾特爵士過了一會兒之後，卻又說：「海軍這個職業的確非常有用，可是如果我看到有哪個朋友成了海軍，我會感到很遺憾。」

「真的嗎？」其他人帶著驚訝的語氣問。

「是的。它有兩個方面讓我很討厭，所以我也就有兩點很重要的原因拒絕他們。首先，它給出身微賤的人帶來過高的榮譽，讓他們得到父輩和祖輩們所從來沒有夢想過的榮譽。而其次嘛，它非常可怕地毀滅了一個年輕人的青春和活力，因為海軍比其他任何人都老得快。我一生都在觀察這一點。一個加入海軍的人，比加入其他任何行業的人，都更容易受到他父親不屑一顧的傭人兒子的凌辱，更容易讓自己過早地受人嫌棄。去年春天，我在城裡遇到了兩個人。他們可以強有力地證明我剛才所說的話。我們都知道，聖艾夫斯勳爵的父親是個鄉下的副牧師，窮得連麵包都吃不上，可我卻必須讓路給聖艾夫斯勳爵和一位鮑德溫將軍。那位將軍的長相，難看得超出你的想像，他的臉是紅褐色的，粗糙而且高低不平到了極點。滿臉的皺紋，腦袋的一側有九根灰白色的頭髮，有一個光亮亮的大禿頭。『看在上帝的分上，告訴我那個老傢伙是誰？』我對站在我旁邊的一位朋友（巴茲爾．莫利爵士）說。『老傢伙！』巴茲爾爵士叫道，『那是鮑德溫海軍上將！你覺得他有多大年紀？』『六十吧，』我說，『或六十一、二的樣子。』『四十。』巴茲爾爵士回答說：『只有四十。』你們可以想像一下，我當時有多吃驚。我絕對不會輕易地忘記鮑德溫海軍上將，我從來沒有見過航海生涯可以把一個人糟蹋成那個樣子。可是我的所知有限，我只知道他們全都是那樣的，他們經歷了各種惡劣天氣和風浪的打擊，直到再也受不了了為止。他們乾脆一下子被劈死潦倒好，何必要挨到鮑德溫上將那個年紀呢！」

「不，沃爾特爵士，」克萊夫人叫道，「你說的話真的太尖刻了，對這些可憐的人多一點憐憫吧！我們並不都是一生下來就都很漂亮的，當然，大海也並不是美容師。海軍們的確都過早地變老了，我也注意到了這一點，他們很快就看起來不再年輕了。不過，既然那樣的話，很多職業，也許是絕大多數職業，不都存在著這樣的現象嗎？在積極服役的陸軍們，情況也不比他們好多少。即使是那些安穩的職業，不是很辛苦地勞動腦力，就是很辛苦地勞動體力，這就很難使人的容貌不受時光的自然影響。律師們邁著沉重的腳步辛勤工作，疲憊不堪。外科醫生每時每刻都在待命，風雨無阻地到處行走。甚至是牧師……」她停了一下，想著牧師應該怎麼說：「甚至是牧師，你們知道，牧師不得不走進那些有傳染病的屋子，讓自己的健康和容貌受到那些有毒氣體的毒害。事實上，就像我長久以來所相信的那樣，每個行業都有它存在的必要性和榮譽感。但還是有一些幸運的人，他們住在鄉下，不用從事任何職業，過著有規律的生活，自己安排時間，自己從事一些活動，靠自己的財產過日子，用不著苦心經營。我看只有這種人才能最大限度地享受到健康和美貌的洪福。據我所知，其他的人都是一過了青春時期就會失去他們漂亮的容顏了。」

謝波德先生如此急切地想要引起沃爾特爵士對海軍軍官做房客的好感，彷彿他是有先見之明的。因為第一個要租這個房子的就是海軍上將克洛夫特。謝波德先生不久前出席湯頓（註：湯頓是薩默塞特郡郡府）市議會舉行的季會，偶然認識了他。而事實上，他早就從倫敦的一個通訊記者那裡得到關於這個將軍的一些情況。他急急忙忙地來到凱林奇報告說，克洛夫特將軍是薩默塞特人，現在發了一筆大財，想要在他自己的家鄉定居。他這次來到湯頓，本來是想在這附近看看廣告中提到的幾處房子，不過，這些房子都不合他的心意。一個偶然的機會，他聽說（就像謝波德先生所說，就像他預言的那樣，沃爾特爵士的事情是藏不住的），他意外地聽說凱林奇莊園可能要出租，而且也知道他（謝波德先生）和房東的關係，就主動認識了他，希望能夠打聽到更詳細的情況。於是在經過了一段愉快的長談之後，他雖然只是聽到口頭描述，簡單地感受了一下，卻已經非常喜歡這個屋子。於是他在介紹自己時，千方百計地向謝波德先生證明：自己是個最可靠、最合格的房客。

「這個克洛夫特將軍是誰啊？」沃爾特爵士心存疑惑，冷冷地問。

謝波德先生回答說他出生於紳士家庭，而且還說出了地點。

安妮在停頓一會兒之後說：「他是白色中隊的海軍上將。參加過特拉法加戰役，在那之後一直待在東印度群島。我想，他駐守在那裡已經好多年了。」

「那麼，我就必須要認為，」沃爾特爵士說，「他的臉色應該和我那些僕人們的袖口和披肩一樣是橘黃色的了。」

謝波德先生趕緊向他保證，克洛夫特將軍是一個強壯、健康、看起來不錯的男人，雖然飽經風霜，但卻不是很嚴重，行為舉止有著紳士風度，而且他不會在條款上製造任何小麻煩。他只是需要有一個舒適的家，而且希望能夠盡快地入住。他知道他必須為了舒適而付出一點代價，現在他知道住這麼一座設備齊全的大宅要付多少房租，即使沃爾特爵士要求更高的價格，他也不會感到很奇怪。他詢問過莊園的情況，希望得到在獵場上打獵的權利，當然，他並沒有很強烈地要求這一點。他說他有時會拿出槍來，但是從來不殺生。真是個有教養的人。

謝波德先生在這個話題上雄辯著。他把海軍上將的家庭情況都說了出來，讓他看起來是一個最理想的房客。他是個結了婚的男人，但是沒有小孩，這是最令人樂見的情況了。謝波德先生說，一個家裡要是沒有女主人，是絕對不會被照料好的，但他不知道，一個沒有女主人的家，和擁有很多孩子的家庭，哪個更能讓家具破壞得徹底些。一個沒有孩子的女主人，是世上對家具最好的保護者。他同樣也見過克洛夫特夫人了。她和海軍上將一起來到湯頓，而他們在談這個事情時，她一直在場。

「她看起來是個非常好說話，很有修養，而又很精明的女人。」他繼續說：「對於房子、出租條件和賦稅，她提的問題比海軍上將自己提的還多，就像她自己更善於做生意一樣。而且，沃爾特爵士，我發現她並不像她丈夫那樣，在本地是沒有熟人的。也就是說，她是曾經住在我們這裡的一位紳士的姊姊。是她自己告訴我的，她是幾年前還住在蒙克福德的一位紳士的親姊姊。上帝啊！他叫什麼名字呢？我一時突然想不起他的名字了，雖然我最近才聽過。親愛的潘娜洛普，妳能不能幫我想想以前住在蒙克福德的那位紳士，也就是克洛夫特夫人的弟弟叫什麼名字？」

可是克萊夫人正在和艾略特小姐熱切地交談著，並沒有聽到這個請求。

「謝波德，我不知道你指的是誰。我只知道，蒙克福德自從老管理人特倫特老先生去世以來，就沒有哪一位紳士在那裡居住過了。」

「上帝啊，真是太奇怪了！我看，要不了多久，我會連自己的名字都忘記了。那個名字我是非常熟悉的，而且我和那位紳士很熟悉，我見他不只一百次了。我記得他有一次來請教我，說是有一位鄰居非法侵犯了他的財產。一位農場主的傭人闖進他的果園，扒倒圍牆，偷盜蘋果，被當場抓住。後來，和我的看法完全相反的是，他居然和那個人達成了和解。真是太奇怪了。」

在等了一會兒之後，安妮說：「我想，你說的是溫特沃斯先生吧？」

謝波德先生大為感激。

「就是溫特沃斯這個名字！就是溫特沃斯先生這個人。他以前是蒙克福德的副牧師，你知道的，沃爾特爵士，他在那裡幹了兩、三年。我想他應該是一八〇五年到那裡去的，我想你還記得他吧！」

「溫特沃斯？哦，啊，溫特沃斯先生！蒙克福德的副牧師！你用紳士這個詞可把我弄糊塗了。我還以為你說的是某位有資產的人呢。我記得這位溫特沃斯先生可什麼也不是，完全無親無故，和斯特拉福德家族毫無關係。不知道為什麼，我們許多貴族的名字怎麼變得這樣平凡！」

而謝波德先生發覺，克洛夫特夫婦有了這位親戚並不能增加沃爾特爵士對他們的好感，只好不再提他，於是把話鋒一轉，帶著他全部的熱情，說起了他們那些無可爭議的有利條件。他們的年齡、他們的家庭人數、他們的財產，他們對凱林奇莊園有多麼高的評價，多麼熱切地希望能夠租到這個屋子。看來他們把成為沃爾特·艾略特爵士的房客，當作是件很榮耀的事情。當然，如果他們能夠提前知道沃爾特爵士對房客的權利所抱的看法，這種渴望就太不正常了。

這筆交易還是成功了。雖然沃爾特爵士總是用惡狠狠的目光注視著打算住進凱林奇莊園的任何人，認為他們能用最高的價錢把它租下來真是太幸運了；但經過勸說之後，他還是同意讓謝波德先生繼續洽談，委任他接待克洛夫特將軍。將軍目前還住在湯頓，要訂個日期讓他來看房子。

沃爾特爵士並不是個精明的人，不過他還是憑著自己在這個世界上的閱歷可以感覺到：不太可能有比克洛夫特將軍更無可非議的房客來向他提出「申請」了。他的理解只能這麼深，而他的虛榮心還給他帶來了一點額外的安慰，那就是他覺得克洛夫特將軍的社會地位是剛好夠高的，而且不會過高。

「我就把我的房子租給克洛夫特將軍。」這話聽起來非常好，比租給某某先生（這個某某先生也許全國還不到六個），然後還要加以解釋要好得多。海軍上將這個頭銜本身就說明了他地位的顯赫，同時又不會讓一位準男爵看起來渺小。在他們所有的來往和交易中，沃爾特·艾略特爵士總是會感覺自己更高一等。

凡事都必須和伊莉莎白商量才能完成。可是現在她心裡最強烈的想法就是搬家，而現在可以這麼快就找到一個合適的房客，她當然感到很高興，沒有任何的反對意見。

謝波德先生被授以全權處理這件事。安妮本來還在聽著整個事情的發展，但是看到事情有了結果，就離開了房間，到外面去透透氣，緩解一下自己通紅的臉。她獨自走在自己喜歡的那個小樹林裡，溫和地嘆著氣，說：「也許再過幾個月，他就要在這裡散步了。」

這個人以前不是蒙克福德的副牧師，雖然看起來有些可疑，可是他是副牧師的弟弟弗雷德里克·溫特沃斯海軍中校。他因當年參加了聖多明哥附近的海戰，而晉升為海軍中校，再加上一時之間沒有任務，就在一八〇六年夏天來到了薩默塞特郡。他的父母親都已去世了，於是只好在蒙克福德住了半年。在那個時候，他是個非常引人注目的漂亮年輕人，有著聰明的頭腦、高尚的品德，又光彩照人。而安妮也是非常漂亮的女孩，性格溫和、為人謙遜、舉止高雅、感情豐富。只要具備這些優點的一半，或具備了任何一點，就已經足夠了。因為他無事可做，而她心裡也沒有愛著任何人，所以這樣的兩個人相識了之後，是不可能不成功的。他們逐漸地熟悉了起來，而當熟悉了之後，又迅速、深深地墜入了愛河。很難說是誰覺得對方更加完美，或是誰感覺到更加幸福。她是一個接受了他的女孩，而他，是個愛情被接受了的男人。

接下來是一段非常美妙的幸福時光，可是太短暫了。麻煩很快就來了。沃爾特爵士在小伙子提出請求時，既不表示同意，但也不表示這是永遠不可能的，他只是帶著震驚和冷漠不語的方式表示否定，而且公開宣稱，他絕對不會為了他的女兒做任何事情。他認為這是一樁很不體面的婚姻。而拉賽爾夫人，她雖然隨和一些，也不像爵士那樣驕傲，可是她仍然認為這樁婚事是很不合適的。

安妮．艾略特，出身高貴、美麗大方、聰明伶俐，而且才剛剛十九歲。才十九歲就把自己嫁給這樣一個男人，一個除了他自己之外，一無所有的男人；而且他也沒有什麼希望可以發財致富，一切的希望都寄託在很不穩定的職業上，而即使從事這項職業，也沒有親朋好友可以確保他步步高升，說真的，一想到安妮要把自己託付給這樣一個人，拉賽爾夫人就覺得很心痛。而安妮．艾略特，她是那樣的年輕，認識的人又很少，現在就要把自己交給一個無親無故、沒有財產的陌生人，或甚至可以說，是跟著他墮落到被焦慮和困擾扼殺青春的地步！一定不能那樣！她對安妮幾乎懷有母親般的愛，享有母親般的權利，她如果採取正當的方式，以朋友身分出面干預，向她陳述利害關係，事情還是可以挽救的。

溫特沃斯上校沒有財產。他在海軍裡非常幸運，可是錢來得太容易，他也就沒有把錢看得多重要，所以開銷也就很大。可是他有自信將來會富有的。他充滿生氣和熱情，知道自己不久就會當上艦長，不久就會達到要什麼有什麼的地位。他總是那麼幸運，而且相信將來也會這樣。他自信滿滿，再加上為人機智風趣，就足以讓安妮著迷的了。可是，這一切在拉賽爾夫人看來卻大不一樣。溫特沃斯的樂天性格和大無畏精神在她看來完全不是那麼一回事。在她看來，這只不過是加深了罪孽而已，這只不過是增加了他個性上的危險成分。他才華橫溢而又剛愎自用。拉賽爾夫人不太喜歡聽人開玩笑，並且非常討厭所有輕率的行為。她從各個方面都表示不贊成這個婚事。

帶著這樣的情感來加以反對，這是安妮所不能抗拒的。她年輕又溫和，雖然得不到她姊姊一句好話的安慰和溫柔的眼神，但她還是有可能抵擋得住父親厭惡的態度，可是對拉賽爾夫人，一個她一直以來深深愛著並信賴的人，她一直這麼堅定不移、滿懷深情地勸導她，怎麼可能不起作用呢！她被說服了，相信這件婚事是個錯誤——這是輕率、不合禮儀、很難成功的，因此應該放棄。但是，讓她謹慎地解除了婚約的原因，並不僅僅是出於自私的考慮。如果是為自己著想，而不是為溫特沃斯著想的話，她根本不可能放棄他的。她相信她如此小心謹慎、如此勇於犧牲是為了他好，這也是在他們最終痛苦地分開之後，能夠安慰她的主要想法。每一點安慰都是必須的，因為還有一點痛苦的想法讓安妮難受，那就是他完全不領情，態度也十分堅決，他覺得自己受到不公平的對待，被人拋棄了。最後，他離開了鄉下。

他們從開始到最後只來往了幾個月。可是安妮在整個事情中所受到的傷害卻沒有在幾個月的時間裡就消退。她的癡情和遺憾一直持續了很長的時間，那股陰霾一直籠罩著心頭，讓她失去了所有年輕人的歡樂。結果，她過早地失去了青春的美麗和情趣。

這段短暫而悲傷的歷史已經過去七年，時間可以平撫一切，她對溫特沃斯的特殊感情已經大大減弱了，也許可以說，幾乎完全消失了。然而，她太過單一地依賴時間的作用。她沒有採取其他的輔助手段，比如換個地方（她只在他們關係破裂後不久去過一趟巴思），或在社交界多認識一些新朋友。在她的心目中，凡是來過凱林奇一帶的人，沒有一個比得上弗雷德里克・溫特沃斯的。在她這個年紀，要完全治好傷痛，最自然、最恰當、最有效的辦法就是另外再找一個對象。可是她心高氣傲、挑三揀四，要想在她生活的這個小圈子裡找到合適的人，可能性是很小的。在她二十二歲時，曾經有個年輕人向她求婚，而那個小伙子在被她拒絕後沒多久，就娶了她那位願意結婚的妹妹。拉賽爾夫人對她的拒絕感到很可惜。因為查理斯・默斯格羅夫是個長子，他父親的地產和地位在本郡僅次於沃爾特爵士，而且查理斯本人有一副好脾氣，長得也不錯。雖然當安妮還十九歲時，拉賽爾夫人對她的要求可能更高一些，可是等她到了二十二歲，她又很想看見她體面地搬出凱林奇莊園，擺脫她父親的偏見和不公，在她附近找到一個終身的歸宿。可是在這件事上，安妮完全不聽勸告。雖然拉賽爾夫人對自己的謹慎態度一如既往地感到很滿意，從來不希望挽回過去的局面，但是她現在開始擔心了，而且這種擔心有一點近乎於絕望。她認為安妮感情豐富，善於持家，特別適合過小家庭生活，可現在她恐怕再也不會被哪位很有能力、獨立自主的男子所打動，而和他結成美滿姻緣了。

她們並不了解彼此的想法，不知道對方的觀點改變了沒有，因為這個問題從來沒有被談起過。現在，安妮已經二十七歲了，她心裡的想法和十九歲時已經完全不一樣了，她不會責備拉賽爾夫人，也不因為自己聽從了她的勸告而怪罪自己。可是如果有哪個與她處境相同的年輕人向她求教，她絕不會幫人家出那樣的主意，以至於眼前的痛苦是確切無疑的，而未來卻又那麼的不確定。她相信，她的家人，儘管他們對溫特沃斯的職業感到不安，儘管這可能引起憂慮、推延和失望，但是在眾人反對的不利情況下保持婚約，還是會比解除婚約要更幸福一些。而且，她更相信，即使他們感到正常的、甚至超過正常的焦慮不安，她也會感到更幸福一些。而他們的實際情況並非如此，他們發財走運的時間比人們合理推測的要早。溫特沃斯所有的樂觀期待和滿懷信心，被證明是有道理的。他的天賦和熱情似乎為他帶來了先見之明，讓他能夠順利地通向發達之路。就在他們解除婚約之後不久，他就得到了任命。他之前告訴她的那些預言全都出現了。他表現傑出，很快又晉升了一級。而且由於接連繳獲戰利品，他現在一定攢下了一筆可觀的巨大財富。安妮只是在海軍名冊和報紙上看到消息，但是她毫不懷疑他現在已經發財了。而且，她相信他是忠貞不渝的，沒有理由認為他已經結婚了。

安妮．艾略特的說服力是多麼的驚人啊！至少，她對年輕時候熱烈愛情的渴望，和對未來滿懷幸福的信心，她是有充分說服力的，而過去的過分謹慎似乎是一種侮辱和對上帝意願的褻瀆！在她年輕時，她不得不採取小心謹慎的態度，而隨著年齡的增長，她學著更富有浪漫色彩了：這是一個不自然的開始引發的自然結果。

在所有這樣的環境、回憶和感覺之下，她一聽說溫特沃斯海軍上校的姊姊很可能就要住進凱林奇莊園，心裡不可能不勾起過去的痛苦。她需要多散散步，需要多嘆口氣，來驅散她內心激動的情緒。

她常常告訴自己那是愚蠢的，後來才鼓足勇氣，覺得大家接連討論克洛夫特夫婦和他們之間的交易並沒有什麼不好。不過稍可安慰的是，她的朋友中只有三個人知道過去這個祕密，而這三個人看起來又顯得漠不關心，就好像完全不記得這件事情了。她可以公正地說，拉賽爾夫人這樣做的動機要比她父親和伊莉莎白更加光明磊落，她非常敬佩她那種冷靜的態度。不過，在他們之間那種自然的氣氛，不管起因是什麼，對她都是非常重要的。如果克洛夫特將軍真的要搬到凱林奇莊園來，她可以一如既往高高興興地相信：她的親戚朋友中只有三個人了解她的過去，而這三個人應該是絕對不會走漏一點風聲的。而在溫特沃斯的親戚朋友當中，只有和他住在一起的哥哥知道他們之間曾經有過一次短暫的訂婚。這個哥哥早就已經離開了鄉下，由於他是個通情達理的人，而且當時又是個單身漢，安妮可以心安理得地相信，不會有人從他那裡聽說到這件事的。

至於那個姊姊——克洛夫特夫人，她那個時候並不在英格蘭，而是跟著她的丈夫出海到了國外。安妮自己的妹妹瑪麗，當那件事發生時，她還在學校裡，其他人有的出於自尊，有的出於體貼，一點也沒告訴她。

因此之故，她覺得即使拉賽爾夫人仍然住在凱林奇莊園，瑪麗就在三英里之外，她也必須認識一下克洛夫特夫婦，不需要感到有什麼特別尷尬的地方。

5

在與克洛夫特海軍上將及夫人約好到凱林奇莊園看房子的那天早上，安妮照平時的習慣一樣散著步，而這一天，她走到拉賽爾夫人家裡，直到客人們的約會結束。不過，後來她卻又為錯過這次會晤客人的機會而感到遺憾。

那次雙方會見的結果非常讓人滿意，當場就完成了交易。兩位夫人小姐事先就滿心期望能達成協定，所以都以很禮貌的方式對待對方。至於兩位男主人，將軍是那樣和藹可親，那樣真誠大方，不可能不影響到沃爾特爵士。另外，謝波德先生還告訴他，將軍聽說沃爾特爵士堪稱卓有教養的楷模，更讓他受寵若驚，言談舉止變得非常得體，非常優雅。

屋子、花園和家具都被一一檢點過了，克洛夫特夫婦也得到了認可，時間、條件、一切人、一切事，全都沒有問題了。謝波德先生的書記員奉命著手開始工作，整個契約的初稿中，沒有一處需要修改。

沃爾特爵士沒有半點猶豫，宣布克洛夫特將軍是他見過長得最好看的海軍，竟然還說：如果他自己的貼身男僕當初幫將軍把頭髮修理一下，他陪他走到哪裡也不會感到羞愧。而將軍呢，當他坐著車穿過莊園回去時，他用熱情而誠懇的語氣對妻子說：「親愛的，我想我們很快就可以做成這筆交易了，不管在湯頓時，別人對我們說了些什麼。準男爵絕不是一個什麼事都做得出來的人，不過我看他也不會對別人有什麼傷害。」禮尚往來，似乎就是這樣平等地互相恭維吧！

克洛夫特夫婦訂於米迦勒節（註：米迦勒節是九月二十九日，英國四大結帳日之一，租約多於此日履行）當天住進凱林奇莊園。而沃爾特爵士建議一家人在那之前一個月搬到巴思去，所以沒有多少時間可以浪費了，大家都在積極地做著準備。

拉賽爾夫人很清楚安妮在她父親和姊姊選擇住處時是不會提出任何意見的，所以她不願意這麼匆忙地讓她離開，而是想暫時讓她留下來，等耶誕節過後再親自把她送到巴思。可是，由於她還有一些個人的事情需要處理，要離開凱林奇莊園幾個星期，因此又不能隨她所願地提出邀請。

至於安妮，她雖然非常害怕巴思九月炎熱的天氣，那裡舉目望去，全是一片耀眼的白光，不願意拋棄鄉下那清涼而宜人的秋天氣候，但是從整體上考量，她還是不想留下來。最恰當、最明智的辦法還是和大家一起走，這樣做給她帶來的痛苦會最小。

不過，這時發生了另一件事，她得擔起另一項任務。瑪麗經常感覺有些不舒服，而且她總是把身上的小毛病看得很嚴重，經常有點事就來叫安妮，現在她的身體又不舒服了。而且她還預感到自己的身體整個秋天都不會好，於是請求安妮過去，或說得更準確一點，是要求安妮過去——這很難說是請求，因為要她不去巴思，卻到厄波克勞斯去陪她，而且要她待多久就得待多久。

「我不能沒有安妮！」這就是瑪麗的理由。而伊莉莎白的回答是：「那麼我確定安妮還是留在這裡好，反正巴思那邊沒有人需要她。」

被需要是件好事，儘管是以一種不適當的方式，至少比讓人當作無用之材而遺棄的好。安妮很樂意被人認為還有點用處，很樂意能夠有人交給她一點事情做，當然她也很高興地點就在鄉下，而且是她自己可愛的家鄉。於是，她很乾脆地答應留下來了。

而瑪麗的這個邀請也為拉賽爾夫人排除了所有困難，所以事情很快就決定了，安妮先不去巴思，直到拉賽爾夫人帶著她一起去；而在此期間，安妮就輪流住在厄波克勞斯別墅和凱林奇小屋裡。

到目前為止，所有一切都做得很好，可是凱林奇莊園的計畫中有個錯誤的決定，拉賽爾夫人發現時差點嚇壞了。這個問題就是，克萊夫人要以伊莉莎白最重要和最有價值的助手身分，隨沃爾特爵士和伊莉莎白一起到巴思去，幫助她處理目前的所有事情。拉賽爾夫人覺得非常遺憾，他們居然會這麼做，這讓她感到非常驚訝、悲傷和恐懼。克萊夫人如此被重用，而安妮卻一點也不受器重，這是對安妮的公然蔑視，怎能不叫人氣惱非常呢！

而安妮自己則對這樣的蔑視表現得無動於衷。可是她很快就像拉賽爾夫人一樣敏銳地感覺到，這樣的安排有些輕率。在經過大量的觀察之後，又憑著她對父親性格的了解，雖然她經常希望自己能夠了解得少一些，她可以感覺到，父親和克萊夫人的密切關係，極可能為他的家庭帶來非常嚴重的後果。她並不認為現在父親的腦子裡已經出現了這樣的想法。克萊夫人一臉雀斑，長著一顆大齙牙，有隻手腕不太靈活，所以她父親總是不斷地在她不在場時評論她。可是她年輕，當然看起來也不錯，再加上頭腦機伶，言行舉止一味討人喜歡，就讓她更加富有魅力。這樣的魅力比起單純長相上的魅力讓人更覺得危險。安妮深深感到他們處境的危殆，所以，她也義不容辭地要讓姊姊對此有所察覺。她不太可能成功，但至少伊莉莎白——萬一真的發生這件倒楣事，她可比安妮要可憐得多——也就沒有理由指責她事先不曾警告過她。安妮是這麼想的。

她說了，卻只是觸怒了對方。伊莉莎白無法想像她怎麼會產生這麼荒謬的想法，她保證他們雙方都是無可指責的，她非常清楚他們現在的情況。

「克萊夫人，」她激動地說，「她從來沒有忘記她是誰，我比妳更了解她的感情傾向。我可以向妳擔保，在婚姻這個問題上，他們的看法是非常正確的，克萊夫人比大多數人都更強烈地指責社會地位不平等的婚姻。至於說我們的父親，這麼長時間以來，他為了我們一直保持著單身，我真的不認為我們現在應該去懷疑他。如果克萊夫人是個非常漂亮的女人，我會同意妳的說法，認為她不應該總是和我在一起。我敢說，如果父親一旦受到誘惑，娶了位有辱門庭的女人，那他就要陷入不幸了。可是，可憐的克萊夫人，她雖然有很多優點，但絕不至於被認為漂亮，我真的認為可憐的克萊夫人待在這裡是非常安全的。人們可能會以為妳從來沒有聽過父親說起她相貌上的缺陷，不過我知道妳一定已經聽過五十次了。她的牙齒，還有那滿臉的雀斑。我並不像父親那樣討厭雀斑。我認識一個臉上長有少許雀斑並不影響其美觀的人，但他卻非常討厭它們。妳肯定也聽他提到過克萊夫人的雀斑吧！」

「不管一個人的長相上有什麼缺點，」安妮回答說，「如果一個人的行為舉止討人喜歡，她也就會漸漸被人所接受的。」

「我認為那是完全不一樣的！」伊莉莎白立刻回答，「可愛的舉止可以讓臉蛋看起來好看一些，但是絕不能改變外貌。無論如何，在這個問題上，我比任何人冒的風險都要大，我想，妳完全沒有必要來給我這樣的建議。」

安妮該做的事情已經做了。她很高興事情結束了，而且並不認為自己完全一無所獲。伊莉莎白雖然對她的猜疑感到忿忿不滿，但也許會因此而注意一點吧！

那四匹拉車馬的最後一項工作，就是送沃爾特爵士、艾略特小姐和克萊夫人去巴思。這群人興高采烈地出發了。沃爾特爵士做好了準備，要特意表現出謙遜的樣子向那些可能得到風聲而來迎送他們的寒酸佃戶和村民鞠躬致意。而與此同時，安妮正懷著一種荒涼平靜的心情，悄悄向凱林奇小屋走去，她要在那裡度過第一個星期。

她朋友的心情並不比她好。拉賽爾夫人看著這個家庭就這樣破裂了，心裡感到非常難受。她就像珍惜自己的體面一樣珍惜他們的體面，珍惜和他們已經形成習慣了的一天一次的來往。一看到那空無人煙的庭院，她就感到痛苦。而更糟糕的是，這個庭園即將落到陌生人手裡。為了逃避村子變遷後引起的寂寞感和憂鬱感，為了能在克洛夫特夫婦剛到達時躲得遠遠的，她決定等安妮要離開她時自己也離開家。於是她們就一起出發了，安妮在厄波克勞斯別墅下了車，也就是拉賽爾夫人行程當中的第一站。

厄波克勞斯是個不大不小的村子，幾年前還完全是一副老英格蘭的樣子，村裡只有兩座房子看起來比自耕農和僱工的房子好。那座鄉紳的大宅，高牆聳立，門庭宏大，古樹參天，既堅固緊湊，又古色古香，有條不紊的花園裡，坐落著整潔的牧師住宅，窗外是一棵修得整整齊齊的梨樹，葡萄樹的藤蔓爬滿了整個外牆。可是自從年輕的鄉紳結婚之後，就把這大宅從農舍改建成鄉間別墅，當作他的住所。於是，這幢有陽台、法式窗戶和其他漂亮裝飾的厄波克勞斯別墅，就和大約四分之一英里外更協調、更雄偉的葛瑞特大宅一樣，吸引行人的注目。

安妮以前就經常來這裡住。她對於到厄波克勞斯別墅的路，其熟悉程度就像凱林奇莊園的路一樣。這兩個家庭之間不斷有聚會，養成了隨時你來我往的習慣。現在看到瑪麗孤單單的一個人，安妮不禁大吃一驚。可是，在孤獨一人的情況下，她的不舒服和精神不好都是很有理由的了。雖然她比她姊姊富有，但是她卻完全沒有安妮那樣的見識和脾氣。當她身體健康、感到快樂、被照顧得很好時，她是有些幽默感，精神也很好。可是一旦有點小災小病，她就立刻垂頭喪氣起來。她沒有能力承受孤獨。她繼承了艾略特家族的妄自尊大，很喜歡在所有的煩惱之外，再加上自以為受到冷落、受到虐待的煩惱。而從容貌上來看，她也比兩個姊姊要差，甚至在她青春年少時，頂多也只能被稱為「好看的女孩」。她現在躺在漂亮的小客廳裡一張褪了色的沙發上，在經過四個酷暑和兩個孩子的折騰之後，屋子裡曾經十分精緻的家具逐漸變得破敗。瑪麗一看到安妮走進屋子，就向她表示歡迎。

「這麼說，妳終於還是來了。我以為永遠也看不到妳了呢。我已經病得幾乎不能說話了，今天早上，我一個人也沒有看到。」

「看到妳這麼不舒服，我真的非常難受。」安妮回答說，「妳星期四寄給我的信裡還說妳一切都好啊！」

「是啊，我盡量說得很好。我總是這樣做。可是我那個時候就已經很不舒服了。我的一生中，從來沒有像今天早上病得這麼厲害過，我肯定我是不適合一個人待著的。如果我突然病得不行了，連鈴都沒辦法拉，那可怎麼辦啊！哦，拉賽爾夫人居然連車門都不願意出。我想，今年夏天她到我這個家裡來的次數還不到三次。」

安妮說了些很客氣的寒暄話，然後就問起她的丈夫。「哦，查理斯外出打獵去了。我從七點鐘開始就沒有見到他了。雖然我告訴他我病得有多麼厲害，可是他還是要走。他說他不會在外面待很久。但是，現在都差不多要一點鐘了，還沒有回來。我向妳保證，整整一個上午我都沒有見過一個人。」

「妳沒有讓妳那些孩子們和妳在一起嗎？」

「是啊，我們一直待到我不能忍受他們的吵鬧聲為止。可是他們已經很難控制了，他們對我來說只有壞處沒有好處。小查理斯一句話也不聽我的，而沃爾特已經變得和他一樣壞了。」

「哦，現在妳很快就會好起來的，」安妮高高興興地回答說，「妳知道，我來了，總是能治好妳的病。妳那些葛瑞特大宅的鄰居怎麼樣？」

「我沒法告訴妳他們的情況。因為今天我除了看到默斯格羅夫先生之外，就一個人也沒有見到了。他也只是在窗邊停了下來和我說幾句話，根本就沒有下馬。雖然我告訴他們我病得有多厲害，可是他們當中沒有一個人願意接近我。我猜，兩位默斯格羅夫小姐又剛好沒有這個心思，她們是絕不會額外給自己添什麼麻煩的。」

「可是也許在早上結束之前妳會看到他們的，現在時間還早呢！」

「我向妳保證，我可從來不想看到他們呢！他們總是不斷地說啊笑啊，這對我來說實在不好受！哦，安妮，我非常不舒服！妳真是太不體諒人了，沒有星期四就來。」

「我親愛的瑪麗，請回想一下，在妳寄給我的信裡，妳說自己過得多麼舒服啊！妳的信寫得那麼輕鬆愉快，而且妳說妳非常好，根本就沒有催我來啊！既然情況是這樣，妳一定明白我很想和拉賽爾夫人一起待到最後。除了為她著想之外，我還確實很忙，有許多事情要做，所以很不方便，不能早點離開凱林奇。」

「親愛的，妳還有什麼事情可忙的嗎？」

「我向妳保證，有太多太多的事情了，多得我一時間都回想不起來，可是我可以告訴妳一些。我在幫父親的書籍、圖畫複製一份目錄。我陪麥肯齊去了幾趟花園，想要搞清楚並且也讓麥肯齊也搞清楚，伊莉莎白的哪些花是準備送給拉賽爾夫人的。我還要安排一些我自己的小事，把一些書和琴譜分門別類地清理出來，再加上我必須收拾自己的箱子，因為我沒有及時搞清楚馬車準備什麼時刻出發。瑪麗，我還有一件事情要做，這也是一件不厭其煩的事情，那就是幾乎跑遍了教區的每一個家庭，跟他們告別，我聽說他們希望我這麼做。可是，所有這些事情花費了我太多的時間。」

「哦，好了！」在一頓停頓之後，瑪麗說，「可是我們昨天在普爾家裡吃晚餐時，妳一個字也沒有說啊！」

「這麼說，昨天妳去了是吧？我沒有問妳，是因為我以為妳一定生病了沒有去。」

「哦，是的，我去了。我昨天還非常好，直到今天早上我還什麼事都沒有。如果我不去的話，那就太奇怪了。」

「我很高興知道妳當時的情況那麼好，我希望妳度過了一個愉快的晚宴。」

「沒什麼值得一提的。晚餐要吃什麼、有什麼人會出席都在意料之中，而我又沒有馬車，真是讓人非常不舒服。默斯格羅夫夫婦帶我去的，真是擠死人了！他們兩個人的個子都那麼大，占了太多的空間。而且默斯格羅夫先生總是坐在前面，這樣一來我就得跟亨麗埃塔和路易莎擠在後座上。我想，我今天的病多半就是這樣擠出來的。」

安妮繼續耐心地聽著，強露著笑容，幾乎把瑪麗的病給治好了。不久，她就可以在沙發上坐起來，並且開始希望吃晚餐的時間她可以離開沙發。然後，她又把這話拋到腦後，走到屋子對面，擺弄起花束。接著，她吃起了冷肉，以後又沒事兒一樣建議出去散散步。

「我們到什麼地方去呢？」當她們準備好了之後，她說，「我想妳不會願意在葛瑞特大宅裡的人來拜訪之前先去看他們吧？」

「在這個問題上我沒有任何反對意見。對於默斯格羅夫太太和兩位默斯格羅夫小姐那樣的熟人，我是不會在禮儀上斤斤計較的。」安妮回答。

「哦！可是他們應該盡早來拜訪妳，他們應該懂得接待我的姊姊啊！不管怎麼樣，我們還是去和他們坐一會兒，之後我們再去散步吧！」

通常安妮認為這樣的交往方式是非常輕率的，不過她又不想加以阻止，因為她覺得，雖然兩家話不投機，可是總免不了要來往的，所以，她們走到葛瑞特大宅，在他們那老式的方形客廳裡坐了足足有半個小時。客廳的地上鋪著一塊小地毯，地板閃閃發光，住在家裡的兩位小姐在客廳的各個方向都擺上了大鋼琴、豎琴、花架和小桌子，讓整個客廳漸漸顯得混亂起來。噢！真希望牆上那些肖像，那些穿著棕色天鵝絨的紳士和身穿藍色綢緞的淑女們，看看這是怎麼回事，竟然有人這樣不顧秩序與整潔！畫像本身似乎正驚訝地凝視著。

默斯格羅夫一家，也像他們的屋子一樣，正處於變化中，也許是為了變得更好吧。那位父親和母親保持著老式英格蘭的風格，而年輕人又是一副新氣象。默斯格羅夫夫婦是一對非常好的夫妻，他們友善好客，沒有受過太多的教育，也完全不高雅，而他們的孩子們卻有很多時髦的思想和行為。他們是人數眾多的大家庭，可是除了查理斯之外，只有兩個孩子長大成人，就是二十歲的亨麗埃塔和十九歲的路易莎這兩位年輕的小姐。她們在埃克塞特（註：埃克塞特是英格蘭西南部城市）念過書，學到了該學的東西，而現在，就像成千上萬的年輕小姐一樣，活著就是為了追求時尚，為了幸福和快樂。她們的衣著非常華麗，臉蛋也很漂亮，精神也非常好，行為舉止又很大方、討人喜歡。她們不但在家裡很受器重，在外面也很受人喜愛。安妮總認為她們是她所認識的人當中最幸福的兩個人。不過，就像我們大家都有一種愜意的優越感，以至於誰也不願和人對調，安妮也不想放棄自己那更優雅、更有教養的心靈，而去換取她們的所有樂趣。她只是羨慕她們表面上能相互諒解，相互疼愛，和和氣氣，相處得十分融洽，而她和自己的姊妹卻很少能有這樣的感情。

她們受到非常真誠的接待。葛瑞特大宅裡的一家人禮節很周到；至少，安妮心裡清楚，她們在這方面是無可指責的。這半個小時就在愉快的交談中很快地過去了。最後，經瑪麗特意邀請，兩位默斯格羅夫小姐也加入了散步的行列，對此，安妮絲毫不感到驚訝。

6

安妮無須透過這次對厄波克勞斯的拜訪就能體會到，從一群人來到另一群人之中，雖然只有三英里的距離，卻往往包含著談吐、見解和觀念上的全面改變。她過去每一次來到這裡，對此都深有感觸，真希望艾略特家裡的其他人能有她這樣的緣分，親眼看看在凱林奇莊園沸沸揚揚、眾所關注的事情，在這裡卻是如何無聲無息，乏人問津的。不過，透過所有這些經驗，她相信自己得到了另一個教訓，那就是，人只要走出自己的圈子，就要對自己的無足輕重有自知之明，這對她來說是很有必要的。當然，她人雖然來了，但整個心還是在想著凱林奇那兩家人這幾個星期以來都在思考的問題，所以也就期待能夠激起親戚朋友更多的好奇心和同情心。不過，默斯格羅夫夫婦卻先後說出如此雷同的話：「這麼說，安妮小姐，沃爾特爵士和妳姊姊已經離開了。妳認為他們會住在巴思的哪個地方呢？」而這個話，是不怎麼需要得到回答的。接著兩個年輕的女孩又補充說：「我希望我們冬天時能夠到巴思去，可是要記住，爸爸，如果我們去的話，必須要住在一個好地方，不要再去你的皇后廣場了。」

跟著，瑪麗著急地補充說：「照我說，當你們全都離開這裡去巴思找樂子時，我一個人一樣可以過得很好。」

安妮只能下定決心，將來不要這麼自欺欺人，並且懷著更加深切的感激之情，慶幸自己有拉賽爾夫人那樣真正富有同情心的朋友。

默斯格羅夫父子要護獵、狩獵、養馬、餵狗、看報；而那些女士們，都被其他通常的家務事占據了所有時間，什麼管理家務啊，和鄰居來往啊，衣著打扮啊，跳舞唱歌啊。她承認，每一個社會小團體都有權決定自己的談話內容。她希望，她不久就能成為她現在加入的這個小團體的合格成員。她計畫要在厄波克勞斯至少待兩個月，所以她理所當然應該讓自己的想像、記憶和所有的想法，都盡可能地厄波克勞斯化。

她對於這兩個月並沒有什麼擔心。瑪麗不像伊莉莎白那樣令人排斥、不講姊妹情誼，也不像伊莉莎白那樣完全不受她的影響。而這棟別墅的其他成員也沒有什麼讓人感到不舒服的敵意。她一直以來都和妹夫關係很好。而那些孩子們，他們對她就像對媽媽一樣喜歡，而且比對他們的媽媽更加尊敬。他們給她帶來了興趣和消遣，讓她能夠發揮作用。

查理斯．默斯格羅夫是個很有禮貌又和藹可親的人。他在理智和性格上毫無疑問都要比他的妻子好，但是他沒有什麼能力，不善詞令，又沒有翩翩風度。回想起他們曾經有過一段聯繫的過去，安妮和拉賽爾夫人都認為，如果可以娶到一個更加相稱的妻子，他也許會有更大的長進。如果是個真正有見識的女人，也許會把他個人的地位變得更高一些，他的行為和愛好也許會變得更有價值、更有理智、更加優雅。其實，他除了運動之外，也沒有其他什麼愛好。他的時間就這樣浪費掉了，也沒有看點書，或做點其他什麼有益的事情。他的精神總是非常好，從來不會受妻子情緒時高時低的影響，而且不管瑪麗有時候多麼不講道理，他都能忍耐，這讓安妮感到很欽佩。總的來說，雖然他們也時常因為一些小事而意見不合（由於受到雙方的懇求，她自己有時也身不由己地給捲了進去），但是他們還算是一對幸福的夫妻。他們在對錢的需求這個問題上總是意見一致，而且非常希望能夠從他父親那裡得到一份不錯的禮物。可是，就像在大多數問題上的情況一樣，這個問題也是他占優勢。當瑪麗把他父親不送禮看成是很大的恥辱時，他總是替父親分辯，說他的錢還有許多其他的用處，他有權想怎麼用就怎麼用。

至於說到管教孩子，他的理論也比妻子要好得多，而他的行為也不錯。「我可以把他們管教得很好，如果瑪麗不在中間加以干預的話。」這是安妮經常聽到他說的話，而且她也很相信這個話。可是，當她回過頭聽到瑪麗責備說「查理斯把孩子們都寵壞了，我都管不住了」時，她卻從來沒有想要小聲地說一聲「非常正確」。

她住在這裡最不愉快的一件事情，就是所有的人都對她表現出太多的信心，對她說了很多真心話，抱怨各自家裡的一些事情。大家都知道她對她的妹妹有一些影響，於是不斷地來請求她，或至少暗示她去施加一點壓力。「我希望妳能勸一下瑪麗，不要總是幻想著她的身體有多麼不好。」這是查理斯的話。而瑪麗就會因此而不高興地說：「我相信，就算查理斯看著我死了，他也不會認為我有什麼問題的。我向妳保證，安妮，如果妳願意的話，妳就去告訴他，我病得非常厲害，比我說出來的還要厲害得多！」

瑪麗還宣稱：「雖然做奶奶的總想見一見孫子，但是我可不願意把孩子送到葛瑞特大宅裡去，因為她對他們過於嬌慣，過於遷就，給他們吃那麼多雜食、甜食，以至於孩子們回來之後，這剩下的一天一定是又吐又鬧的。」

而默斯格羅夫太太一有機會可以單獨和安妮待在一起，就會趁機說：「哦！安妮小姐！我不能不希望查理斯夫人對待孩子們能多少有一些妳的辦法就好了。他們在妳面前就完全是另外兩個人了。但是說真的，總的來說，他們的確是被寵壞了。真是太可惜了，妳不能教妳妹妹該如何管教孩子們嗎？他們都是我們見過的那種健康漂亮的孩子，可憐的寶貝啊！我真的沒有偏心。可是查理斯夫人完全不知道應該怎麼樣對待孩子們！上帝保佑啊！他們有時候真的是太讓人心煩了！我坦白對妳說，安妮小姐，這就是我不怎麼願意在自己家裡見到他們的原因。不然的話，我是很想多見見他們的。我相信查理斯夫人看到我們不經常請他們到家裡來，一定會很不高興的。可是妳知道，跟那些時時刻刻得加以勸阻的孩子們在一起，是很讓人心煩的。總是喊著『不要這樣！』或『不要那樣！』如果想讓他們守規矩一些，就只有多拿一點糕點給他們吃，而這對他們又沒有什麼好處。」

而且，她還聽到瑪麗這樣說：「默斯格羅夫太太認為自己的僕人都很踏實可靠，誰要是對此有所懷疑，就是大逆不道。可是我可以保證，我一點也沒有誇張，她的上房女僕和洗衣女工根本就不幹活，一天到晚在村子裡閒逛。我無論走到哪裡都可以在那裡遇到她們。而且我敢說，我到保育室去兩次就能見到她們一次。如果傑米瑪不是世界上最踏實可靠的僕人，那就一定會被她們給帶壞了；因為她告訴我說，她們總是誘惑她跟她們一起散步。」

而在默斯格羅夫夫人那邊，話卻是這樣說的：「我給自己訂下一條規矩，那就是絕不干涉兒媳的任何事情，因為我知道那樣是不好的。可是我應該要告訴妳，安妮小姐，因為妳也許有能力可以讓事情變得更好一點。我對查理斯夫人的保母沒有一點好感，我聽到一些關於她的奇怪言論，她總是到處閒逛。就我所知，我敢說她是個講究行頭的女人，任何僕人接近她都會被帶壞的。我知道，查理斯夫人相當依賴她。可是我要給妳這樣的暗示，好讓妳能夠多注意一下，因為如果妳看到有什麼不對的事情，妳不需要任何擔心，應該把它提出來。」

瑪麗還抱怨說，葛瑞特大宅裡請人家吃飯時，默斯格羅夫太太連她應該享有的優先權都不給她。她不知道他們為什麼會這麼隨便地對待她，讓她有失自己的地位。

而有一天，當安妮和兩位默斯格羅夫小姐散步時，她們其中一位談起了地位、有地位的人和人們對地位的嫉妒，她說：「我可以毫不猶豫地告訴妳，有的人真的是非常荒唐，死抱住自己的地位不放，因為大家都知道妳對地位是看得很輕的，不去計較什麼。可是我希望有人能對瑪麗說一下，如果她不要那麼頑固不化，尤其不要總是盛氣凌人地搶母親的位置，那就好多了。沒有人會懷疑她比母親有優先權（註：瑪麗是準男爵的女兒，所以地位在婆婆之上，在社交場合應該享有優先權），可是，如果她可以別老是堅持這一點的話，也許會更好一些。並不是媽媽在計較這件事，而是我知道有很多人都在說這個問題。」

安妮應該怎麼去解決這些問題呢？她最多也只能耐心地聽著，減輕所有的不滿，為其他人做一些解釋。然後給她們一些暗示，說大家都是這麼近的鄰居，有必要相互之間多一些包容，而且她也把對她妹妹的暗示說得更明白一點。

從其他各方面來看，她的訪問開始得很順利，進行得也很平順。因為改變了住的地方和交談的話題，而且還是在離凱林奇莊園三英里遠處，所以她的情緒有了一定的好轉，瑪麗的病情也因為經常有人陪伴而減輕了。而她們和其他家庭的日常交往，因為別墅的人既沒有什麼真摯的感情要流露，又沒有什麼貼心的話要傾訴，也沒有什麼事情要做，反倒成了好事。當然，這種泛泛的交往幾乎有點過分了，因為她們每天早上都要聚在一起，而且幾乎要度過整個晚上才會分開。可是安妮認為，如果不能習以為常地每天看到默斯格羅夫夫婦可敬的身影，如果聽不見他們女兒談唱嬉笑的聲音，她們姊妹倆也不會過得這麼愉快。

她的鋼琴彈得比兩位默斯格羅夫小姐都要好得多，可是她的嗓音不好，也不會彈豎琴，而且也沒有慈愛的父母在旁邊陪伴。她心裡很清楚，她的演奏並不受歡迎，只不過是出於禮貌，或是給別人提提神而已。她知道，當她彈琴時，只有自己可以從中得到快樂，而這早就不是什麼新鮮事了。她從十四歲失去親愛的母親以後，一生中除了一段短暫的時間之外，從來沒有感受過被人傾聽的幸福，從來沒有得到過真正的讚賞和鼓勵。在音樂裡，她總是感覺到在這個世界上她是孤獨一個人。而默斯格羅夫夫婦也只偏愛他們女兒的演奏，對別人的演奏卻完全不關心，這與其說讓她感到羞辱，不如說讓她為默斯格羅夫家小姐感到高興。

在葛瑞特大宅的聚會中，有時候還會增加一些其他的客人。那個地方雖然不大，但是人人都會來默斯格羅夫的府上拜訪，所以默斯格羅夫府上舉行的宴會，不管是應邀前來的客人，還是偶然到訪的客人，都比其他人家多。可以說，他們在這裡非常受歡迎。

女孩子們都瘋狂地跳著舞，所以在晚會結束之後，有時候也會安排一些計畫外的小型舞會。

在離厄波克勞斯不遠的地方住著一家表親，家境不怎麼富裕，全靠到默斯格羅夫家裡來娛樂一下。他們隨時隨地都能來，幫著彈彈琴，或跳跳舞。而安妮，她寧願擔任伴奏的任務，也不願意那樣的蹦蹦跳跳，於是就整小時地為大家彈奏鄉村舞曲。她的這種友好舉動總是能博得默斯格羅夫夫婦的歡心，讓她們比任何時候都更賞識她的音樂才能，而且經常受到這樣的稱讚：「彈得好，安妮小姐！真是彈得太好了！上帝保佑啊！妳的那些小指頭跳動得多好啊！」

剛開始的那三個星期就這樣過去了。米迦勒節來臨了。而現在，安妮的心又再一次回到凱林奇那裡。那個可愛的家現在是屬於別人的了。所有那些可愛的房間和家具、那個庭院，現在都要讓別人來欣賞，讓別人使用了。在九月二十九日那一天，她沒有辦法去想別的事，到了晚上，她悲傷的情緒又被瑪麗觸動了。當時，瑪麗剛剛想起那一天的準確日期，於是驚訝地說：「上帝啊，那就是克洛夫特一家搬到凱林奇的日子嗎？我很高興我之前沒有想到這件事。它真是讓我太傷心了！」

克洛夫特夫婦以完完全全的海軍作風，雷厲風行地搬進了凱林奇莊園，而且等著客人們的光臨。令瑪麗覺得難過的是，她也有必要去拜訪一下。「沒有人知道我的心裡有多麼難受！我會盡可能拖延去拜訪的時間。」可是她又心神不定，後來又非要說服丈夫早早用車把她送了過去，回來時那活潑的神態、怡然自得的激動神情，簡直是無法形容。

安妮為她沒有車無法前往而感到由衷的高興。不過，她還是希望能見一見克洛夫特夫婦，所以當他們回訪時，她就很高興地待在家裡。他們來了。房屋的主人不在家，可是，這一對姊妹在一起。很巧的是，克洛夫特夫人和安妮坐在一起，而海軍上將則坐在瑪麗旁邊，他樂呵呵地逗著她的小傢伙玩，顯得非常和藹可親。安妮剛好可以在一邊觀察，看看姊弟倆有什麼相似之處，即使在容貌上看不出什麼來，也可以在聲音、性情或表情中捕捉得到。

克洛夫特夫人既不高，也不胖，但是體態均勻，亭亭玉立，而且富有活力，這是她最顯著的特徵。她有一雙閃亮的黑眼睛，潔白的牙齒，臉上總是顯得很愜意的樣子。不過，她在海上的時間幾乎和她丈夫一樣多，皮膚被曬得又紅又黑，這就讓她看起來比實際年齡的三十八歲要大上幾歲。她舉止大方、從容、果斷，不像缺乏自信的人，而且很清楚自己應該做什麼。然而，她既不失粗俗，又不缺乏風趣，安妮對她很有信任感，因為只要牽涉到凱林奇的事情，她總是非常照顧安妮的情緒，這就讓安妮感到非常高興。特別是在最開始的那半分鐘裡，甚至就在介紹時，她就滿意地發現，克洛夫特夫人沒有露出知情或是懷疑的絲毫跡象，不可能產生任何形式的偏見。在這一點上，她完全放心了，所以就充滿了力量和勇氣，直到過了一會兒，克洛夫特夫人突然冒出一句話，才讓她像觸電一樣嚇了一跳。

「我發現，我弟弟在這個村子裡的時候，幸好是認識了妳，而不是妳姊姊。」

安妮希望自己已經過了那個會害羞的年齡，可是她肯定沒有跨過容易衝動的年齡。

「也許妳還沒有聽說他已經結婚了吧？」克洛夫特夫人補充說。

她現在可以想怎麼回答就怎麼回答了。而且她高興地感覺到，克洛夫特夫人接下來的話說明她在談論溫特沃斯先生時，她所說的每一句話對她的兩個弟弟都是適用的。她立刻就意識到，克洛夫特夫人心裡想的、嘴裡說的，很可能是愛德華，而不是弗雷德里克。她為自己的健忘而感到羞愧，就帶著相同的興趣，傾聽克洛夫特夫人介紹他們那位過去的鄰居現在的情況。

其他的時間就這樣安靜地過去了。直到他們快要離開時，她聽到海軍上將對瑪麗說：「我們正在期待克洛夫特夫人的一位弟弟，他不久就要到這裡來了。我敢說妳一定聽過他的名字。」

他的話被兩個互相打鬧著的孩子打斷了，他們一擁而上，像是老朋友一樣纏住他，聲稱不讓他走。他的注意力完全被他們的種種建議吸引住了，什麼要他把他們裝進上衣口袋裡帶走等等之類的話，讓他沒有辦法說完，甚至想起剛才他所說的話。於是，安妮只能盡量勸慰自己：他話裡說的一定還是那同一個弟弟。不過，她並不是很確定這件事，急切地想打聽一下克洛夫特夫婦有沒有在葛瑞特大宅裡說起這件事，因為他們是先到那裡去拜訪的。

而當天晚上，葛瑞特大宅裡的人也是和別墅裡的人一起度過的。因為現在已經是一年當中很晚的季節了，像這樣的拜訪是不適合走路的，所以他們剛開始是聽到馬車的聲音，然後就看到默斯格羅夫家的二小姐走了進來。一看到她走進來，他們就以為今晚他們得自己過了，她是進來道歉的。而瑪麗已經做好了要責備的準備，不過路易莎很快就解釋說：只有她一個人是走著過來的，為的是把位置讓給豎琴，因為豎琴也裝在車子裡拉來了。

「我會告訴你們我們這樣做的原因。」她補充說：「全部告訴你們。我是來通知你們的，爸爸和媽媽今天晚上情緒不是很好，特別是媽媽。她在深深地思念著可憐的理查。我們大家一致認為，最好是帶上豎琴，因為豎琴似乎比鋼琴更能讓她開心。我會告訴你們為什麼她會情緒不好。克洛夫特夫婦今天早上來過了，（他們之後又到你們這裡來了，不是嗎？）他們高興地說，他們的弟弟，溫特沃斯上校剛剛回到英國，或是退伍了，或是其他什麼原因，他會第一時間馬上去看望他們的。而非常不幸的是，在他們離開之後，我們媽媽的頭腦裡立刻出現了這樣的想法，可憐的理查曾經有一個艦長，就是姓溫特沃斯，或跟這個很相似的一個姓。我不知道那是在什麼地方、在什麼時候，可是就在他去世之前很久，可憐的傢伙！媽媽查了查他的書信遺物，發現確實如此，所以她很確定一定就是這個人。她滿腦子都在想著這件事，想著可憐的理查。所以我們必須盡可能地高興起來，讓她不要總是想著這麼傷心的事情。」

這個家庭這段悲傷的歷史，詳細情況是這樣的：默斯格羅夫夫婦曾經很不幸地有一個總是找麻煩、無可救藥的兒子，但幸運的是，他在還不到二十歲時就離開了人世。因為他在陸地上愚蠢又不受管教，所以就被送到了海上。他在任何時候都很少受到家庭的照顧，而他也的確不應該受到多少照顧。他幾乎杳無音訊，也沒有人感到遺憾。不過，誰知道在兩年前，噩耗傳到厄波克勞斯，說他死在海外了。

事實上，儘管他的妹妹現在拚命地可憐他，把他稱為是「可憐的理查」，可是他一向只不過是個愚笨、冷酷、無用的迪克．默斯格羅夫（註：「迪克」就是「理查」的簡稱），因為他沒有給大家留下什麼更好的東西，可以讓他有權享有比這簡稱更高的稱呼，無論是生前還是死後。

他出海已好幾年了，在這期間，他像所有的海軍見習生一樣，特別是像那些每個艦長都不想要的海軍見習生一樣，總是被調來調去，其中包括在弗雷德里克．溫特沃斯上校的護衛艦拉科尼亞號上待了六個月。在艦長的影響下，他的父母收到他從拉科尼亞號上寫來的兩封信，那也是他整個海軍生涯中唯一寫的兩封信。也就是說，僅有的兩封不自私的信，其他的信全是來要錢的。

在他的每一封信裡都在稱讚他的艦長。可是，他的父母向來不太注意這種事，對人名、艦名完全沒有注意，也不感興趣，所以在那個時候沒有留下什麼印象。可是，有時候人會產生靈感，默斯格羅夫太太那天突然想起溫特沃斯的名字，把它和她兒子掛上鉤，似乎就是一種異乎尋常的靈感。

她去找那些信，發現事實和她所猜想的一樣。在事情隔了這麼久之後，她再一次讀著這些信，雖然兒子已經永遠地離開了人世，他的那些錯誤也已經被人們所淡忘，但是這卻讓她比第一次聽到他的死訊還要難過。默斯格羅夫先生受到了影響，同樣也非常難過。當他們到達別墅時，剛剛開始，顯然想要大伙兒傾聽他們重新絮叨這件事，後來又需要大家對他們加以勸慰。

他們一再地談論著溫特沃斯上校，不斷地重複他的名字，對過去的歲月感到困惑不解，最後斷定他也許、可能就是他們從克利夫頓回來後，記得見過一、兩次的溫特沃斯上校——那個好看的年輕人——雖然他們也說不清楚那是七年前還是八年前的事情了。

這對安妮的勇氣真是一項新考驗。不過她發現，她必須要讓自己習慣於這樣的考驗。既然他的確就要到這個鄉村來了，她就必須讓自己學會在這些問題上表現得自然。現在看來，問題不僅僅是溫特沃斯很快就要來了，而且默斯格羅夫夫婦對於他曾經關照過可憐的迪克而非常感激他，十分推崇他的人格——可憐的迪克那六個月受到他的照顧，並曾錯字連篇地熱烈盛讚他是「瀟灑的男人，只不過對校長太苛刻了」——所以聽到他即將到來，便決定和他成為朋友。

他們的這項決定，讓這個晚上舒服了許多。

7

又過了一些日子，他們知道溫特沃斯上校已經來到凱林奇。而默斯格羅夫先生已經去拜訪過他了，回來之後熱烈地稱讚他。他和克洛夫特夫婦約定好，下週末來厄波克勞斯吃飯。讓默斯格羅夫先生失望的是，他沒有訂個更早的日子，他已經迫不及待要對溫特沃斯上校表達他的感激之情，他想盡早把溫特沃斯上校請到自己家裡，用酒窖裡最濃烈、最上等的好酒來熱烈歡迎他。可是他必須再等一個星期。不過在安妮看來，卻只有一個星期，在那之後，他們勢必是要見面的。然後她又開始想到，能夠有一個星期的安全期也是很好的。

溫特沃斯上校很早就禮貌地回訪了默斯格羅夫先生，而在那半個小時裡，安妮也差一點就同時走進默斯格羅夫的家裡。事實上，她和瑪麗正準備朝葛瑞特大宅走去，就像她後來得知的，她們差點在那裡遇到他了。而就在這個時候，瑪麗的大兒子由於嚴重摔傷被抱回了家，正好拖住了她們。孩子的情況讓她們把去拜訪的想法完全拋到了一邊。不過，安妮一聽說自己逃過了這次會面，又不能不感到慶幸，甚至在後來為孩子擔驚受怕時也是這樣想的。

她們發現孩子的鎖骨脫臼了。受了這麼嚴重的傷，怎能不引起大恐慌呢！那是一個悲傷的下午，安妮馬上就有很多事情要做了。派人去找醫生，派人去通知父親讓他盡快趕回來，支持和勸慰那位快要瘋掉的母親，控制住所有的僕人，打發走那個小兒子，然後還要照顧和安慰那個可憐受傷的大兒子。除了這些之外，她又馬上想到，還應該通知葛瑞特大宅裡的人。於是趕緊派了一個人去通知，沒想到引起了驚慌，大家大驚小怪地詢問著，但是也沒有幫上什麼忙。

首先讓安妮感到安慰的是，她的妹夫回來了。他可以盡心地照顧他的妻子。而第二個好消息則是醫生的到來。直到他來檢查孩子之前，大家因為不了解病情，都非常擔心。他們都懷疑傷得很重，卻不知道傷在什麼地方。可是現在，鎖骨很快就復位了，雖然洛賓遜先生摸了又摸，揉了又揉，看起來非常嚴肅，用低沉的聲音跟孩子的父親及姨媽說著話，不過大家還是充滿了希望，可以放心地散開去吃晚餐了。而就在大家分開之前，兩個小姑姑竟然拋開侄子的病情，報告了溫特沃斯上校來訪的消息。在她們的父親和母親離開了之後，她們又多待了五分鐘，努力地表達她們是多麼喜愛他，他有多麼漂亮，多麼和藹可親，她們覺得他比她們認識的任何一個男性朋友都要好，甚至連之前最喜歡的那一個也比不上他。她們很高興聽到爸爸邀請他留下來吃晚餐。而在上校說抱歉時，她們又感到非常的遺憾。可是當他經不住她們父母的再三邀請，答應第二天——也就是明天來吃晚餐時，她們又是如何再一次高興了起來。他答應時態度是那麼和悅，好像他感覺到他們盛意邀請的全部目的。總而言之，他的整個神態，他的一言一語，都是那樣的溫文爾雅，她們可以向大家保證：她們兩人完全被他迷住了。然後她們就跑開了，心裡充滿了愛意，也充滿了喜悅。顯然，她們心裡全都是溫特沃斯上校，而不是小查理斯。

傍晚時，兩位小姐跟著父親一起過來詢問病情，又把那個故事和她們大喜若狂的心情重新述說了一遍。而默斯格羅夫先生，他已經不再像他之前來這裡時那樣為他的孫子擔心了，他證實了這件事情，並且對上校大加讚賞。他認為現在沒有理由推遲對溫特沃斯上校的宴請，只是覺得很遺憾，別墅一家人可能不願意丟下那小傢伙來參加他們的宴會。

「哦，不，絕不能離開這個小傢伙的。」孩子的父親和母親剛才都受到了非常強烈的驚嚇，他們是不會拋開孩子的。而安妮，一想到自己可以逃脫赴宴，感到十分高興，就情不自禁地在一旁跟著幫腔，強烈反對丟下小傢伙不管。

事實上，查理斯．默斯格羅夫後來表示說他有一點動心，「孩子已經好了很多，我還真想去認識一下溫特沃斯上校，也許我晚上可以去一會兒。我不會在那裡吃飯，可是我可以過去坐半個小時。」但是他的話遭到妻子強烈的反對，她說：「哦，不，說真的，查理斯，我不能忍受你離開。你只需要想一想，會發生一些什麼事呢？」

孩子那一天晚上都過得很好，而且第二天變得愈來愈好。看來，要確定脊柱沒有受到損傷，還必須經過一段時間的觀察。可是洛賓遜先生發現沒有什麼事情可以再引起大家的驚慌了，所以，查理斯．默斯格羅夫就開始覺得他沒有必要被長時間地限制在家裡。孩子要躺在床上，要盡可能安靜地在床上玩，可是一個做父親的能做些什麼呢？這完全是女人們的事情，他在家裡已經起不了任何作用，把他關在家裡真是太荒謬了。他的父親非常希望他能去見一見溫特沃斯上校，既然現在沒有充分的理由拒絕，那麼他就應該去。結果，當他打獵回來時，他毅然公開宣稱：他準備馬上換裝，到葛瑞特大宅去赴宴。

「孩子的情況已經好多了。」他說：「所以我剛剛告訴了父親，說我會去的，他認為我這樣做是正確的。親愛的，妳的姊姊會和妳在一起，我就完全沒有顧慮了。妳自己不願意離開孩子，可是妳也看到了，我在這裡沒有一點作用。如果有什麼事，安妮會派人去通知我的。」

在丈夫和妻子之間，通常都懂得在什麼時候提出反對意見是毫無用處的。透過查理斯說話的方式，瑪麗知道他已經下定了決心，反對他是沒有用的。所以，她什麼也沒有說，直到他離開了房間。

可是只剩下安妮一個人時，她就聽到：「就這樣，妳和我又被撇開了，來照顧這個可憐的受傷孩子。整個晚上再也不會有人來接近我們！我早就知道會有這樣的結果。我通常都只有這樣的運氣。一遇到不愉快的事情，男人總是溜之大吉，查理斯就像別的男人一樣壞。真是太無情了！他就這樣扔下他可憐的兒子，我真的要說他太無情了。他還說他已經愈來愈好了呢！他怎麼知道孩子已經愈來愈好了？或說，他怎麼知道在個把小時之後，會不會突然發生什麼情況呢？我以前並不認為查理斯會這樣的冷酷無情。而現在，他就這樣自己走開，獨自享樂去了，就因為我是一個可憐的母親，我是被關在家裡不動的。不過，我敢說，我比任何人都更不適合照顧孩子。因為我是孩子的母親，這就讓我的感情受不了打擊，我完全無法承受！妳看到我昨天歇斯底里發作的情況了。」

「可是，那完全是因為妳突然間受到驚嚇造成的——那是震驚的結果。妳不會再那樣歇斯底里了。我敢說，不會再有什麼事情讓我們悲傷了。我完全明白洛賓遜先生的診斷，沒什麼好擔心的。瑪麗，事實上，我並不對妳的丈夫感到吃驚。照顧孩子不是男人的事情，不是男人的本分，一個生病的孩子通常都是屬於母親的——而這樣的情況通常都是母親自己的情緒造成的。」

「我希望我能夠像其他母親那樣愛自己的孩子，可是我不知道我在一個生病的房間裡會比查理斯有用多少，因為孩子病得可憐，我總不能老是責罵他、逗弄他吧！妳也看到了，今天早上，如果我告訴他要保持安靜，他就一定會踢來踢去的。我沒有精力處理這樣的事情。」

「可是，如果妳整個晚上都扔下這個可憐的孩子獨自離開，妳自己會感到安心嗎？」

「是的，妳看啊，他的爸爸都能，為什麼我就不能呢？傑米瑪是個細心的人，她可以隨時派人向我們報告孩子的情況。我真希望查理斯之前告訴他父親的是我們都會去，我現在並不比查理斯更擔心小查理斯的情況。昨天可把我嚇壞了，不過今天的情況就大不一樣了。」

「哦，妳要是覺得還來得及通知，妳乾脆和妳丈夫一起去，讓我來照顧小查理斯吧！有我守著他，默斯格羅夫夫婦應該不會認為有何不妥。」

「妳是說真的嗎？」瑪麗叫道，她的眼睛閃著光彩，「親愛的！這真是一個非常好的想法！非常好！真的！說真的，我還是去比較好。因為我在家裡也沒什麼作用，不是嗎？而且只會讓我心煩。而妳，還沒有做母親的感覺，所以是一個最適合的人選。妳可以讓小查理斯做任何事情，他總是會在意妳說的每一個字，這樣比把他單獨留給傑米瑪要好很多。哦，我當然要去了！就像查理斯一樣，我要是能去，當然應該去，因為他們也非常希望我能認識一下溫特沃斯上校。我知道妳也不會介意一個人留在家裡的。妳的這個想法真是太好了，安妮。我要去告訴查理斯，然後立刻去做準備。妳知道，不論發生什麼事情，妳都可以派人去找我們，我們會馬上出現的。可是我敢說，沒有什麼事情可以讓妳驚慌的。因為妳是知道的，如果對我那親愛的孩子有任何不放心的話，我是不會去的。」

轉瞬間，瑪麗就跑去敲她丈夫更衣室的門。當安妮隨後跟到樓上時，剛好聽到他們的全部談話內容。

一開始她就聽瑪麗帶著欣喜若狂的口氣說：「我決定要跟你一起去，查理斯。因為我和你一樣，在家裡是發揮不了什麼作用的。即使讓我一直關在家裡和孩子在一起，我也無法說服他去做他不願意做的事情。安妮說她會留在家裡照顧孩子的。這是安妮自己的提議，所以我就和你一起去，這樣最好了，我從星期二之後就沒有在他們家裡吃過晚餐了。」

「安妮真是太好了！」她的丈夫回答說：「我倒是很高興妳也一起去。但是讓她一個人留在家裡照顧我們生病的孩子，似乎有點不近人情。」

而安妮剛好就出現在眼前，她可以親自解釋。她的態度那樣誠懇，很快就把查理斯說服了，因為這種說服本身至少是令人愉快的。他不再對她一個人留在家裡吃晚飯感到良心不安了，不過他還是希望她晚上可以和他們一起用餐，因為到晚上時，孩子也許已經睡了。他懇請安妮讓他來接她，可是誰知道，她是相當不容易被說服的。既然是這樣的情況，安妮不久將會高興地看到夫妻倆興高采烈地一起動身了。她希望，他們去那裡能覺得快樂，不管這種快樂說來有多麼令人不可思議。至於她自己，她被留在家裡也許比任何時候都感到欣慰。她知道對孩子來說，她是最有用的一個人。在這種情況下，即使弗雷德里克．溫特沃斯就在半英里地之外，正在盡力取悅他人，那和她又有什麼關係呢？

她倒是很想知道他想不想見到她。也許他會覺得這是無關緊要的，如果在這樣的情況下可以做到無所謂的話。他一定不是覺得很無所謂，就是很不願意見到她。如果他還想再次見到她，他完全沒有必要一直等到今天。他會採取行動，去做她認為自己如果是處在他的地位早就應該做的事情，因為他之前唯一缺乏的是維持獨立生活的收入，但現在已經完全不一樣了，他早就獲得了足夠的收入。

她的妹妹和妹夫回來之後，很為他們剛認識的這位朋友及整個聚會感到高興。晚會上，音樂、歌聲、談話、嬉笑，所有的一切都令人非常愉快。溫特沃斯上校風度迷人，既不膽怯，也不拘謹。他們看起來就像完全了解對方一樣，而且他準備第二天一早來和查理斯一起打獵。

他會來吃早餐，但不是在別墅裡吃，雖然查理斯夫婦最開始是這樣建議的，但後來默斯格羅夫夫婦一定要他去葛瑞特大宅用餐，而他似乎也考慮到別墅裡孩子有病，怕給查理斯．默斯格羅夫夫人添麻煩，於是，不知為什麼，大家幾乎都不知道是為什麼，最後決定由查理斯到父親屋裡和他共進早餐。

安妮明白這是為什麼，他是在避她。她發現，他曾經以過去泛泛之交的身分，打聽過她的情況，似乎也承認了她所承認的一些事實。他之所以要這樣做，也許是出於同樣的動機，等到將來相遇時好迴避介紹。

別墅早晨的作息時間一直以來都比葛瑞特大宅要晚。第二天早晨，這種差別顯得格外大，當查理斯跑進來說他們就要出發打獵時，瑪麗和安妮才剛剛開始吃早飯。他是來領獵犬的，而他的妹妹們，會跟著溫特沃斯上校一起來。他的妹妹們是來看望瑪麗和孩子的，而溫特沃斯上校也提出，如果沒什麼不方便的話，他也進來坐幾分鐘，拜會一下女主人。雖然查理斯說孩子的情況沒有什麼不好，不會造成什麼不方便，但溫特沃斯上校為了更放心一些，還是讓他先來打個招呼。

瑪麗很滿意受到這樣的關注，高高興興地準備迎接客人。可是這個時候，安妮心裡卻生出成千上萬的想法，其中最讓她感到欣慰的是，事情很快就會結束。而事情的確很快就結束了。在查理斯準備了兩分鐘之後，其他人就出現了。大家都來到客廳。安妮的目光和溫特沃斯上校的目光相遇了一下，兩人一個鞠了躬，一個行了屈膝禮。安妮聽到了他的聲音，他正和瑪麗說著話，所有的話都說得很有分寸。他還和兩位默斯格羅夫小姐說了幾句，足以看出他們之間無拘無束的關係。客廳看起來被擠得滿滿的，到處都是人影和聲音，可是，幾分鐘之後，這一切就結束了。

查理斯出現在窗邊，說他已經準備好了，客人鞠了個躬就告辭而去。兩位默斯格羅夫小姐也告辭了，她們突然說要和這兩位獵手一起走到村頭去。屋裡清靜了，安妮可以吃完早飯了。

「結束了！結束了！最糟的事情都已經結束了。」她一遍又一遍地帶著緊張而又感激的心情對自己重複說著。

瑪麗在和她說話，可是她卻沒有注意到。她已經見過他了，他們又見面了。他們又一次待在同一個房間裡了。

不過，很快的，她就開始為自己找理由，試著能少一點情緒化。

八年了，從他們斷絕關係以來，幾乎已經過了八年，為了這次像中場休息般疏遠又曖昧的會面而激動，那真是太荒謬了。八年中什麼情況不會出現？各種各樣的事情都已經改變、疏遠和搬遷了——這一切的一切都會發生，而遺忘過去——這是多麼自然，多麼確定無疑的事啊！這八年幾乎構成了她生命的三分之一。

唉！綜合她所有的推論，她發現，執著一份八年的感情恐怕也沒什麼意義。

現在，應該怎樣去理解他的情感呢？他好像是在避開她嗎？不過轉眼間她就開始憎恨自己怎麼會問出這個問題來。

還有一個問題，不管她多麼理智地控制自己，還是不得不去想，不過她心中的懸疑很快就解除了，因為，當兩位默斯格羅夫小姐回來看過她們之後，瑪麗主動跟她說了這個訊息：「安妮，雖然溫特沃斯上校對我非常有禮貌，可是他對妳可不怎麼殷勤啊！亨麗埃塔和他們走出去以後問他對妳有什麼看法，他說妳變得讓他都認不出來了。」

瑪麗是個感情不細膩的人，不可能像常人那樣敬重她姊姊的感情，不過她絲毫也沒想到，這會對安妮的感情帶來特別的傷害。

「變得他都認不出來了。」安妮被這句話完全擊倒了，她帶著深深的羞辱，不再說話。情況無疑是這樣的，而且她也無法報復，因為他沒有變，或說他沒有變差。她已經承認了這一點，所以就不再想其中的不同了，讓他願意怎麼想她就怎麼想吧！不，歲月雖然毀掉了她的青春和美貌，卻讓他變得更加容光煥發，氣度不凡，落落大方，不管從哪個方面看，他身上的優點都是有增無減。她看到的還是那個弗雷德里克·溫特沃斯。

「變得讓他都認不出來了。」這些話不可能不深入到她的腦子裡。不過，很快她又為自己能夠聽到這句話而感到高興。這句話具有令人清醒的作用，可以消除激動不安的心情，它讓安妮鎮靜了下來，所以也讓她又愉快了些。

弗雷德里克．溫特沃斯是說了這話，或說了諸如此類的話，可是他沒有想到這話會被帶給安妮。他覺得她變得太厲害了，所以，當別人問他，他就把自己的感覺如實地說了出來。他並沒有原諒安妮．艾略特。她讓他受到了傷害，拋棄了他，讓他陷入絕望。更糟的是，她這麼做還顯示出性格的懦弱，這就和他自己果斷、自信的性情格格不入。她是聽了別人的話才拋棄他的，而那是因為受了別人努力的勸告，這就顯出她的軟弱和膽怯。

他曾經對她非常熱情，而且在他後來遇到的女人當中，沒有一個可以和她相比。可是，他除了某種自然的好奇心之外，他並不想再見到她。她對他的那種魅力已經永遠地消失了。

他現在的目標是結婚。他現在富有了，而且也回到了岸上，他決定一遇到合適的女人就結婚。事實上，他已經在注意周遭了，在他那清楚的頭腦和靈敏的審美能力的允許下，他已經以最快的速度墮入情網。他對兩位默斯格羅夫小姐都有情意，如果她們願意擁有的話。總而言之，他對所遇到的任何一個讓他滿意的女孩，除了安妮．艾略特之外，都是帶有感情的。所以，當他在回答他姊姊的猜測時，安妮是他唯一心下排除在外的。

「是的，蘇菲亞，我來這裡，就是想締結一門荒誕的親事。我有可能向任何一個十五歲到三十歲之間的女人求婚。稍微有一點漂亮，給一點笑容，對海軍多一些讚美，那麼我就會迷失了。對一個和女人沒什麼來往的海軍來說，可不能太挑剔了，這樣的條件難道還不夠嗎？」

她知道，他說的是反話。他那雙炯炯有神的眼睛表明，他深信自己是挑剔的，並為此而感到非常驕傲。而且，當他一本正經地描述他想找個什麼樣的女人時，安妮．艾略特並沒有被他拋在腦後。「有一顆堅定的心，行為舉止甜美可愛」構成了他所描述的全部內容。

「那就是我想娶的女人。稍微差一點當然可以容忍，但是不能差太多。如果說我傻，我倒還真夠傻的，因為我在這個問題上比多數人考慮得都多。」他說。

8

從那個時候開始，溫特沃斯上校和安妮．艾略特就不斷地在同一個社交場合裡出現。他們馬上就要一起到默斯格羅夫先生府上赴宴，因為孩子的病情已經不能再為姨媽的缺席提供託詞，而這僅僅是其他宴會、聚會的開端。

不管過去的感情能不能重新建立起來，這必須經過檢驗。毫無疑問，他們雙方都會回想起過去的日子，那是無法不想的。談話需要談一些細枝末節，他勢必會提到他們訂婚的年份。他的職業讓他有資格這樣說，他的性格也讓他這樣說，「那應該是一八〇六年的事」、「那件事發生在我出海之前的一八〇六年」。他們在一起度過的頭一天晚上，就發生了這樣的情況。雖然他的聲音沒有顫抖，雖然安妮沒有理由認為他說話時眼睛在盯著她，但是安妮憑著自己對他內心的了解，覺得說他可以不像她自己那樣回想過去，那是完全不可能的。雖然安妮絕不會認為雙方在忍受著同樣的痛苦，但他們肯定會馬上產生同樣的感觸。

他們之間沒有交談，也沒有來往，只是出於最起碼的禮貌寒暄了兩句。他們曾經有那麼多的話要說，現在卻無話可談了！如今聚集在厄波克勞斯客廳的這一大幫人中，就只有他們兩個是最難以做到互相不說話的。也許，除了表面上看起來特別恩愛幸福的克洛夫特夫婦之外（安妮找不出別的例外，即使在新婚夫婦中也找不到），沒有哪兩個人可以像他們那樣推心置腹，那樣情投意合，那樣和顏悅色地真心相愛了。現在，他們竟然成了陌生人，不，連陌生人還不如，因為他們已經變得再也不來往了。這是永久的疏遠。

當他在說話時，她聽到了同樣的聲音，也感覺到同樣的心情。在聚會上的大部分人，對海軍的事情都是很無知的。大家向他提出了很多的問題，特別是兩位默斯格羅夫小姐，她們的眼睛裡除了他，似乎已經看不到別的東西了。她們問起他在船上的生活方式，日常的規章制度，飲食習慣和作息時間等等。而在聽了他說的之後，在得知人居然能把膳宿起居安排到這種地步，她們又顯得非常吃驚，於是又逗得他愜意地嘲笑了一下。這讓安妮想起過去的日子，當時她也是一無所知，也被他糾正過，說她以為水兵待在艦上沒有東西吃，即使有東西吃，也沒有廚師烹調，沒有僕人侍奉，沒有刀叉可以用。

安妮聽著並想著這些，突然被默斯格羅夫夫人的悄悄話打斷了，原來，她實在悲痛難忍，情不自禁地小聲說：「哦，安妮小姐，如果上帝可以發發慈悲，饒了我那可憐的孩子一命，我敢說，他現在肯定也會是這樣一個人。」

安妮忍住了笑，並且好心地聽她傾吐了幾句心裡話。所以，有那麼幾分鐘，她沒有聽到大家在說些什麼。

當她可以拉回注意力時，她發現兩位默斯格羅夫小姐剛剛找來了海軍名冊（這是她們自己的海軍名冊，也是厄波克勞斯有史以來的第一份），然後坐在一起聚精會神地看了起來，聲稱她們要找到溫特沃斯上校指揮過的那艘船。

「我記得你的第一艘船是『阿斯普號』，我們就來找一找『阿斯普號』。」

「妳在那裡找不到它的，那艘船已經相當破舊被放棄不用了。我是最後一個指揮它的人。當時它就幾乎不能服役了。報告說，它還可以在本國海域服役一、兩年，於是我就被派到西印度群島去了。」

那些女孩們看起來都非常驚訝。

「而英國海軍，」他繼續說，「偶爾還是相當能自娛自樂的，不時要派出幾百個人出海，而他們乘坐的那艘船是完全不適合使用的。不過他們要供養的人太多了。在那數以千計葬身海底也無妨的人們中，他們無法辨別究竟哪一夥人最不值得痛惜。」

海軍上將大聲叫道：「呼！呼！這些年輕人在胡說什麼啊！那個時候再也沒有比『阿斯普號』更好的單桅帆船了。作為一艘老式的單桅帆船，你再也找不到比它更好的了。你能得到它真是一個幸運的傢伙！你知道當時有超過二十個比你更好的人要求要去指揮它呢。就憑你那麼淺的資歷，能這麼快就撈到一艘軍艦，算你幸運了。」

「將軍，我向你保證，我知道自己很幸運，我對自己的就任就像你希望的那樣心滿意足。當時對我來說最重要的事情就是出海，而最重要的事情就是我想有點事情做。」溫特沃斯上校真誠地回答說。

「你當然是那樣的了。像你這樣的年輕小伙子，為什麼要在岸上過半年呢？一個男人如果還沒有妻子，他很快就會想要再回到海上去的。」

「可是，溫特沃斯上校，等你來到『阿斯普號』上，看到他們給了你這麼個舊傢伙，一定非常生氣吧！」路易莎叫道。

他笑著說：「早在登上她之前，我就對她的情況非常了解了。我後來沒有多少新發現，就像妳對一件舊長袍的款式和耐磨力不會有多少新發現一樣，因為妳記得曾經看見這件長袍在妳半數的朋友中被租來租去，而最後，在一個下著大雨的日子，妳又把它租給了妳自己。哦！她就是我親愛的『阿斯普號』。她實現了我的全部願望。我知道她可以的。我知道，要嘛我們就一起葬身海底，要嘛她可以讓我飛黃騰達。我指揮她出海的所有時間裡，連兩天的壞天氣都沒碰上。第二年秋天，我俘獲不少私掠船，覺得差不多了就啟程回國，真是福從天降，我遇到我所追緝的法國軍艦。我把她開進了普利茅斯。在那裡，我又遇到一次好運。我們待在海灣裡還不到六個小時，突然颳起一陣狂風，持續了四天四夜，要是可憐的老『阿斯普號』還在海上的話，只要一半的時間就足以把她毀掉了。我們和法國的接觸可沒有改善我們的情況。二十四小時之後，我就會變成英勇的溫特沃斯上校，在報紙的一個角落裡有一小段記載，說我喪身在一條小小的艦艇上，誰也不會再想到我了。」安妮只覺得自己在渾身發抖，不過兩位默斯格羅夫小姐倒可以做到既誠摯又坦率，情不自禁地發出憐憫和驚恐的喊叫。

默斯格羅夫夫人用低沉的聲音大聲說：「既然這樣，我想，他就是這樣被調到了『拉科尼亞號』上的，在那裡遇見我那可憐的孩子。查理斯，我親愛的（她招手讓查理斯來到她身邊），你問一下溫特沃斯上校是在什麼地方第一次見到你那可憐的弟弟。我老是忘記。」

「母親，我知道，那是在直布羅陀。迪克因為生病被留在直布羅陀，他之前的艦長寫了一封信給溫特沃斯上校。」

「哦，可是，查理斯，告訴溫特沃斯上校，他不用害怕在我面前提到迪克，因為聽到像他這樣一位好朋友提到他，我會更加高興些。」

查理斯，他留意到事情的種種可能性，所以只是點點頭作為回答，就走開了。

女孩子們現在正在尋找著「拉科尼亞號」。而溫特沃斯上校怎麼會錯過機會，他為了幫她們省麻煩，興致勃勃地將那卷寶貴的海軍手冊拿到自己手裡，把有關「拉科尼亞號」的名稱、等級以及目前暫不服役的一小段文字又朗讀了一遍，說她也是人類有史以來最好的朋友。

「我指揮『拉科尼亞號』的日子可真是愉快。我靠她賺錢的速度是多麼快啊！我的朋友和我曾經在西部群島做過一次愉快的巡遊。可憐的哈威爾啊！姊姊，妳知道他有多麼需要錢吧，一點也不比我的需求少。他有一個妻子。那是一個優秀的小伙子。我永遠也不會忘記他那種幸福的樣子。他完全意識到了這種幸福，一切都是為了她。第二年夏天，我在地中海同樣走運時，就又想念起他來了。」

「我敢保證，先生，你當上那艘船的艦長的那一天，對我們來說，可真是幸運的日子啊！我們永遠也不會忘了你曾經做過的事。」默斯格羅夫夫人說。

她情感的流露讓她說話時聲音顯得很低沉，而溫特沃斯上校，他只聽清楚了這些話的一部分，再加上他心裡可能完全就沒有想到迪克·默斯格羅夫，所以顯得有些茫然，似乎在等著她繼續往下說。

其中一個女孩兒低聲說：「我的哥哥，媽媽想起可憐的理查了。」

默斯格羅夫夫人繼續說：「我那可憐的小傢伙啊！在你那麼細心的關照下，他變得多踏實啊，信也寫得那麼好！唉！如果他一直不離開你，那該是多麼讓人高興的事啊！我可以向你保證，溫特沃斯上校，他離開你真叫我們感到遺憾。」

聽了這番話，溫特沃斯上校臉上掠過了一種神情，只見他那炯炯有神的眼睛一瞥，漂亮的嘴巴一抿，這讓安妮相信，他並不想跟著默斯格羅夫太太對她兒子表示良好的祝願，相反的，倒可能是他想方設法把他弄走的。但是這種自得其樂的神情很快就消失了，不像安妮那樣了解他的人根本就不會察覺到。轉眼間，他就又恢復了冷靜和嚴肅，立即走到安妮和默斯格羅夫太太所坐的長沙發前，在後者身邊坐了下來，和她低聲談起她的兒子。他談得落落大方，言語中充滿了同情，表示他對那位母親的那些真摯而並不荒唐的感情，還是非常關心的。

事實上，他們就坐在同一張沙發上，因為默斯格羅夫夫人很乾脆地給他讓了個地方，他們之間只隔著個默斯格羅夫夫人。事實上，這是一個不小的障礙。默斯格羅夫夫人身材高大而勻稱，她天生就只會無休止地愉快笑著，幽默地說著，而不善於表露出溫柔體貼的感情。安妮感到焦灼不安，只不過她那纖細的倩影和憂鬱的面孔可以說完全被遮住了。溫特沃斯上校盡量克制著自己，傾聽著默斯格羅夫夫人為兒子的命運而發出的深深嘆息。其實，她這個兒子活著時，誰也不把他放在心上。

當然，身材的高低和內心的哀傷不一定成正比。一個高大肥胖的人和世界上最纖巧玲瓏的人一樣能陷入巨大的悲痛之中。可是，公平或不公平，它們之間還存在著不適當的聯繫，這不是可以用理智來決定的——這是情趣所無法容忍的——也是要被其他人所取笑的。

而將軍，想提提神，就背著手在屋裡踱了兩三轉之後，他妻子提醒他要有規矩，他就乾脆來到溫特沃斯上校面前，也不注意是不是打擾了別人，心裡只管想著自己的心思，就開口說：「弗雷德里克，如果去年春天你能在里斯本多待上一個星期的話，就會有人委託你讓瑪麗·格里爾森夫人和她的女兒們去搭你的艦艇了。」

「真的嗎？那我倒是很高興我沒有多待上一個星期。」

將軍責備他沒有禮貌。他為自己做了辯解，但同時又說他絕不願意讓任何太太、小姐到他的艦上，除非是來參加舞會，或是來參觀，有幾個小時就夠了。

「可是，因為我自己知道，我並不是對她們沒有禮貌，而是覺得不管你付出多麼大的努力，付出多麼大的代價，也沒辦法為女人提供應有的膳宿條件。將軍，把女人對個人舒適的要求看得高一些，這不能說是對她們沒有禮貌，我正是這樣做的。我討厭聽到女人們在船上的聲音，或看到她們在船上。如果不是萬不得已，我指揮的艦艇絕不會把那樣一家的太太、小姐送到任何地方去。」

這樣一來，他的姊姊可不放過他了。

「哦！弗雷德里克！我真不敢相信你會說出這樣的話來——全都是一些無聊自命清高的話！女人們待在船上可以像待在英國最好的房子裡一樣舒適。我相信我在船上生活的時間，比絕大多數女人都要多。我知道軍艦上的膳宿條件是非常好的。我敢說，我現在享受的舒適安逸條件，甚至包括在凱林奇莊園的舒適安逸條件（說著，她朝安妮友好地點了點頭），都沒有超過我在大多數軍艦上一直享有的條件。我總共在五艘軍艦上生活過。」

「這不能說明什麼問題，妳是和妳的丈夫生活在一起，而且妳是船上唯一的女人。」她的弟弟回答。

「可是你，你自己，卻把哈威爾夫人、她的姊妹、她的堂妹和三個孩子從樸資茅斯帶到普利茅斯，對你這樣特別周到又殷勤的服務，你又要怎麼解釋呢？」

「那完全出自我的友情，蘇菲亞。只要能辦得到的話，我願意幫助任何一位軍官弟兄的妻子。如果哈威爾需要的話，我可以幫他把任何東西從世界盡頭帶給他，可是妳不要認為我不知道這樣做是不好的。」

「放心吧，她們都感到十分舒適。」

「也許我會因此而不喜歡她們。那麼多的女人、孩子在艦上，是不可能感到舒適的。」

「我親愛的弗雷德里克，你說得可真容易啊。請問，像我們是可憐的海軍的妻子們，往往都願意一個港口一個港口地奔波下去，追隨自己的丈夫。如果所有人都抱著你這樣的思想，我們應該怎麼辦呢？」

「妳也看到了，我有這樣的感覺，可是並不妨礙我把哈威爾夫人和她的全家人帶到普利茅斯去啊。」

「可是，我討厭聽到你像個很高貴的紳士那樣說話，彷彿女人們都是高貴的淑女，一點也不通情達理一樣，我們誰也不期待一生一世都平靜如水呢。」

「哈！親愛的！等他有了妻子後，說話的語氣就會完全不一樣了。而當他結婚時，如果我們有幸能趕上另外一場戰爭，我們就會發現他像妳我以及其他許多人那樣做的。誰要是幫他把妻子帶來，他也會感激不盡的。」將軍說。

「哈，我們會的！」

溫特沃斯上校叫道：「現在我可完蛋了！如果有個結過婚的人攻擊我說：『哦！等你結了婚你的想法就會大不相同了。』我只能說：『不，我的想法不會變。』接著他們又說：『會的，你會變的。』這樣一來，事情就完了。」

然後他站起身來，走開了。

「夫人，妳一定是個了不起的旅行家！」默斯格羅夫夫人對克洛夫特夫人說。

「是這樣的，夫人，我結婚十五年來，的確跑了很多地方。可是有很多女人比我跑的地方還多呢。我曾經四次穿越了大西洋，曾經去過東印度群島一次，然後再返回來，不過只去過一次。另外還到過英國周圍一些不同的地方：科克（註：科克是愛爾蘭一個海港城市）、里斯本和直布羅陀。可是，我從來沒有去過直布羅陀海峽之外更遠的地方，也從來沒有去過西印度群島。妳知道，我們是不把百慕達（註：百慕達是北大西洋西部群島）和巴哈馬稱為西印度群島的。」

默斯格羅夫夫人也說不出什麼不一樣的看法，她無法指責自己，她活了一輩子連這些地方她幾乎都不知道。

「我可以向妳保證，夫人！」克洛夫特夫人繼續說：「沒有什麼地方可以比得上軍艦上的生活條件。妳知道我說的是那種高級的軍艦。當然，妳要是來到一艘護衛艦上，妳會覺得很受限制。不過通情達理的女人在那上面還是會覺得很快樂的。我可以很負責任地這樣說：我一生中最幸福的日子就是在軍艦上度過的。妳知道，我們在一起時就什麼也不怕了。感謝上帝！我的健康狀況一直非常好，沒有什麼氣候是我不適應的。剛開始出海的那二十四小時總會有點不舒服，可是後來就不知道什麼叫不舒服了。唯一的一次，只有一次是我自己覺得不舒服，或說覺得有點危險，那是在冬天，我單獨在迪爾（註：迪爾是英格蘭東南部肯特郡的港口城市）度過的那個冬天。那時候，克洛夫特將軍（當時還是上校）正在北海。那個時候，我每時每刻都非常害怕，由於不知道孤獨一人該怎麼辦才好，不知道什麼時候才能收到他的信，各種各樣的病症，凡是妳能想像得到的，我全都有了。而只要我們在一起時，就沒有什麼事情可以讓我難受，我也從來不會出現任何一點不舒服的情況。」

「是的，是那樣的，是的，是真的，哦，是的！我相當同意妳的看法，克洛夫特夫人，」默斯格羅夫夫人發自內心地回答說，「沒有什麼比夫妻分開更糟糕的事情了，我相當同意妳的觀點。我知道那是什麼滋味，因為默斯格羅夫先生總要參加郡司法會議；會議結束以後，他平平安安地回來了，我不知道有多麼高興呢！」

晚會的尾聲就是跳舞。這個建議一提出，安妮就像往常一樣表示願意去伴奏。她坐到鋼琴前雖然有時眼淚汪汪的，但她為自己有事可做而感到非常高興，她不希望得到什麼報償，只要沒有人注意到她就行了。

那是個讓人愉快的快樂晚會。似乎沒有誰比溫特沃斯上校的興致更高。她覺得，他完全有理由興奮，因為他受到眾人的賞識和尊敬，尤其是受到幾位年輕小姐的賞識。前面已經提到默斯格羅夫小姐有一家表親，這家的兩位海特小姐顯然都榮幸地愛上了他。而亨麗埃塔和路易莎，她們看起來也完全被他征服了，可以讓人相信她們不是情敵的跡象只有一個，即她們仍然在表面上保持著情同手足的關係。如果他因為受到如此廣泛、如此熱情的愛慕而變得驕傲起來，誰會感到奇怪呢？

在安妮的心裡仍然還有一些想法，她的手指機械地運動著，整整彈了半個小時，雖然準確無誤，但她自己卻毫無感覺。

有一次，她覺得他在盯著她，也許是在觀察她那變了樣的容顏，也許是在試圖找出過去他曾經眷戀過的痕跡。

還有一次，她知道他一定是在談論她。這是她聽到別人的回答之後，才意識到這一點。她可以確定他是在問他的伙伴：艾略特小姐是不是從來不跳舞的。答案是，「哦，是的，她從來不跳舞的，她已經完全放棄了跳舞，只願意彈琴，她一彈起來就不會覺得累。」

還有一次，他還和她說了話。當時舞跳完了，她離開鋼琴，溫特沃斯上校跟著也坐了下來，想彈支曲子，讓兩位默斯格羅夫小姐聽聽。誰知道，安妮無意中又回到那個地方。溫特沃斯看見她，當即立起身，拘謹有禮地說：「請原諒，夫人，這是妳的位置。」雖然安妮當即拒絕了，連忙向後退了回去，可上校卻沒有再坐下來。

安妮再也不想見到這樣的臉色、聽到這樣的說話了，他的冷漠有禮、拘謹優雅，比其他任何事情都更讓她難受。

9

溫特沃斯上校來到凱林奇莊園就像回到家裡一樣，他想住多久就可以住多久，他受到將軍和他的妻子充滿手足情誼的熱情接待。他剛到時還打算馬上去希羅普郡，拜訪一下住在那裡的哥哥，可是厄波克勞斯對他的吸引力實在太大了，這件事只好推後了。這裡的人都非常友好，對他說了很多恭維的話，這裡所有的一切都讓他著迷。老年人都熱情好客，而年輕人又那麼好相處，他只好決定待在原地不走，稍晚一點再去感受愛德華妻子的迷人風采和多才多藝。

沒過多久，他就幾乎每天都要到厄波克勞斯去了。默斯格羅夫一家很願意邀請他，而他更願意去拜訪。特別是在早上，當他在家裡沒有人陪伴時，因為將軍和克洛夫特夫人通常都要一起出門，去欣賞他們的新莊園、牧草和羊群，用這個第三者不能忍受的方式四處遊覽一番，或是乘著他們最新添置的一輛輕便雙輪馬車兜兜風。

迄今為止，默斯格羅夫一家及其親屬對溫特沃斯上校都只有一個看法。那就是，不管在什麼地方，他都可以受到他們的熱情稱讚。但是這種親密關係剛建立不久，就又出現了個查理斯·海特，他見到這個情況深感不安，覺得溫特沃斯上校嚴重妨礙了他。

查理斯·海特是默斯格羅夫小姐的大表哥，也是個和藹可親的年輕人。在溫特沃斯上校到來之前，他似乎和亨麗埃塔有過深厚的感情。他身負聖職，在附近當副牧師，因為不需要住宿，所以就住在離厄波克勞斯只有兩英里的父親家。而就在這關鍵的時期，他外出了很短的一段時間，導致他的心上人受不到他的殷勤關照，等他回來以後，才非常傷心地發覺心愛的人已經完全改變了態度，而且還看到溫特沃斯上校這個人。

默斯格羅夫夫人和海特夫人是兩姊妹。她們本來都很有錢，可是她們的婚姻讓她們現在的情況變得完全不一樣。海特先生有一些家產，可是實在不能和默斯格羅夫先生的相比。默斯格羅夫家族屬於鄉下的上層家族，而年輕的海特家族，他們的父母親地位低下，在鄉下過著退隱而粗俗的生活，幾個兄妹本身又沒有受過多少教育，如果不是幸好和厄波克勞斯沾了一點親，就幾乎要變成另外一個階層的人了。當然，那位長子應該除外，因為他喜歡做一個學者、紳士，他的修養和舉止比其他幾個人都要強得多。

這兩個家庭的關係一直都非常好，一方不驕傲，而另一方又不嫉妒。只是兩位默斯格羅夫小姐有一點優越感，所以她們很願意幫助表兄妹提高一下地位。查理斯對亨麗埃塔的關心早就被她的父母親注意到了，他們也沒有表示反對。「雖然這樁婚事不是特別適合她，不過只要亨麗埃塔喜歡他就可以了。」而亨麗埃塔看起來也的確喜歡他。

在溫特沃斯上校到來之前，亨麗埃塔自己也完全是這樣想的。可是在那之後，她的表哥查理斯就完全被遺忘了。

溫特沃斯上校在兩個姊妹中到底更喜歡哪一個呢？這一點在安妮的觀察中，仍然是很不確定的。亨麗埃塔也許更漂亮一些，可是路易莎更有靈氣一些。而現在她不知道，溫柔或活潑，哪一種性格更容易吸引他。

默斯格羅夫夫婦也許是因為見識得太少，也或許是因為絕對相信兩個女兒以及接近她們的所有小伙子都能很謹慎地來往，所以似乎一切聽其自然。葛瑞特大宅裡看不到一絲半點擔心的跡象，也聽不到一絲半點的閒言冷語。

可是別墅裡情況就不同了，那對年輕的夫婦本來就喜歡大驚小怪地猜來猜去。溫特沃斯上校和兩位默斯格羅夫小姐在一起還不到四、五次，查理斯・海特也才剛剛再次出現，安妮就聽到妹妹和妹夫在說，她們當中的哪一個更討人喜歡。查理斯覺得是路易莎，而瑪麗覺得是亨麗埃塔。不過他們雙方一致認為，不管他選擇哪一個，都是很讓人高興的。

查理斯說：「我一生中從沒有見過像他這樣和藹可親的人。我有一次聽溫特沃斯上校親口說過，確信他在戰爭中發的財不少於兩萬鎊。這馬上就變成了一筆財富啊！除此以外，將來再打起仗來，他還會有機會發財。我深信，溫特沃斯上校比海軍裡的任何一個軍官都更出類拔萃。哦！他不管是和我哪一個妹妹結婚，這都是一門非常好的親事。」

瑪麗回答說：「我敢說，一定是這樣的，上帝啊！希望他可以獲得相當高的榮譽，如果他可以成為一個準男爵的話。『溫特沃斯夫人』聽起來多麼好啊！說真的，對亨麗埃塔來說，那會是件非常光榮的事！到時候她就可以取代我的位置了，而亨麗埃塔不會不喜歡這樣的。

弗雷德里克爵士和溫特沃斯夫人！可是，這只不過是一個新加封的爵位，我從來就不會看重那些新加封的爵位。」

瑪麗之所以一直認為溫特沃斯上校看中的是亨麗埃塔，完全是衝著查理斯．海特來的。那個傢伙想得倒美，她就是要看著他死了這條心。她非常看不起海特這一家人，覺得她們兩家要是再結起親來，將是非常的不幸——對她和她的孩子都很不幸。

她說：「你知道，我認為他根本就配不上亨麗埃塔。而從默斯格羅夫家已經有的婚姻來看，亨麗埃塔沒有權利就這樣把自己葬送了。我認為年輕的女孩根本沒有權利做出這樣的選擇，給她家庭的主要成員帶來不愉快和不方便，甚至給某些成員帶來一些他們不喜歡的低賤社會關係。而且，請問，查理斯．海特是誰啊？只不過是一個鄉村副牧師，他根本配不上厄波克勞斯的默斯格羅夫小姐。」

不過，她丈夫卻完全不贊成她的這種看法。因為他除了對他的表弟比較器重之外，查理斯．海特還是個長子，他自己正是以長子的眼光來看待事情的。

他回答說：「妳又在胡說八道了，瑪麗。這門婚事雖然和亨麗埃塔不是很相配，但查理斯很有希望透過斯派塞一家人的推舉，在一、兩年內從主教那裡撈到點好處（註：意思是說讓查理斯從副牧師提升為牧師）。而且妳應該記得，他是家裡的長子，只要我的姨夫去世了，他就會繼承一大筆財產。溫思羅普的那塊莊地足足有二百五十英畝，再加上湯頓附近的那個農場，那可是鄉下的上好寶地。我跟妳說，除了查理斯之外，誰都配不上亨麗埃塔，的確不行，只有他可以。他是一個非常和藹、忠厚的小伙子，溫思羅普一旦傳到他的手裡，他就會讓它變一個樣，生活也會大大改觀。有了這宗地產（註：即完全為主人所占有，不必交租繼稅），他絕不再是個一無所有的小人物——那可真是一宗完全保有的地產。不，不，如果亨麗埃塔不嫁給查理斯・海特，那才更糟糕呢！而如果她嫁給了他，路易莎就可以嫁給溫特沃斯上校了，那麼，我就感到非常滿意了。」

「查理斯高興怎麼說就怎麼說吧！」當查理斯一走出房間，瑪麗就對安妮說。「但如果亨麗埃塔嫁給了查理斯・海特，那可真是駭人聽聞啊！不僅對她自己是一件非常糟糕的事情，對我來說更糟糕。所以我才非常希望溫特沃斯上校的到來，可以讓她完全忘掉查理斯。我不懷疑他已經做到了這一點。她昨天幾乎已經完全不注意查理斯・海特了。我真希望妳當時也在場，可以看到她的樣子。至於說溫特沃斯上校既喜歡路易莎又喜歡亨麗埃塔，那完全是在胡說。因為他當然更喜歡亨麗埃塔了，而查理斯說得太篤定了！我真希望昨天妳能夠和我們在一起，那樣的話，妳就可以幫我們做評判了。我敢肯定，妳一定會和我的想法一致的，除非妳是故意要反對我。」

如果安妮到默斯格羅夫先生家裡去吃一頓晚餐，這所有的情況她都是可以見到的。可是她還是找了藉口，說她自己頭痛，說小查理斯又舊病復發，就一定要待在家裡沒有去。她本來只是想避開溫特沃斯上校，可是現在看來，她晚上安安靜靜地待在家裡還多了一個好處：沒有人會請她去當裁判了。

至於說溫特沃斯上校自己的想法嘛，安妮認為重要的不在於他是喜歡亨麗埃塔還是喜歡路易莎，而在於他應該盡快打定主意，不要損害兩位小姐中任何一位的幸福，也不要損害他自己的聲譽。有一點可以肯定的是，不管她們當中的哪一個都可以成為他可愛、快樂的妻子。

至於說到查理斯．海特，她對一個善良的年輕女孩這樣輕佻的行為和因此而引起的痛苦感到痛心，她覺得如果亨麗埃塔發現了自己的感情已經很自然地發生了改變的話，她就應該立刻讓人家明白這一種變化。

查理斯．海特受盡了他表妹的冷落，感到焦慮不安又心神不寧。亨麗埃塔對他的情意已經有很長的時間了，不可能完全疏遠，以至於經過最近這兩次見面，讓過去的所有希望都消失了。讓他覺得除了離厄波克勞斯遠一點，就沒有其他事情可做了。不過，現在出現了這樣的變化，是非常讓人擔心的，因為一個像溫特沃斯上校這樣的人成了問題的根源。海特只不過離開兩個星期而已，當他們分開時，亨麗埃塔還十分關心他的前途，而且還希望他很快就能放棄現在的副牧師職位，獲得厄波克勞斯的同樣職位，這讓他感到非常滿意。

看起來，她心裡最大的願望就是：教區長謝利博士四十多年來一直滿腔熱情地履行職責，可是現在愈來愈年邁體弱，很多事情力不從心了，應該下決心設一個副牧師；他應該盡可能地把副牧師的職位安排好，而且應該答應把它交給查理斯．海特。這樣做的好處就是，他只需要到厄波克勞斯來就行了，不用跑六英里到別的地方去。不管從哪方面來看，他都會得到一個更好的副牧師職位；他將成為他們親愛的謝利博士的助手；而那位親愛的、善良的謝利博士可以不用再做那些最勞累、最傷身體的事務。這些優點，就是在路易莎看來也是非常了不起的，而在亨麗埃塔看來，幾乎就是比任何事都大。

可是當他回來時，唉！她們對這件事的熱情完全消失了。當他說明剛剛和謝利博士的談話內容時，路易莎完全聽不進去：她站在窗口，向外望去，在尋找溫特沃斯上校；就連亨麗埃塔最多也只是注意力不集中地在聽著，似乎把過去商洽中的懷疑和擔憂早就完全遺忘了。

「哦，我真的非常高興，不過我一向都認為你能得到這個職位，我一向都認為你肯定能得到的。在我看來，似乎不是……總而言之，你知道，謝利博士必須要有一個副牧師，而你又得到了他的承諾。路易莎，溫特沃斯上校來了嗎？」

有一天早上，就在安妮沒有參加的默斯格羅夫家的那次晚宴之後不久，溫特沃斯上校走進了別墅的客廳，那裡只有安妮和受傷躺在沙發上的小查理斯兩個人。

溫特沃斯上校吃驚地發現自己幾乎是單獨和安妮．艾略特待在一起，他的行為舉止完全失去了過去的鎮定，他很驚慌，只能說：「我以為默斯格羅夫小姐們在這裡，默斯格羅夫夫人告訴我說可以在這裡找到她們。」說完他走到窗戶，好讓自己鎮定下來，同時思考應該怎麼辦。

「她們和我的妹妹一起上樓去了，我相信她們過幾分鐘就會下來。」這就是安妮的回答，她自然也是非常緊張。如果不是孩子喊她過來為他做一點事情，她馬上就會走出屋去，解除她自己和溫特沃斯上校的困窘。

他繼續待在窗旁，然後用平靜而客氣地語氣說：「希望這個小孩好一些了。」之後又無語。

安妮不得不跪在沙發旁，盡心服侍她的病人。他們就這樣持續了幾分鐘，接著，讓她感到非常安慰的是，她聽到有人穿過小走廊的聲音。她轉過頭去，希望能看到屋子的主人，誰知道卻來了一個完全起不了作用的人——查理斯．海特。也像溫特沃斯上校不想見到安妮一樣，海特也不願意見到溫特沃斯上校。

她只好勉強地說：「你好啊！不坐下來嗎？其他人很快就會到這裡來了。」

不過，溫特沃斯上校從那個窗戶走了過來，顯然他是想善意地聊聊天。可是查理斯．海特很快就坐到桌子旁，拾起一張報紙，溫特沃斯上校只好又回到窗口。

過了幾分鐘後，又來了一個人，是那個小兒子。他長得矮墩墩、胖乎乎、愣頭愣腦的，今年才兩歲，剛才有人在外面幫他打開門，所以就闖了進來，直接衝到沙發前，看看那裡有什麼好玩的，看到有什麼好東西可以分給他的，就伸手去要。

這裡沒有什麼東西可吃，所以他只能隨便地玩一玩。因為他的姨媽不願意讓他去和受傷的哥哥玩，所以他只好纏著姨媽。安妮正跪在地上，忙著服侍小查理斯，怎麼也擺脫不了他。她勸說、命令、懇求他，可是仍然沒有用。有一次，她設法把他推開，可是這小傢伙覺得愈來愈開心了，當即又爬回他姨媽背上。

「沃爾特！現在下來。你真是太煩人了，我對你非常生氣！」她說。

「沃爾特！」查理斯．海特喊著。「你為什麼不照大人要求你的那樣做呢？你沒有聽到你姨媽說的話嗎？到我這裡來，沃爾特，到你叔叔這裡來。」

可是沃爾特卻一動也不動。

可是，轉眼間，她覺得那小傢伙正在慢慢地鬆開胳臂；原來有人從她背上把他拉開。雖然，他緊緊地趴在她頭上，他那強勁的小手還是從她脖子上被拉開了，人也被果斷地抱走了。這時她才知道這樣做的人是溫特沃斯上校。

這個發現讓她激動得一句話也說不出來，她甚至無法謝他一下，只能匍匐在小查理斯面前，心亂如麻。他好心地幫她解除了麻煩，而且是用這麼禮貌的方式，無聲地做了。之後，他又故意把孩子逗得發出一些聲音，這讓安妮立即意識到，他並不想聽到她道謝，甚至是想證明他不願意和她說話。這些情況讓她內心非常混亂，她感覺到極端的痛苦和激動，始終不能讓自己鎮定下去。直到看到瑪麗和兩位默斯格羅夫小姐進來了，她才可以把孩子交給她們照料，自己走出屋子。她不能留在那裡。這本來是一個觀察他們四個人之間愛和嫉妒的好機會——因為他們現在都湊在一起了。可是她絕對不願意留在那裡。很顯然，查理斯．海特並不喜歡溫特沃斯上校，就在溫特沃斯上校出面干預了小沃爾特之後，查理斯．海特用焦急的語氣說了一句給安妮留下很深印象的話，他說：「你早就應該聽我的話了，沃爾特，我告訴過你不要去煩你的姨媽。」安妮可以理解，溫特沃斯上校做了他應該做而沒有做的事情，一定讓他覺得很懊惱。但不管是查理斯．海特的感受，還是其他什麼人的感受，她都不感興趣，她只想讓自己把心情平復下來。她為自己感到羞愧，為自己這麼緊張而感到羞恥，被這麼一點小事就擊倒了。不過，情況就是這樣，她需要經過長時間的獨自思考，才能恢復鎮定。

10

安妮還會有其他的機會進行觀察的。沒多久，她就經常和他們四個人待在一起，而且對事情也有了自己的看法。不過她是個明智的人，到了家裡就不承認自己有看法，因為她知道，這個看法一說出去，不管是查理斯先生還是他的妻子，都不會感到滿意的。

原來，她雖然認為溫特沃斯上校更喜歡路易莎，可是她根據自己的記憶和經驗可以大膽地推斷，溫特沃斯上校對兩個人都不愛，而是她們更喜歡他一些，不過那還稱不上是愛情。他是有一點熱烈的愛慕之情，最後也許，或者很可能會愛上某一個人。查理斯．海特看起來似乎也知道自己受到了冷落，可是亨麗埃塔有時候看起來倒像是腳踏兩隻船。安妮希望自己有能力向他們說明他們搞的是什麼名堂，向他們指出他們的一些做法會給他們帶來危險。她並不認為誰有欺騙的行為。而讓她感到欣慰的是，她相信溫特沃斯上校完全沒有感覺到他給什麼人帶來了痛苦。他的行為舉止裡面沒有帶著勝利的感覺，沒有那種充滿同情心的勝利感。也許，他從來沒有聽說過，或從來沒有想過她們當中的哪一個和查理斯·海特有關係。他唯一的過錯是不該馬上接受（「接受」是個很合適的詞）兩位年輕小姐的殷勤表示。

不過，經過一段短暫的思想掙扎之後，查理斯·海特看來像是退出了競爭。三天過去了，他沒有到厄波克勞斯來過一次。這個變化太大了。他甚至還拒絕了一次正式的晚餐邀請。而且默斯格羅夫先生有一次發現，他面前擺著幾本巨大的書，默斯格羅夫夫婦倆立刻就斷定有什麼事情不太對勁，因此帶著嚴肅的神氣議論說，他這樣用功地學習一定會把他累死的。這正是瑪麗所希望的，而且她也相信他肯定是遭到亨麗埃塔的拒絕，她的丈夫還希望明天能見到他呢！而安妮只是覺得查理斯·海特是比較明智的。

大概就是在這段時間的一天早上，查理斯·默斯格羅夫和溫特沃斯上校又一起出外打獵去了，別墅的姊妹們坐在那裡靜靜地做著事，葛瑞特大宅的兩位姊妹們來到她們的窗前。

那是十一月裡天氣很好的一天，兩位默斯格羅夫小姐來到小園子裡，她們停下來沒有別的目的，只是想說說話，她們打算做一次長距離的散步，所以斷定瑪麗是不會想要和她們一起去的。

可是當瑪麗聽到人家說她不是一個很好的長距離散步者時，她立刻就回答：「哦，是的，我非常想要加入妳們，我非常喜歡長距離的散步。」安妮從那兩個女孩的眼神中可以看出來，這剛好是她們所不希望的，但是出於家庭習慣，她們無論遇到什麼事情，不管多麼不情願，多麼不方便，都要一起做，對此她再一次感到羨慕。她試圖勸阻瑪麗不要去，但那是沒有用的。既然情況是這樣，她覺得最好接受兩位默斯格羅夫小姐的盛情邀請，乾脆也跟著一起去，這樣就可以和妹妹一起回來，盡量少干擾她們的計畫。

「我不能想像，她們怎麼會覺得我不喜歡長時間的散步呢！每個人都認為我不擅長走路，可是如果我們拒絕和她們一起散步的話，她們又會不高興了。當人們用這樣的方式來問我們時，我們又怎麼能說不呢？」瑪麗一邊上樓一邊說。

就在她們準備出發時，紳士們回來了。原來，他們帶去的一隻幼犬壞了他們打獵的興致，所以他們就早早地回來了。因為時間剛好，他們又很有精力和興致，而且他們也正準備去散散步，所以就愉快地加入了她們。如果安妮能預料到這樣的巧合，她一定會待在家裡。可是，出於某種好奇心和興致，而且她覺得現在退縮也太晚了，於是他們六個人就一起朝默斯格羅夫小姐所選擇的方向前進了。而那兩位小姐很明顯地認為，這一次的散步應該讓她們來指揮。

安妮的目的是不要妨礙任何人。當田間小路太狹窄需要分開走時，她就和妹妹、妹夫走在一起。她散步的樂趣是想在這麼好的天氣裡，好好地活動一下，觀賞這一年中剩餘的明媚景色，看看那黃色的落葉和枯老的樹籬，吟誦那許多描繪秋色的詩篇當中的幾首。因為這樣的季節能夠給有品味而又敏感的人帶來特殊的、無窮無盡的影響，因為秋天博得了每一位值得一讀的詩人的吟詠，寫下了動人心弦的詩句。她盡量讓自己聚精會神地沉思著，吟誦著。然而，那是不可能的，因為溫特沃斯上校就在附近和兩位默斯格羅夫小姐交談著，她不可能聽不到。不過她也沒有聽到什麼很特別的內容，他們似乎就像所有關係很好的年輕人那樣，很輕鬆隨意地聊著天。

他顯然更在意路易莎而不是亨麗埃塔。路易莎比她的姊姊更能引起他的注意，這種區別已經愈來愈明顯了，尤其是路易莎的一番話給她留下了深刻的印象。

本來，他們總不時地會說出幾句讚美天氣的話，而就在他們讚美了天氣之後，溫特沃斯上校接著說：「這麼好的天氣真是太適合將軍和我的姊姊了！他們今天早上就想駕車來一次長距離的遊覽。也許我們還可以從這些山上跟他們打招呼呢，他們說過要走到這附近來的。我真不知道他們今天會在什麼地方翻車！哦，我向妳們保證，那是經常發生的事情。可是我的姊姊對此毫不在乎。她很樂意從車子裡被甩出去。」

路易莎叫道：「哈！我知道，你一定是太誇張了！可是如果真的是那樣的話，我如果處在你姊姊的那種情況下，也會那樣做的。如果我愛一個人，就像她愛將軍那樣，我也會總是和他在一起的，沒有什麼事情可以把我們分開。我寧願讓他把我推到溝裡，也不願意坐著別人的車子穩穩當當地往前走。」

她這樣說，是出於內心的狂熱。

溫特沃斯上校帶著同樣讓人著迷的語氣喊著：「妳嗎？我真是太佩服妳了！」然後兩個人沉默了一會兒。

安妮肯定不能立刻再背出什麼詩句來了。一時間，秋天的宜人景色全都被她拋在了腦後，除非她能記起一首動人的十四行詩，詩裡充滿對如此殘景的適當比喻，卻完全看不到對青春、希望和春天的真實描寫。等大家都按照指引走上另外一條小路時，她打斷了自己的沉思，說：「這不是通往溫思羅普的小路嗎？」沒有人聽到她的話，至少沒有人回答她。

不過，溫思羅普或它周圍的地方，就是他們的目的地——有些年輕人在家門前散步，有時就在這裡相遇。他們穿過一大片的圈地，順著斜坡向上又走了半英里，看到農夫們正在犁地，坡上新闢了一條小徑，說明農夫們可沒有受詩人的沮喪情緒所影響，而是要迎接春天的再一次到來。之後他們來到那座最高的山峰上，山峰把厄波克勞斯和溫思羅普隔開，站在山頂上，坐落在那邊山角下的溫思羅普頓時一覽無遺。

溫思羅普，既不漂亮，也不莊嚴，在他們眼前的是一幢平平常常的屋子，矮矮地立在那裡，四周圍著農場的穀倉和建築物。

瑪麗叫了起來：「上帝啊！那是溫思羅普！我敢說我完全沒有想到！那麼現在，我想我們最好是返回去。我已經非常累了。」

亨麗埃塔既羞怯又慚愧，而且她也沒有看見表哥查理斯順著任何一條小路走過來，也看不到他倚在大門口，所以就準備按照瑪麗所說的那樣去做。可是查理斯．默斯格羅夫說：「不！」而路易莎也更加著急地叫道：「不！不！」然後急忙地把姊姊拉到一邊，似乎在為這件事激烈地爭吵著。

與此同時，查理斯堅決表示，既然離得這麼近了，一定要去看一看姨媽。他儘管心裡有些怕，但顯然還在勸妻子跟著一起去。可是這一次，這位夫人卻大力地反對，不管他說什麼她太累了，最好到溫思羅普休息一刻鐘之類的話，她都毅然決然地回答說：「哦，不，絕不！還要爬回這座山，這會給我帶來更大的傷害，我還是就坐在這裡會更好。」總而言之，她的神態表明，她是堅決不會去的。

經過一段時間不長的爭執和協商，查理斯和他的兩個妹妹說好了：由他和亨麗埃塔下去稍微坐幾分鐘，看一看姨媽和表兄妹們，其他人就在山頂上等他們。路易莎似乎是主要的策劃者，她陪著他倆朝山下走了一小段，一邊走一邊還和亨麗埃塔說著話。

瑪麗趁這個機會輕蔑地看了一下她的周圍，然後對溫特沃斯上校說：「有這樣的親戚真是太討厭了！可是，我可以坦白告訴你，我這輩子到他們家去的次數沒有超過兩次。」

聽了這話，他只是假裝贊同地朝她笑了一下。然後，他一轉身，眼睛裡又投出鄙視的目光，安妮完全明白這其中的涵義。

他們待的那個山頂，是個很讓人愉快的地方。路易莎回來了。而瑪麗，她在一道樹籬的階梯上為自己揀了個舒適的地方坐了下來，而且非常滿意地看到其他人都站在她四周。可是，路易莎把溫特沃斯上校拉走，要到附近的樹籬那裡去採一些堅果，漸漸走得看不到他們的身影也聽不到他們的聲音，這樣就讓瑪麗不高興了。她挑剔說她的座位不好，而且確定路易莎一定在其他地方找到了更好的座位，於是什麼也不能阻止她同樣去找個更好的座位。她跨進了同一扇門，卻見不到他們。安妮幫她找了一個很好的座位，那是在樹籬下面乾燥向陽的土埂上，她相信那兩個人仍然待在這樹籬中的某個地方。瑪麗坐了一會兒，可是又覺得不滿意了。她確定路易莎一定在某個地方找到了更好的座位，所以就繼續移動，一心想要找到她。

而安妮，她自己也確實累了，所以很高興可以坐下來。她很快就聽到溫特沃斯上校和路易莎在她後面樹籬裡說話的聲音。他們好像正沿著樹籬中央一條崎嶇荒蕪的小路往回走。他們的說話聲顯示出他們已經愈走愈近了。她一開始聽出路易莎的聲音，她似乎正著急地說著什麼。

安妮首先聽到的是：「就這樣，我就勸她去了。我不能容忍她因為聽了幾句胡言亂語就不敢去拜訪親戚了。什麼！我會不會因為遇到這樣一個人，或說任何人裝模作樣的干涉，就不去做那些我原來決定要做而又深信不疑的事情？不！我才不那麼容易說服呢！我一旦下定決心，那就不變了。看樣子，亨麗埃塔今天本來是打定主意要去溫思羅普那裡拜訪，可她剛才出於毫無意義的多禮，差一點兒就不願意去了！」

「這麼說，如果不是因為妳的話。她就要回去了？」

「她一定會回去的，我這樣說真是感到羞恥啊！」

「她真是幸運，有妳這樣的聰明人在旁邊指點！我最後一次和妳表哥在一起時還觀察到一些現象，妳剛才的話只不過證實了我的觀察是有根據的，聽完我也不必假裝無法理解目前的事情了。我看得出來，他們一早去拜訪姨媽不僅僅是想盡一些本分。當他們遇到要緊的事時，遇到需要堅強毅力的情況時，如果她還是這樣優柔寡斷，像這樣雞毛蒜皮的無聊干擾都承受不住，那麼他們就是自找的。妳姊姊是個很溫和的人。可是在我看來，妳的性格就更堅決而果斷一點。如果妳認為她的行為和幸福是有價值的話，那麼就盡可能把妳的精神灌輸給她。可是，毫無疑問的，妳一直都在這樣做。對於一個百依百順、優柔寡斷的人來說，最大的不幸就是不能指望受到別人的影響。妳無法保證一個好的印象可以永恆地維持下去，任何人都能讓它發生動搖。讓那些想獲得幸福的人變得堅定起來吧！這裡有堅果，」他說著，從樹枝上摘下了一顆堅果，「舉個例子來說吧，這些漂亮而結實的果子，它靠著之前本身的能量，挺住秋天狂風暴雨的百般考驗，渾身看不到一處刺痕，找不到一絲弱點。這個堅果……」他半開玩笑、半認真地繼續說：「有那麼多同胞都落在地上任人踐踏，可是它仍然享有一顆榛果所能享受到的一切樂趣。」然後他又回到之前那種認真的語氣上。「對於我所關心的人們，我首先希望他們要堅定。如果路易莎．默斯格羅夫希望晚年過得美滿幸福，她就要珍惜她目前的全部智慧和能力。」

他的話說完了，但是沒有得到回應。如果路易莎能馬上很樂意地對這一番話做出回應，那麼安妮倒會感到驚訝了。這些話是那麼有趣，說得又那麼嚴肅激動。她可以想像路易莎當時的心情。而她自己呢，她動都不敢動一下，以免被他們發現了，她就這樣待在那裡，一叢四處蔓延的矮冬青樹掩護著她。然後他們繼續往前走去，不過，還沒等他們走到她聽不見的地方，路易莎又一次開口了。

「瑪麗從很多方面來看，都是很溫和的，可是，她有時真的讓我非常惱火，因為她總是胡說八道，而且很傲慢——艾略特家族的傲慢。她真的有太多艾略特家族的傲慢了，我們真的希望和查理斯結婚的是安妮而不是她。我猜，你應該知道他當時是想娶安妮的吧？」

在一段停頓之後，溫特沃斯上校說：「你的意思是她拒絕了他？」

「哦，是的，當然！」

「那件事發生在什麼時候？」

「我知道得不是很清楚，因為我和亨麗埃塔那個時候都還在學校裡。不過我想大概是在他和瑪麗結婚的一年之前。我希望她能夠接受他，因為我們都更喜歡她一些。而爸爸和媽媽總是認為，她之所以沒有答應，是因為她的好朋友拉賽爾夫人不答應。他們認為，也許是因為查理斯受的教育不多，書讀得少這一點不能讓拉賽爾夫人滿意，所以她就勸說安妮拒絕了查理斯。」

聲音愈來愈遠了，安妮再也聽不清楚了，她激動的心情讓她仍然在原地保持不動。在她能移動之前，她必須要完全鎮定下來。俗話說，偷聽的人永遠聽不到別人說自己的好話，然而她的情況又不完全如此：她沒有聽見他們說自己的壞話，卻聽到一大堆讓她感到非常傷心的話。她看出溫特沃斯上校是如何看待她的人格，而從他的言談舉止可以看出來，就是對於她的那種感情和好奇心才引起了她的極度不安。

她一鎮定下來，就馬上去找瑪麗，找到她後就一起回到樹籬階梯那裡，待在她們原先的位置上。沒過多久，大家就都聚齊又開始行動了，安妮才感到安慰了一些。她精神上需要孤寂和安靜，而這只有人多時才能得到。

查理斯和亨麗埃塔回來了，而且大家都可以猜得到，他們帶著查理斯·海特和他們一起回來了。事情的細節安妮可就猜不到了，即使溫特沃斯上校，似乎也不是十分清楚。不過，男方有一點退讓，女方有一點心軟，兩人現在十分高興地重新聚在一起，這卻是毫無疑問的。亨麗埃塔看起來有點害羞，可是卻非常高興——查理斯·海特也非常高興。幾乎就從大家朝厄波克勞斯出發的那一刻開始，他倆又開始深深相愛了。

現在所有的跡象都表明，路易莎是屬於溫特沃斯上校的了。沒有什麼不清楚的。一路上，需要分開走也好，不需要分開走也罷，他們幾乎就像那另外一對一樣，盡量肩並肩地走在一起。當走到一條狹長的草地時，儘管地面較寬，大家可以並排走在一起，他們還是明顯地形成了三夥人。在這三隊人當中，有一隊是最不活潑、最不殷勤的，安妮當然屬於其中。她和查理斯、瑪麗走在一起，她實在太疲憊了，就高興地挽著查理斯的一隻胳膊走。可查理斯呢，儘管對她很和氣，卻對妻子失去了耐心。原來，瑪麗一直跟他過不去，現在就落了個自食其果，惹得他不時地甩掉她的胳臂，用手裡的小棍撥開樹籬中的蕁麻花絮。而這個時候，瑪麗又開始抱怨起來，為自己受到了虐待而傷心，並且照慣例說自己走在樹籬這一邊，而安妮走在另一邊卻沒有什麼不舒服的。這時查理斯乾脆把兩人的手臂都甩開了，衝著一隻一閃而過的黃鼠狼追了過去，她們兩個幾乎追不上他。

他們所走的這條小路盡頭，緊挨著這塊有一條窄路的狹長草地。而在這條窄路上，他們早就聽見了馬車的聲音，等他們來到草地的出口處，馬車正好順著同一方向開了過來，一看就知道那是克洛夫特將軍的雙輪馬車。他和妻子按照計畫兜完了風，正要回家去。當他們聽說這些年輕人走了很長時間的路之後，就好心地提議如果哪位女士覺得太累了，可以坐他們的車子。這樣就可以讓她少走整整一英里的路，因為他們的馬車會從厄波克勞斯穿過。這個邀請是向大家一起發出的，但是也被大家謝絕了。兩位默斯格羅夫小姐完全不感到累，而瑪麗也許是因為沒有得到優先邀請而感到生氣，也許是像路易莎所說的，她那艾略特家族的傲慢讓她無法容忍到那個單馬馬車上做一個第三者。

這一隊散步的人群穿過了窄路，正在攀越對面一道樹籬的階梯，將軍也準備策馬繼續趕路。

這時，溫特沃斯上校忽然跳過樹籬，去跟他姊姊嘀咕了幾句，這幾句話的內容可以根據效果猜測出來。

「艾略特小姐，我敢肯定妳累了！」克洛夫特夫人喊著。「讓我們榮幸地送妳回家吧，我向妳保證，這裡的位置對三個人來說是很寬敞的。如果我們都像妳那樣苗條的話，我相信一定能坐下四個人呢。妳一定要上來，說真的，一定啊！」

安妮仍然站在小路上，雖然她剛開始本能地謝絕了，可是克洛夫特夫人卻不讓她繼續往前走。這時候，將軍也幫妻子說話了，慈祥地催促安妮快點上車，說什麼也不許她拒絕。他們盡可能地往裡面擠了擠，給安妮留下一個小空間，而溫特沃斯上校，他什麼話也沒有說，轉身對著她，靜靜地扶她上了馬車。

是的，他是這樣做的。她坐在馬車裡，感覺是他把她抱上車的，是他心甘情願地伸出手這樣做的。而讓她感激的是，他居然察覺到她累了，而且決定讓她休息一下。他這樣做明顯是為她好，她心裡感到非常感動。這件小事似乎把過去的事情做了一個圓滿的結局，她明白他的心意了，他不能原諒她，但是他又不能做到無情無義。雖然他還在譴責她的過去，而且一想起來就覺得很不公平，充滿了怨恨；雖然他對她已經完全無所謂了，雖然他已經愛上了另外一個人，但是他不能眼看著她受苦受累而不去減輕她的痛苦。這是過去感情的痕跡，這是友情的衝動，這種友情雖然得不到公開的承認，但卻是純潔的。這就完全證明了他心地善良、真誠，她一回想起來就心潮澎湃，她自己也不知道是該高興還是該難過。

剛開始，對於她同伴好意的評論和問候，她只是毫無意識地回答著。當他們沿著崎嶇的小路走到一半之後，她才完全意識到他們的談話內容。當時她發現，他們正在談論「弗雷德里克」。

將軍說：「他當然打算要和那兩位姑娘當中的一個結婚，蘇菲亞，但是卻沒有說是哪一個。人們會覺得，他追求她們的時間夠長了，應該下決心了。唉，這都是和平帶來的結果，如果現在是戰爭年代，他早就定下來了。艾略特小姐，我們這些海軍，在戰爭時期可是不允許這樣長時間地談情說愛的。親愛的，從我第一次遇見妳，到和妳在北亞茅斯寓所結為夫妻，這中間隔了多少天？」

克洛夫特夫人快樂地回答說：「我們最好不要談論這個，親愛的，要是艾略特小姐聽說我們這麼快就訂下終身，她說什麼也不會相信我們在一起會是幸福的。不過，我在那之前很久，就對你很了解了。」

「哦，而我也早就聽說妳是個很漂亮的姑娘，除此之外，我們還在等什麼呢？我最不喜歡做事拖拖拉拉的了。我希望弗雷德里克能加快一點速度，把這兩位年輕小姐中的哪一位帶到凱林奇。這樣一來，就隨時都會有人陪伴她們的。她們兩個都是非常漂亮的姑娘，我幾乎看不出她們有什麼差別。」

「而且她們都非常的幽默、真誠。」克洛夫特夫人帶著平靜的口氣稱讚，安妮聽了覺得有點可疑，說不定她那敏銳的頭腦卻認為她們當中沒有哪一個配得上她的弟弟。「而且出身在非常有教養的家庭，實在不可能再遇到像這樣好的人家了。我親愛的將軍，那根柱子，我們差點兒就要撞到那個柱子上去了。」

不過，她冷靜地往旁邊拉了一下韁繩，車子僥倖地脫了險。後來還有一次，多虧她急中生智地一伸手，車子才既沒有翻到溝裡，也沒有撞上糞車。安妮看到他們這樣的趕車方式，不禁覺得有幾分好笑，她猜想這一定很能反映他們是如何處理日常事務的。想著想著，馬車不知不覺來到了別墅前，安妮安然無恙地下了車。

11

愈來愈接近拉賽爾夫人回來的時間了，日子已經決定，安妮和她事先約好，等她一安頓下來，就來和她住在一起，所以她巴望著早日搬到凱林奇，並且開始思考著，這會不會給她自己的安適帶來很大的影響呢？

如果是那樣的話，她就和溫特沃斯上校住在同一個村子裡了，之間相隔只有半英里。他們會常去同一間教堂，兩家人之間也肯定會有很多來往。這些都不是她所想的，但是另外一方面，他會花費許多時間在厄波克勞斯，她要是搬到凱林奇去，人們會認為她是疏遠他，而不是親近他。總而言之，她一想到這個有趣的問題，就認為她必須這樣做，離開可憐的瑪麗去找拉賽爾夫人，對她肯定會有好處，簡直就像她改變家庭環境那樣有好處。

她希望能避免在凱林奇莊園見到溫特沃斯上校，因為他們以前在那些房間裡相會過，再在那裡見面，會給她帶來巨大的痛苦。可是，她更加希望的是，如果有可能的話，拉賽爾夫人和溫特沃斯上校在任何地方都不要見面。他們互相都不喜歡對方，現在再言歸於好也不會帶來任何好處。更何況，如果拉賽爾夫人看見他們兩人總是待在一起，她或許會認為他過於冷靜，而她卻太不冷靜。

她覺得她在厄波克勞斯逗留的時間已經夠長了，期待著要離開那裡，這些問題現在又成了她主要擔心的事。她對小查理斯的照料，將永遠為她這兩個月的拜訪留下美好的記憶，不過那孩子正在逐漸恢復健康，她沒有別的理由再待下去。

然而，就在她要結束這一次拜訪時，誰知道，事情的多變是她完全沒有想到的。在厄波克勞斯的人們已經整整兩天沒有看見溫特沃斯上校的身影了，也沒聽到他的消息，現在他又突然出現，向大家說明他這兩天沒有來的原因。

他收到了朋友哈威爾上校的一封信，那封信好不容易才到他的手裡，告訴他哈威爾上校一家搬到了萊姆（註：萊姆是多塞特郡的海濱城市），準備在那裡過冬。所以，在大家都不知道的情況下，他們之間只有二十英里的距離。哈威爾上校兩年前曾經受過很嚴重的傷，所以身體一直不是很好，而溫特沃斯上校又著急地想要見到他，所以就決定自己親自到萊姆去一趟。他在那裡待了二十四小時，圓滿地履行了自己的職責，受到了熱情的款待，同時他的敘述也激起聽眾對他朋友的濃厚興趣。而他對萊姆美麗的鄉村景色的描述，讓每個人都聽得津津有味，大家都非常希望能夠親自到萊姆去看一看，所以就訂定了去那裡參觀的計畫。

所有的年輕人都很想去萊姆看一看，溫特沃斯上校說他自己也想再去一次，那裡離厄波克勞斯只有十七英里遠。那個時候雖然已經十一月了，但是天氣倒並不壞。總而言之，路易莎是最著急想去的，她早就下定了決心。她除了喜歡照著自己的意願做事之外，現在又多了一種想法，覺得一個人最重要的事情就是能照著自己的想法做事，對於她父母親一再希望她推遲到夏天再去的那些話，她感到很厭煩。於是，大家就決定去萊姆了——瑪麗、安妮、亨麗埃塔、路易莎和溫特沃斯上校。

他們一開始考慮得不夠周到，計畫早晨出發，晚上返回。誰知道默斯格羅夫先生捨不得自己的馬，不同意這種安排。後來經過理性的考慮，現在是十一月中旬，鄉下的路不好走，來回就要七個小時，一天去掉七個小時，就沒有多少時間可以欣賞那裡的風景了，所以他們決定在那裡過夜，第二天晚餐時再回來。大家都覺得這是相當不錯的改進方案。雖然所有人都一大早就聚集在葛瑞特大宅吃早餐，準備按時出發，可是直到近午了，才有兩輛馬車停在門口。默斯格羅夫先生的馬車裡坐著那四位女士，而查理斯趕著他的輕便兩輪馬車載溫特沃斯上校。到萊姆的路是從高高的山上一直往下走，然後駛進該鎮更加陡斜的街道。很顯然他們只有一點時間可以看看四周，天色就已經暗了下來，同時也帶來了涼意。

他們在一家旅館訂好房間和晚餐之後，第一件事毫無疑問就是直接到海邊去。此時已經是一年當中稍晚的時節了，萊姆這個旅遊勝地所能提供的種種娛樂，他們全都沒有趕上。房間都關著門，所有的旅客幾乎都走光了。每家每戶，除了當地的居民，幾乎沒有剩下什麼人。至於那些樓房本身沒有什麼值得稱道的，市鎮的位置很特別，有一條主要的街道幾乎筆直通到海濱，還有一條供人散步的小路直接通向碼頭。那條小路環繞著可愛的小海灣，在旅遊旺季，小海灣上到處都是更衣車和沐浴的人群。碼頭本身才是外地人真正最想欣賞的地方，它的古蹟奇觀和新式修繕，以及那陡峭無比的懸崖峭壁，一直延伸到城市的東面。如果有人不想看到萊姆附近郊區的迷人景色，不希望把它弄清楚的話，這個人一定是個很奇怪的外地人。萊姆附近的查茅斯，地勢高闊，有著迷人的鄉村景色，而且還有個優美的海灣，背後聳立著深黑的絕壁，有些低矮的石塊就星散在沙灘上，是人們坐在上面觀潮和冥思遐想的絕佳地點。萊姆是個綠樹成蔭，充滿了生機的村子。特別是平尼，那富有浪漫色彩的懸崖之間夾著一條條翠綠的山谷，山谷中到處長滿了茂盛的林木和果樹，說明自從這個懸崖第一次部分塌陷、為這山谷奠定基礎以來，人類已經在這裡度過了許許多多個世代。而這條山谷現在呈現出如此美妙的景色，完全可以和維特島馳名遐邇的類似景致相媲美。這些地方值得人們一次又一次地欣賞，只有這樣，才能懂得萊姆的價值。

來自厄波克勞斯的這群遊客，經過一座座空空蕩蕩、死氣沉沉的公寓，繼續往下走去，不久就來到了海邊。只要是有幸觀海的人第一次來到海邊，總是會逗留、眺望一番，這幾位也只是逗留了一陣，便繼續朝碼頭走去，那裡剛好是他們要參觀的目標，也是為了顧及溫特沃斯上校。因為在一個不知道建於什麼年代的舊碼頭附近，有一幢小房子，哈威爾一家就住在那裡。溫特沃斯上校拜訪他的朋友去了，而其他人則繼續散步，然後他再到碼頭上去找他們。

大家都不覺得累，一路上不停地稱讚、驚嘆。當大家看見溫特沃斯上校趕到時，就連路易莎也不覺得和他分開了很久。而當他回來時，他還帶著三個同伴，因為他曾經介紹過，所以大家都是很熟悉的，他們是哈威爾上校、夫人，以及和他們住在一起的本維克上校。

本維克上校曾經在「拉科尼亞號」上當過上尉。溫特沃斯上校上次從萊姆回來之後談起過他，熱烈地稱讚他是個非常傑出的年輕人和指揮官。他這番話肯定讓每個聽眾都對本維克上校記憶猶新又十分尊敬。之後，他又介紹了一點有關他個人生活的歷史，這就又激起了在場所有女士們極大的興趣。他曾經和哈威爾上校的妹妹訂過婚，而現在正在為她的去世而服喪。他們曾經有一、兩年時間一直在等待著他發財升官。錢是等到了，他當上尉時得到很高的賞金，而且最後也得到了晉級，可惜范妮．哈威爾並沒有活著聽到這個消息。她是在今年夏天他出海時去世的。

溫特沃斯上校相信對男人來說，誰也不可能像可憐的本維克愛戀范妮．哈威爾那樣愛戀一個女人，遇到這麼可怕的變故，沒有人比他承受的痛苦更多。他認為，他天生就具有那種忍受痛苦的性格，因為他把強烈的感情和恬靜、莊重、矜持的舉止融合在一起，而且顯然非常喜歡閱讀和久坐的生活。更有趣的是，他和哈威爾夫婦的友誼，似乎在發生了這件事情、他們的聯姻希望破滅之後，得到了進一步的增強。現在本維克上校完全和他們生活在一起了。哈威爾上校租下現在這幢房子，打算居住半年。他的嗜好、身體和錢財都要求他找一個開銷不大的住宅，而且要靠著海。鄉下景色宏偉，萊姆的冬天又比較僻靜，看起來非常適合本維克現在的心理狀態。這引起了人們對他的深切同情和關心。

當大家迎上去會合時，安妮自言自語地說：「可是也許，他心裡的悲傷並不會比我更深，我不相信他美好的前景就這麼永遠葬送了。他比我年輕，在感情上比我年輕，不是說實際年紀。他身為一個男子漢，是比我年輕。他會再次振作起來，找到新的伴侶。」

大家見了面，互相做了介紹。哈威爾上校是個高個子、皮膚黝黑，他心思敏銳、面容和善，腿有點跛，由於面目粗獷和身體欠佳的緣故，看起來比溫特沃斯上校老很多。而本維克上校看起來是三個人當中最年輕的，事實上，他和他們比起來，也的確是個子最小的一個。他有一副討人喜歡的面孔，但神態比較憂鬱，不太說話。

雖然哈威爾上校行為舉止比不上溫特沃斯上校，卻是非常有教養的人，他不但真摯熱情，且樂於助人。哈威爾夫人不像她丈夫那樣優雅，不過看起來是同樣感情豐富的人。兩個人都非常和藹可親，因為那夥人是溫特沃斯上校的朋友，他們倆就把他們統統都看成是自己的朋友。他們非常親切好客，一再懇請大夥和他們一起共進晚餐。大家都推說已經在旅館訂好了晚餐，他倆最後雖然勉勉強強地認可了，但是對於溫特沃斯上校把這樣一夥朋友帶到萊姆，卻居然沒想到和他們一起共進晚餐，彷彿感到有一些生氣。

從所有這些事情可以看出，他們對溫特沃斯上校是懷著很深感情的，而這樣的殷勤好客，真是太讓人著迷了。他們的邀請不像通常意義上的禮尚往來，不像那種拘泥禮儀、炫耀自己的請客吃飯。所以安妮覺得，要是和他那些軍官兄弟們繼續交往下去，她的心境肯定平靜不下來，她會想：這些人本來都應該是我的朋友。她必須努力控制住自己，不讓情緒變得低落。

他們離開碼頭，帶著新認識的朋友回到家裡。屋子實在太小了，只有真心邀請的主人才認為能坐得下這麼多客人。安妮也有點吃驚，可是很快的，她的心情就變得愉快起來，因為她看到哈威爾上校別出心裁地做了巧妙安排，讓原有的空間得到充分利用，添置了房子裡原來缺少的家具，然後加固了窗戶和門來抵禦冬天的寒風。房間裡各式各樣的擺設，房東提供的普通必需品，都不是一些很重要的東西，與此形成鮮明對比的，倒是幾件木製珍品，作工十分精緻。另外還有一些哈威爾上校從海外很遠的地方帶回來稀奇又有價值的東西，就不只是能讓安妮覺得有趣而已。因為這些東西和他的職業有關係，是從事這項職業的勞動成果，是職業對他的生活習慣造成影響的結果，給他的家庭帶來一幅幸福的景象，這讓她多多少少產生了一種滿足感。

哈威爾上校不是個讀書人，不過本維克上校倒收藏了不少裝幀精緻的書籍。經過哈威爾上校巧妙的設計，騰出了很好的地方，為本維克製作了非常漂亮的書架。他的腳有一些跛，讓他不能多做運動，可是他富有心計，愛動腦筋，讓他在屋裡始終忙個不停，他畫畫、上油漆、做木工，到處膠膠貼貼，為孩子做玩具，製作經過改進的新織網梭。如果所有的事情都辦完了，就坐在屋子的一角，擺弄他的那張大魚網。

在安妮離開他們的屋子時，她覺得自己似乎拋下了歡愉。而路易莎，她走在她旁邊，正欣喜若狂地對海軍的氣質大加讚揚，說他們親切友好，情同手足，坦率豪爽。她還聲稱，她確信，在英國，海軍比任何人都更熱情、更值得尊敬，只有他們才知道應該如何生活，只有他們才值得受尊敬和熱愛。

他們都回去換衣服、吃晚餐了，計畫也都已經完成，沒有一件事出差錯。不過還是說了一些比如「來得不是時候」、「萊姆不是交通要道」、「沒有遇到什麼同伴」之類的話，旅館老闆只好連連道歉。

安妮剛開始還以為她絕對不會習慣和溫特沃斯上校待在一起，可是現在她發現自己已經愈來愈習以為常。現在和他坐在同一張桌子上，互相說幾句有禮貌的話（他們從來不會超出這一點），已經變得完全無所謂了。

夜已經很深了，女士們只好決定等到明日再聚。不過，哈威爾上校承諾說他晚上會來拜訪大家。而他來了，同樣也帶著他的朋友。這是出乎大家意料的，因為大家一致認為，本維克上校當著這麼多稀客的面，顯得非常沉悶，可是無論如何，他還是大膽地來了，雖然他的情緒和大家的歡樂氣氛似乎很不協調。

溫特沃斯上校和哈威爾上校在屋子的一角帶頭說著話，再一次提起過去那些日子，用豐富多彩的奇聞軼事為大家取樂逗趣。而這樣就剩下安妮一個人和本維克上校單獨坐在一起。她天生一副好性格，情不自禁地就和他攀談起來。他很害羞，而且還常常心不在焉。不過她神情溫柔迷人，舉止溫文爾雅，很快就產生了效果，她之前的一番努力得到了充分的報答。這個年輕人顯然是讀過相當多書的人，不過他更喜歡讀詩。安妮相信，他的老朋友們可能對這些話題不感興趣，可是她，至少可以和他暢談一個晚上。在談話中，她自然而然地提起和痛苦對抗是很有好處的，而且是應該的，她覺得這些話對他可能真正有一些作用。因為他雖然害羞，但是也不拘謹，看來他很樂意衝破常規的感情約束。他們談起詩歌，談到現代詩歌的豐富多彩，簡單比較了一下他們對幾位第一流詩人的看法，試圖確定《瑪密安》和《湖上夫人》哪一篇更好，如何評價《異教徒》和《阿比多斯的新娘》，還有《異教徒》（註：異教徒是指不信伊斯蘭教的人，尤其指基督徒）的英文該怎麼念。他對一位詩人充滿柔情的詩篇和另外一位詩人悲痛欲絕的深沉描寫，全部瞭若指掌。他帶著激動的感情，背誦了幾行描寫肝腸寸斷、痛不欲生的詩句，看來十分渴望他人的理解。安妮因此冒昧地希望他不要一味地光讀詩，而且說，詩歌，對於那些酷愛吟詩的人來說，不一定是很安全的；只有具備強烈的感情才能真正欣賞詩歌，而這強烈的感情在鑑賞詩歌時又不能不有所節制。

他看起來是想表現出他不怎麼痛苦，對她暗示說，他的情況很好，她也就更放心地繼續說了。而且她覺得自己在這個經驗上比他要多一些，就大膽地建議他在日常學習中多讀一些散文。當對方要求她說得具體一點時，她提到了一些優秀道德家的作品，卓越文學家的文集，以及一些有作為的、遭受種種磨難的人物的回憶錄。她當時想到了這些人，覺得他們高度發揚了道德和宗教上的忍耐，樹立了最崇高的榜樣，可以激勵人的精神，堅定人的意志。

本維克上校認真地聽著，似乎對她話裡包含的關心感到非常感激。他雖然搖了搖頭，嘆了幾口氣，表示他不怎麼相信有什麼書能解除他的痛苦，但他還是記下了她所推薦的那些書，而且答應去找來讀一讀。

當夜晚結束時，安妮一想起自己來到萊姆以後，居然勸說一位剛認識的小伙子要忍耐，要順從天命，心裡不禁覺得有些好笑。可是再仔細一想，她不由得又有幾分害怕，因為像其他很多大道德家、傳教士一樣，她雖然說起來頭頭是道，但自己的行動卻是經不起考驗的。

12

安妮和亨麗埃塔第二天早上發現她們是一群人當中起得最早的，兩人於是商量，在早飯前到海邊走走。她們來到了沙灘上，觀看潮水上漲，只見海水在一陣陣東南風的吹拂下，直往平展的海岸上湧來，顯得十分壯觀。她們讚嘆這樣的早晨，誇耀著這樣的大海，稱賞著涼爽宜人的微風——可是都沒有說話。

過了一會兒，亨麗埃塔突然嚷道：「哦，是的，我相當確定！除了極個別情況以外，海邊的空氣總是給人帶來好處的。去年春天，毫無疑問，在謝利博士得了一場病之後，是這海邊的空氣幫了他的大忙。他聲稱，他在萊姆待的一個月，比他吃任何藥都更有效果。他還說來到海邊就讓他感覺又年輕了。而現在，我不得不感到很遺憾，他沒有乾脆就住在海邊。現在，我的確認為他不如乾脆離開厄波克勞斯，在萊姆定居下來。妳看呢？安妮，妳難道不同意我的看法，不認為這是他最好的辦法，不管對他自己還是對謝利夫人，都是最好的辦法嗎？妳知道，她在這裡有幾個遠親，還有很多朋友，這會讓她感到很快樂的。我想她一定很樂意來這裡，一旦她丈夫再發病，也可以就近求醫。我真的認為，像謝利博士夫婦這樣的大好人，做了一輩子好事，而現在卻在厄波克勞斯這麼個地方消磨晚年，想起來真教人寒心。除了我們家，他們就像完全與世隔絕了一樣。我希望他的朋友可以向他提出這個建議，我真的認為他們應該這樣做。

「至於說要獲得到外面去住的資格，憑著他的年齡和人格，我想不會有什麼困難的。我唯一懷疑的是，有沒有什麼辦法可以勸服他離開自己的教區。他是一個非常嚴謹、非常細心的人，甚至可以說有一點過於謹慎了。安妮，難道妳不認為他有一點過於謹慎了嗎？一個牧師本來是可以把自己的職務交給別人的，卻偏偏寧願犧牲自己的健康也要做下去，難道妳不認為這是非常錯誤的思想嗎？他要是住在萊姆，離厄波克勞斯也很近，只有十七英里，人們心裡有沒有什麼不滿的地方，他完全聽得到。」

安妮聽著這一番話，不禁暗自笑了起來。她像理解小伙子的心情那樣理解一位小姐的心情，於是決定成人之美，加入了這個話題。不過這是一種低標準的示好，因為除了一般的默認之外，她還能做出什麼表示呢？她在這件事上盡量說了一些很合理、很恰當的話，覺得謝利博士應該休息，認為他確實需要找個有活力又體面的年輕人做留守副牧師，她甚至體貼入微地暗示說，這樣的留守牧師最好是已經結了婚的。

亨麗埃塔對她的同伴感到非常滿意，她說：「我希望拉賽爾夫人能住在厄波克勞斯，而且可以經常和謝利博士來往。我總聽說拉賽爾夫人是個對誰都有非常大影響力的女人，我一向認為她有能力勸說一個人去做任何事！我以前就告訴過妳，我怕她，相當怕她！因為她非常聰明，但是我又非常尊敬她，希望我們在厄波克勞斯能夠有一位這樣的鄰居。」

安妮好笑地看著亨麗埃塔那副感激的神態，而同樣讓她感到有趣的是，由於事態的發展和亨麗埃塔的新興趣，她的朋友居然會受到默斯格羅夫府上某個成員的賞識。不過，這一次，她只是隨意敷衍一下，祝願厄波克勞斯的確能有這樣一個女人。可就在她要把話說完之前，她就被打斷了，只見路易莎和溫待沃斯上校朝她們走了過來，他們也想趁早飯準備好之前出來散散步。不過路易莎又突然想起來，她需要到城裡的一家店裡去買點什麼東西，於是就邀請他們幾個和她一起回到城裡。他們也都欣然從命了。

當他們來到由海灘向上通往街裡的台階前時，正好有位紳士準備往下走，只見他彬彬有禮地退了回去，並停下來讓路給他們。他們走了上去，從他旁邊路過。就在他們路過時，他看見了安妮的臉，他非常仔細地打量著她，目光流露出愛慕的神色。安妮不可能沒有覺察到。她看起來非常吸引人，那端莊秀氣的面龐被清風一吹拂，又煥發出青春的嬌潤和豔麗，一雙大眼睛也變得炯炯有神。很顯然，那位紳士（從他的舉止來看，絕對可以說他是一位紳士），對她非常愛慕。溫特沃斯上校立刻回過頭看了她一眼，表示他注意到了這個情況。他匆匆地、和顏悅色地瞥了她一眼，彷彿是說，「那個人被妳吸引住了，而目前，就連我，我也再一次看到了安妮·艾略特。」

大家在陪著路易莎買好東西之後，又在街上稍微逛了一會，就回到了旅館。而安妮，後來就在她急急忙忙走出自己的房間，朝餐廳走過去時，剛好剛才那位紳士從隔壁房間走了出來，兩人差一點兒撞了個滿懷。安妮一開始猜他和他們一樣是陌生的遊客，後來回旅館時見到一位漂亮的馬夫，在兩家旅館附近來回地踱步，就斷定那是他的僕人。主僕兩個都戴著孝，這就更讓她覺得是這麼回事。現在可以證明，他和他們住在同一家旅館裡。這是他們第二次碰面了，雖然時間非常短促，但是從那位紳士的神情裡同樣可以看出，他覺得她十分可愛，而從他那爽快得體的道歉中可以看出，他是個舉止非常文雅的男人。他大概三十歲左右，雖然長得不算漂亮，卻也挺討人喜歡。安妮很想知道他是誰。

就在大家幾乎快吃完早餐時，他們聽到門外有馬車的聲音（這幾乎是他們到萊姆來之後，第一次聽到馬車的聲音），於是有一半的人都被吸引到窗戶邊。那是一位紳士的馬車，一輛輕便馬車，不過只是從馬車場駛到正門口，一定是什麼人要走了。駕車的是個戴孝的僕人。

一聽說是一輛雙輪輕便馬車，查理斯・默斯格羅夫就猛地跳了起來，想和他自己的馬車比一比。那個穿著喪服的僕人引起了安妮的注意，馬車的主人正要走出正門，老闆一家畢恭畢敬地送他出來，安妮一夥六個人全都聚到窗前，望著他坐上馬車離開。

溫特沃斯上校立刻看了安妮一眼，叫道：「啊！他是我們遇到的那個男人。」

兩位默斯格羅夫小姐贊同他的說法。大家深情地目送著那個人朝山上去，直到看不見為止，然後又回到餐桌旁。不一會，服務員走進了餐廳。

溫特沃斯上校馬上說：「請問，你能告訴我們剛剛離開的那位紳士的名字嗎？」

「哦，是的，先生，他是艾略特先生，一位十分有錢的紳士，昨晚從希德茅斯來到這裡。先生，我想你用晚餐時一定聽到馬車的聲音，他現在正要去克魯克恩，然後再去巴思和倫敦。」

「艾略特！」在那個聰明機伶的服務員把這一切說完之前，大家就都互相看著對方，很多人都在重複著這個名字。

瑪麗喊著，「我的天啊！那一定是我們的堂兄，那一定是艾略特先生，是的，一定是的！查理斯，安妮，不是嗎？你們看啊！他們穿著喪服，就像我們的艾略特先生穿喪服那樣。真是太神奇了！我們居然住在同一間旅館。安妮，他難道不是我們的艾略特先生嗎？我們父親的財產繼承人？請問，先生！」她又轉身問那個服務員：「你沒有聽說嗎？你沒有聽到他的僕人說，他是凱林奇家族的人？」

「不，夫人，他沒有特別提到是哪一個家族。可是他說他的主人是個非常有錢的紳士，而且有一天會成為準男爵的。」

瑪麗像著了魔一樣地喊著：「對了！你們都聽到了！我剛才就是這樣說的。他就是沃爾特・艾略特先生的繼承人。我早就知道，如果事情真是如此的話，那就一定會洩露出來的。你們相信我好了，這個情況他的僕人不管走到什麼地方都會努力加以宣揚的。可是，安妮，妳只需想一想這是多麼神奇啊！我希望我能夠更仔細地看看他。我希望我們可以早一點知道他是誰，那樣我們就可以認識他了。真是可惜啊，我們竟然沒有互相介紹。妳覺得他的樣子有艾略特家的模子嗎？我幾乎都沒有看他，只看了他的馬。可是我覺得他有一些艾略特家的模樣，我都沒有注意到他的族徽！哦！他的大衣搭在馬車的鑲板上，這樣一來就把族徽給遮住了。不然的話，我可以確定，我可以看到他的族徽的，還有那僕人的制服。如果他的僕人不是在戴孝的話，別人一看他的制服就能認出他來。」

溫特沃斯上校說：「把所有這些不平常的情況綜合起來，我們必須把妳沒有認識妳堂兄這件事，看成是上帝的安排。」

安妮等到瑪麗能夠聽她說話時，才平心靜氣地勸告她說，她們的父親和艾略特先生這麼多年來關係一直不好，再去設法認識他是很不合適的。

不過，同時，讓她暗自高興的是，她已經見過她的堂兄了。知道凱林奇未來的主人顯然是個有教養的人，神態也顯得很聰明。不過，她無論如何也不願意說出，她其實已經見過他兩次了。幸運的是，瑪麗並不很注意他們之前散步時從他面前走過，但她要是聽說安妮在走廊裡居然遇見了他，受到他十分客氣的道歉，而她自己卻完全沒有接近過他，她一定會覺得很吃虧的。不，他們堂兄妹之間的這次會見必須絕對保守祕密。

瑪麗說：「當然！妳下次寫信去巴思時，一定要提到我們看見了艾略特先生。我想父親當然應該知道這件事，必須告訴他。」

安妮迴避了這一點，沒有直接回答，不過她認為這個情況不僅沒有必要告訴他們，而且應該隱瞞。她了解她父親多年前所遇到的無禮行為，她懷疑伊莉莎白和這件事有很大的關係，因為他們兩個每次一想起艾略特先生，總是感到十分惱怒，這是毫無疑問的。瑪麗自己從來不寫信去巴思，所以和伊莉莎白枯燥乏味地通信的苦差事，就完全落在安妮的肩上。

早餐吃完沒多久，哈威爾上校和夫人帶著本維克上校來找他們。大家約好最後再逛一次萊姆。他們準備一點鐘動身返回厄波克勞斯，所以這個時候就還想再聚一聚，出去走一走。

安妮發現他們一走到大街上，本維克上校就靠她很近。他們前一天晚上的談話並沒有讓他不願意再接近她。他們在一起走了一會兒，就像之前那樣談論著司各脫先生和拜倫勳爵，不過仍然一如既往地像其他讀者一樣，對兩個人作品的價值無法取得完全一致的意見。最後也不知道為什麼，大家幾乎都換了個位置，現在走在安妮旁邊的不是本維克中校，而是哈威爾上校。

哈威爾上校壓低聲音說：「艾略特小姐，妳做了一件好事，讓這個可憐的傢伙說了這麼多話，我希望他能夠經常有妳這樣的同伴就好了。我知道，像這樣把他關起來，對他是沒有任何好處的，可是我們能怎麼辦呢？我們不能分開啊！」

安妮說：「我完全相信那是不可能的。可是，也許總有一天——我們都知道，時間對每一個煩惱會起什麼樣的作用。你得記住，哈威爾上校，你朋友的痛苦還只是剛開始不久——我想是今年夏天才開始的吧！」

上校深深嘆了一口氣，說：「哦，是的，從六月才開始的。」

「也許，他知道的還沒有那麼早。」

「他是直到八月的第一個星期才知道的。那時候，他剛剛奉命去指揮『格鬥者號』，從好望角回到英國。我當時在普利茅斯，非常擔心他聽到這個消息。他寫了一些信過來，但是『格鬥者號』奉命要開往樸資茅斯。這個消息一定傳到了他那裡，但是誰會告訴他？但不是我，我是寧願被吊死在帆桁上也不會說的。沒有人會告訴他這個消息，除了一個好朋友（說著，他指了指溫特沃斯上校）『拉哥尼亞』號在那之前的一個星期，開進了普利茅斯，而且不會再出海了。於是他就有機會去做別的事情。他打了個請假報告，也沒有等報告回覆，就日夜兼程地來到樸資茅斯，接著就刻不容緩地划船來到『格鬥者號』上，整整一個星期他再也沒有離開那個可憐的人。那就是他做的事情，再也沒有其他人可以救可憐的詹姆斯了。妳可以想像，艾略特小姐，他和我們有多麼親密！」

安妮的確在想像著，而且在她感情允許的情況下，或說在她能夠承受的情況下，盡量多回答一些話。因為哈威爾上校實在太情緒化了，沒有辦法再重新回到剛才的話題上。等到上校再開口時，說的完全是另外的事情了。

哈威爾夫人提了一個建議，說她的丈夫如果繼續走下去的話，要回家就太遠了。這個建議也就決定了大家最後一次散步的方向，大家會陪著他們走到他們的家門口，然後再返回來，再出發。而且據大家計算，這時間剛剛好可以這樣做。可是，當他們快接近碼頭時，每個人都想再到上面走一走。既然大家都想去，路易莎只好也下定決心去。大家都覺得，早晚一刻鐘根本不會有什麼不同。於是，到了哈威爾上校家門口，可以想像得到，他們是如何深情地互相道別，深情地提出邀請，做出答應，然後辭別了哈威爾夫婦，但仍然由本維克上校陪著，看來他是準備一直陪到最後。大家就繼續向碼頭走去，向它做最後的告別。

安妮發現本維克上校再一次靠近她。看著眼前的景色，他情不自禁地吟誦起拜倫勳爵〈湛藍色的大海〉的詩句，安妮十分高興地盡量集中精力和他交談。但沒過多久，她的注意力就被吸引到其他地方去了。

因為風太大，小姐們待在碼頭上都覺得不太舒服，於是同意沿著矮一點的台階走到下碼頭上。她們每個都滿足於一聲不響地、小心翼翼地走下陡斜的台階，只有路易莎例外，她必須要溫特沃斯上校扶著往下跳。在過去的幾次散步中，他每一次都扶著她跳下樹籬台階，她覺得這種感覺讓她非常快樂。而這一次，由於人行道太硬，她的腳受不了，溫特沃斯上校有些不願意，不過，他還是那樣做了。她安全地下來，而且為了顯示她的興致，她又跑開，決定再由他扶著跳一次。他勸說她別再跳了，覺得震動太大。

可是，他再怎麼說都是沒有用的，她笑著說：「我已經下定決心了。」於是他伸出雙手，誰知道她操之過急，早跳了半秒鐘，咚的一聲摔到下碼頭的人行道上，抱起來時已經不省人事了！

她身上沒有傷痕，沒有血跡，也看不到明顯的瘀傷。可是她的眼睛是閉著的，呼吸也停止了，臉色就像死人一樣蒼白，當時站在她周圍的其他人一個個都嚇呆了。

溫特沃斯上校把她扶了起來，用胳膊枕著她，跪在地上望著她，臉色像她的一樣蒼白，痛苦得說不出話來。

「她死了！她死了！」瑪麗一把抓住她丈夫，大聲尖叫了起來。她丈夫本來就被嚇得不輕，再聽到她的尖叫聲，更是嚇得呆在那裡一動不動。

而這個時候，亨麗埃塔真的以為她的妹妹已經死了，悲痛欲絕，也跟著昏了過去，如果不是本維克上校和安妮從兩邊扶住了她，一定也會從台階上摔下去的。

「有沒有人可以幫我一下？」這是溫特沃斯上校突然冒出的第一句話，他的語氣帶著絕望，好像已經筋疲力盡了一樣。

安妮說：「去幫幫他！去幫幫他！看在上帝的分上，去幫幫他！我自己一個人就能扶著她。離開我吧，去幫幫他！揉揉她的手和太陽穴。這裡有嗅鹽，拿給他們，快拿給他們。」

本維克上校照做了，而查理斯也在同一時間離開他的妻子，他們都過來幫他。

溫特沃斯上校把路易莎抱了起來，他倆從兩邊牢牢地扶住。安妮提出的辦法都試過了，但是完全沒有用。

溫特沃斯上校趔趔趄趄地靠著牆撐起來，悲痛欲絕地叫道：「上帝啊！快讓她的父母過來！」

「醫生！」安妮說。

溫特沃斯上校聽到了這個詞，似乎被立刻驚醒了，連說：「是的，是的，現在，立刻去找一個醫生來。」說完，就飛身跑了起來。

不過安妮趕緊建議說：「本維克上校，讓本維克上校去找不是更好嗎？他知道在什麼地方可以找到醫生。」

每個稍微可以思考一下的人都覺得這個建議是很好的，轉眼之間（這一切都是在轉眼之間進行的），本維克上校就把那死屍般的可憐人交給她哥哥照料，自己飛快地朝著城裡跑去。

至於那些留在原地的可憐人們，在那神志完全清醒的三個人當中，很難說誰最痛苦，是溫特沃斯上校、安妮，還是查理斯？查理斯的確是個親如手足的哥哥，他抬著路易莎哭得泣不成聲，他的眼睛只能從這個妹妹身上，轉到同樣不省人事的另一個妹妹身上，或看看他妻子歇斯底里大發作的樣子，拚命地喊他幫忙，可是他又實在無能為力。

安妮出於本能，正在全心全意地、盡最大努力照顧亨麗埃塔，有時候，還要設法安慰別人，勸說瑪麗要安靜，查理斯要放寬心，溫特沃斯上校不要那麼痛苦。他們兩個人似乎都在希望她的指揮。

查理斯叫道：「安妮，安妮，接下來該怎麼做呢？看在上帝的分上，接下來該怎麼做呢？」

溫特沃斯上校同樣也把目光投向了她。

「是不是把她抬進旅館去比較好？是的，我知道，最好是輕輕地把她抬進旅館裡去。」

「是的，是的，到旅館去！」溫特沃斯上校重複說，他鎮定了一些，急切地想做點什麼。「我可以自己抬她，默斯格羅夫，你照顧其他人。」

這個時候，發生意外的消息已經在碼頭周圍的工人和船工中傳開了，很多人都聚攏了過來，如果需要的話可以幫幫忙。至少可以看個熱鬧，瞧一瞧那位昏死的年輕小姐，不，兩位昏死的年輕小姐，事實證明，事態比一開始謠傳的消息要猛烈一倍。亨麗埃塔被交給一些體面的好心人照看著，她雖然還有一點意識，但是完全動彈不得。就這樣，安妮走在亨麗埃塔旁邊，查理斯扶著他的妻子，他們都帶著一種難以表達的心情，沿著剛才高高興興走來的路，慢慢地往回走去。

他們還沒走出碼頭，哈威爾夫婦就趕來了。原來他們看見本維克上校從他們屋前飛奔而過，看臉色像是出了什麼事，於是他們立刻趕了來，一路上問著、聽著，直接就到碼頭來了。雖然哈威爾上校也非常震驚，但還保持著理智和鎮定，並立即就能發揮作用。他和妻子互看了對方一眼，就知道要做什麼了。她必須被帶到他們的家裡去。所有人都必須到他們家裡去，在那裡等待醫生的到來。他們不聽任何猶豫，於是大家只好服從他。大家都來到他家裡。而路易莎，在哈威爾夫人的指揮下被送到了樓上，放在她自己的床上，她丈夫也跟著幫忙拿來鎮靜劑和甦醒劑給那些需要的人。

路易莎曾經睜開過一次眼睛，可是很快，她又再一次閉上了，沒有要清醒的樣子。不過，這也證明了她還活著，這讓她的姊姊感到寬慰。亨麗埃塔雖然還不能和路易莎待在同一個屋子裡，但是她有了希望，雖然還有幾分害怕，心情還很激動，但是沒有再暈過去。瑪麗也是，漸漸恢復了平靜。

醫生幾乎是以最快的速度趕了過來。當他在做檢查時，大家都提心吊膽的。不過，他倒不感到絕望。病人的頭部受了嚴重的傷，但他都治好過比這更重的傷，所以他一點也不絕望，說起話來也一派輕鬆。

醫生並沒說是不治之症，沒說再過幾個鐘頭就一切都完了，這超乎了大多數人的希望。大家的痛苦頓時減輕了，都感到很高興，在一陣沉默之後，突然又大聲地喊著「謝天謝地」，這是可以想像的。

看到、聽到溫特沃斯上校說「謝天謝地」時的那種語氣、那副神態，安妮肯定自己是永遠也不會忘記的。她也絕不會忘了他後來的那個樣子。當時，他正坐在一張桌子旁邊，雙臂交叉地伏在桌子上，捂著臉，就像已經抵擋不住心裡那各種各樣的感覺，於是試圖透過祈禱和思考，讓心情平靜下來。

路易莎沒有傷到四肢，只是頭部受了一點傷。

現在大家有必要考慮一下該如何處理眼前的情況，他們現在恢復商議的能力了。毫無疑問，路易莎必須待在原地，儘管這會給哈威爾夫婦帶來不少煩惱，因此引起了她的朋友們的不安。但是要移動她，是不可能的。哈威爾夫婦消除了眾人的重重顧慮，甚至盡可能委婉地拒絕了大家的感激之情，他們沒等別人開始考慮，已經很有預見性地把一切都安排好了。本維克上校把房間讓給他們，自己到別的地方去住。所有的事都確定了下來。他們唯一需要擔心的是，屋子裡能不能住下這麼多人。不過也許，要是「把孩子們放到女僕的屋裡，或是在什麼地方掛一個吊床」他們就不需要擔心如果他們願意留下的話，會騰不出住兩、三個人的地方。至於對默斯格羅夫小姐的照顧，他們完全可以把她交給哈威爾夫人，絕對不用擔心。哈威爾夫人是個很有經驗的看護，而她的保母又長期和她生活在一起。不管她到任何地方，她們都是在一起的。有了這兩個人，病人就日夜都有人護理了。所有這一切都說得非常真誠而理智，讓人覺得無法抗拒。

查理斯、亨麗埃塔和溫特沃斯上校三個正在磋商，過了一會兒之後，他們只剩一些困擾和擔心。「厄波克勞斯，必須要有人到厄波克勞斯去通知這個消息，這件事對默斯格羅夫先生和夫人會是很深的打擊！現在還是上午，如果我們出發的話，還有一個小時就應該準備好了。這是平常多麼不可能發生的事啊！」

剛開始，大家對這個建議都覺得不可行，可是過了一會兒，溫特沃斯上校又自己解釋說：

「我們必須下定決心，不要再浪費任何時間了。每一分鐘都是很寶貴的。必須要有人立刻下決心到厄波克勞斯去。默斯格羅夫先生，是你去還是我去？」

查理斯同意這個提議，但聲稱他決定不去。儘管他會盡可能減少哈威爾上校和夫人的麻煩，可是在現在這種情況下，他既不應該，也不願意就這樣離開他的妹妹。事情就這麼決定了。亨麗埃塔剛開始的決定也是一樣，可是過一會兒，就被大家勸服了。她留在這裡是沒有用的，她沒辦法待在路易莎的房間，也不能照顧她，這樣的痛苦讓她變得不但無助，而且很難受。不過她不得不承認她沒有什麼事做得好，雖然她還是不願意離開，可是，想到她的父母，她就放棄了自己的想法。她同意了，她也希望能夠回家去。

這個計畫剛剛說到這一點時，安妮正從路易莎的房間下來，當客廳的門打開時，正好聽到後面的話。

溫特沃斯上校喊著：「那麼就這樣決定了，默斯格羅夫，你留在這裡，我照顧你的妹妹回家去。可是其他人呢？可以有一個人留下來幫助哈威爾夫人，我想，留一個人下來就夠了。當然，查理斯·默斯格羅夫夫人更願意回家去照顧孩子們，所以只需要安妮留在這裡，沒有人比安妮更合適、更能幹了。」

她停了一會兒來平復因為聽到這些話而變得激動的情緒。另外兩個人也非常熱心地同意了他所說的話，然後她出現了。

「我肯定妳會留下的，妳會留下來照顧她的。」他一邊朝她走過來，一邊熱情而親切地說，幾乎就像過去那樣子。她的臉變得通紅，而他平靜了下來，又走開了。

她說：「這正是我剛剛在想的，也非常願意去做的事情。如果哈威爾夫人認為可以的話，在路易莎的房間再放一張床就可以了。」

所有的事都安排好了，只除了一件。雖然晚歸一些，會讓默斯格羅夫先生和夫人預先警覺有事發生，這或許是好事，但要用厄波克勞斯的馬載他們回去的話，那時間肯定會嚴重地拖遲，那就太糟糕了。所以溫特沃斯上校建議，而查理斯．默斯格羅夫也同意，溫特沃斯上校最好從旅館租驛車回去，把默斯格羅夫先生的馬和車留下來，以便明天一早可以把路易莎夜間的情況帶回去給大家知道。

溫特沃斯上校現在正忙著準備他要出發的所有東西，很快的，那兩位女士也跟著準備起來。

可是當這個計畫被瑪麗知道了以後，所有的寧靜就被打破了。她非常可憐又激烈地抱怨著，她覺得這樣太不公平了，她應該代替安妮。安妮對路易莎來說什麼也不是，而她是路易莎的嫂嫂，最有權利接替亨麗埃塔。為什麼她不像安妮那麼有用呢？而且還要離開查理斯一個人回家！離開她的丈夫！不，這太無情了！總而言之，她的話讓她的丈夫抵擋不住。而當他屈服了之後，就沒有人能夠反對她了，怎樣都無濟於事，讓瑪麗代替安妮是無可避免的了。

對於瑪麗的嫉妒和不公正的主張，安妮顯得不情願又無能為力。可是既然這樣，他們就必須出發了，查理斯顧著他的妹妹，本維克上校照顧她。就在他們匆匆向前走時，來到了今天稍早發生這一切事情的地方，她陷入思考。在這裡，她聽到亨麗埃塔說希望謝利博士可以離開厄波克勞斯；更早一點，她第一次看到艾略特先生。而一瞬間所有這一切似乎都被路易莎帶走了。

本維克上校非常體貼地照顧她。這天的事故似乎讓大家彼此變得更加緊密，她對他的好感愈來愈多，甚至還高興地感覺到，也許現在是他們繼續交往的好時機。

溫特沃斯上校正在等待著他們。為了方便起見，一輛四馬拉的兩輪輕便馬車停在街道的最低處等待著他們。可是當他看到由姊姊代替了妹妹時，他明顯感到吃驚和憤怒。在聽到查理斯的解釋時，他不禁臉色都變了，驚訝之外，有些神情剛露出來又強忍了回去，這讓安妮感到更加難堪，至少讓她覺得，她之所以受到器重，僅僅是因為她對路易莎有用而已。

她努力地保持鎮靜，保持公正。看在他的面子上，她也不用模仿艾瑪對待亨利的感情（註：這個故事出自英格蘭詩人馬修．普賴爾（一六六四～一七二一）的敘事詩《亨利與艾瑪》），就能以超過一般人的熱情照顧路易莎。她希望他不要老是那麼不公正地認為，她會無緣無故地逃避做朋友的職責。

與此同時，她走進了馬車。溫特沃斯上校把她們倆扶了進來，自己坐在她們中間。在這種情況下，安妮就用這種方式，滿懷著驚訝的感情，告別了萊姆。他們要如何度過這漫長的旅程呢？這會對他們造成什麼樣的影響呢？他們之間將怎麼相處呢，這一切她都無法預見。不過，一切都很自然，他對亨麗埃塔非常熱心，總是把臉轉向她；他說話總是著眼於增強她的信心，激勵她的情緒。總之，他的語言和行為總是刻意保持平靜，不讓亨麗埃塔激動起來似乎是他的主要原則。只有一次，當她為最後那次失算、倒楣的碼頭之行感到傷心，抱怨說誰出這麼個餿主意時，他突然爆發出來，似乎已經控制不住自己了。

他喊著：「不要說這個！不要說這個！哦，上帝啊！如果我在那個關鍵的時刻沒有屈服於她就好了！我如果按照我應該做的那樣去做就好了！可是她那麼急切，那麼堅決！哦，可愛的路易莎啊！」

安妮吃驚地想，不知道他現在有沒有對他自己關於堅定的性格能帶來普遍的幸福和好處的見解提出疑問；也不知道他有沒有意識到，像人的其他氣質一樣，堅定的性格也應該有個分寸和限度。她認為他不可能感覺不到，脾氣好，容易說服，有時候像性格堅決一樣，也是有利於得到幸福的。

他們走得很快。安妮很驚訝這麼快就看到他們熟悉的山和景物。他們確實速度很快，再加上有些害怕抵達目的地，便感覺路程似乎只有前一天的一半遠。不過，還沒等他們進入厄波克勞斯一帶，天色已經變得昏暗下來，他們三個人一聲不響地沉默了很長時間，只見亨麗埃塔斜著仰靠在角落裡，用圍巾蒙著臉，讓人以為她哭著哭著睡著了。

當他們翻過最後一座山時，安妮突然感覺到溫特沃斯上校在對她說話，他的聲音低沉而謹慎，他說：「我在考慮我們怎麼做才是最好的。亨麗埃塔不能在第一時間出現，她會受不了的。我想妳是不是應該在馬車裡陪著她比較好，由我先進去向默斯格羅夫先生和夫人敘述這一切。妳認為這是不是個好主意呢？」

安妮覺得不錯。溫特沃斯覺得很滿意，也就沒有再多說什麼。但是，一想起他向她徵求意見，就讓她仍然感到很快樂，這就證明了友誼，證明了他很尊重她的看法，這是一件非常讓人高興的事情。

到厄波克勞斯傳達消息的苦差事完成了。溫特沃斯上校見到那兩位父母，就像人們所希望的那樣，表現得相當鎮靜，女兒來到父母身邊也顯得好多了，於是他宣布：他打算坐同一輛馬車回萊姆。等幾匹馬都休息夠了之後，他就出發了。

下卷

13

安妮在厄波克勞斯剩下的時間加起來也只有兩天，而且都是在葛瑞特大宅裡度過的。她感到非常滿意，知道自己在這裡是非常有用的，既是很親密的朋友，又是可以幫忙做好一切安排的好幫手。而這一點，對於處於悲傷當中的默斯格羅夫先生和夫人來說，是很難做到的。

第二天一早就有人從萊姆來報信，路易莎還是老樣子，沒有更糟糕的症狀。查理斯幾個小時之後帶來更詳細的最新消息，他倒是很樂觀，雖然不能期待她會很快地痊癒，但從傷勢的程度來看，還是進步得很順利。值得一提的是哈威爾夫婦，他怎麼也說不完他們的恩惠，特別是哈威爾夫人的精心護理。「她真的什麼事也不留給瑪麗做。」昨天晚上他和瑪麗被勸說著很早就回到了旅館。瑪麗今天早上又開始歇斯底里。當他離開時，她就和本維克上校出去散步了，或許這樣對她會有一點好處。他其實很希望前一天她能被成功勸服離開那裡。事實上，哈威爾夫人根本沒有留什麼事給其他人做。

就在同一天下午，查理斯又回到萊姆，一開始他父親還有點想要跟他一起去，但是女士們不同意。因為如果他去的話，只會給其他人增加煩惱，而且給自己增加痛苦。後來又提出了一個更好的計畫，並且付諸實行。查理斯要人從克魯克思趕來一輛兩輪輕便馬車，然後拉了更管用的家庭老保母同行。她帶大所有的孩子，並且看著最後一個孩子，那位玩心太重、長期被寵壞了的哈利少爺，跟著哥哥們去上學。她現在住在空蕩蕩的保育室裡，補補襪子，為周圍的人治療膿疤和瘀傷，因此一聽說需要她去幫助護理親愛的路易莎小姐就非常高興。之前，默斯格羅夫太太和亨麗埃塔也含含糊糊地有過要莎拉去幫忙的願望。但是，如果安妮不在，這件事情就很難確定下來的，不會這麼快就被發覺是切實可行的。

第二天，他們還要感謝查理斯．海特，讓他們聽到路易莎的詳細情況，這種情況有必要每二十四小時就聽到一次。他特意去了一趟萊姆，帶回來的消息也非常令人鼓舞，路易莎的意識和知覺已經恢復得愈來愈好。而所有的報告都顯示溫特沃斯上校似乎是在萊姆住了下來。

安妮第二天就要離開他們了，這件事情讓他們非常害怕。「沒有了她我們應該怎麼辦呢？我們之間沒有人可以互相安慰對方的。」大家就這樣說來說去，安妮心裡明白他們有個共同的心願，最好是幫他們表達出來，於是勸說他們馬上都去萊姆。

她沒有遇到什麼困難，很快的，他們就決定了該去什麼地方，而且明天就去。他們大家一起去住旅館，或去住公寓，怎麼合適就怎麼做，一直待到親愛的路易莎可以移動為止。他們一定可以給那些照顧她的好人們減少一些麻煩的，至少可以幫哈威爾夫人照顧一下她的孩子。總而言之，他們為這一決定感到欣喜，安妮也對自己的作為感到高興。她覺得，她待在厄波克勞斯的最後一個上午，最好用來幫他們做做準備，早早打發他們上路，雖說這樣一來，這個葛瑞特大宅裡就只冷冷清清地剩下她一個人了。

除了別墅裡的小傢伙之外，給兩家人帶來勃勃生氣，給厄波克勞斯帶來歡快氣息的人們當中，現在只剩下安妮一個，僅有的一個。幾天來的變化可真大啊！

如果路易莎可以痊癒，那麼一切就會又好起來，一切會恢復得比過去更加幸福。她痊癒之後會出現什麼情況，這是毫無疑問的，在安妮看來也是如此。這個屋子雖然現在還空空的，除了她之外沒有其他人，但是幾個月之後，屋裡就會再次充滿歡樂和幸福，充滿熱烈而美滿的愛情，所有的一切都和安妮．艾略特的情況完全不同。

這是十一月昏沉沉的日子，一場綿綿細雨幾乎遮阻了窗外本來清晰可辨的景物。安妮就這樣百無聊賴地沉思了一個鐘頭，以至於聽到拉賽爾夫人馬車到來的聲音時感到非常高興。可是，她雖然非常想離開，但是離開大宅，告別別墅，遠遠地望著它那黑沉沉、溼淋淋、讓人難受的遊廊，甚至透過模糊的窗玻璃看到莊上最後的幾座寒舍時，她心中不由得感到十分悲哀。在厄波克勞斯發生的一幕幕情景，讓她非常珍惜這個地方，這裡雖然記載著一些情感上的痛苦，這種痛楚也曾經很劇烈，可是現在已經柔和多了。這裡還有一些友誼和和解的氣息，這種氣息或許永遠不再了，但卻永遠值得珍惜。她把這一切都拋下了，只留著這樣的記憶，也就是，這些事情的確發生過。

安妮自從九月離開拉賽爾夫人的屋子之後，就再也沒有踏進過凱林奇莊園，而這也是沒有必要的。有那麼幾次，她本來是可以到莊園裡去的，但是都設法避開了。這是她第一次回來，她要在小屋那些漂亮別緻的房間裡住下來，為女主人增加一些歡樂。

拉賽爾夫人見到她，除了高興之外還夾雜著一些擔心，她知道有誰經常去厄波克勞斯。可是，讓人感到高興的是，如果不是安妮變得更豐潤、更漂亮了，那麼就是拉賽爾夫人的心理作用。安妮聽到她的恭維以後，很高興地把這些恭維和她堂兄的默然愛慕聯繫在一起，希望自己能獲得青春和美的第二個春天。

在她們談話時，安妮很快就感覺到自己的思想起了變化。她剛離開凱林奇時，滿腦子都在想著些問題，後來她覺得這些問題在默斯格羅夫府上沒有得到重視，就不得不埋藏在心底；而現在，這些問題都成了次要問題。她最近幾乎沒有去想她的父親、姊姊和巴思。她對厄波克勞斯的關心勝過對他們的關心。當拉賽爾夫人再次談到她們過去的那些希望和憂慮，談到她對他們在卡姆登巷租下的房子感到滿意，對克萊夫人仍然和他們住在一起感到遺憾時，安妮實在不好意思讓她知道，她現在比較在意的是萊姆和路易莎．默斯格羅夫，以及她住在那裡所有的朋友。她更感興趣的是哈威爾夫婦和本維克上校的屋子和友誼，而不是她父親在卡姆登巷的住宅，不是她姊姊和克萊夫人的親密關係。實際上，她完全是為了讓拉賽爾夫人感到滿意，才無可奈何地對那些她本來就應該特別關心的問題，努力表現出關心的樣子。

當她們談到另外一個話題時，剛開始有一些尷尬。她們不可避免地要談到在萊姆發生的那個意外事故。在前一天，拉賽爾夫人才剛到五分鐘，就有人把整個的事情全部告訴了她。不過她們還是要談談這件事，拉賽爾夫人必須問一些問題，她總要對這種輕率的行為表示一點遺憾，對結果表示一點悲傷，而溫特沃斯上校的名字也是這兩個人必然要提到的。安妮發現，她不像拉賽爾夫人表現的那樣，她有一些羞怯，她說不出他的名字，不敢正視拉賽爾夫人的目光，後來她只能採取權宜之計，簡單述說了她對他和路易莎談戀愛的看法。說出這件事之後，她就不再為提到他的名字而感到煩惱了。

拉賽爾夫人只是冷靜地聽著，並且希望他們幸福，可是，她內心感到既氣憤又得意，既高興又鄙夷，因為這個傢伙在二十三歲時，似乎還多少懂得一點安妮．艾略特小姐的價值，可是在八年之後，他居然被一位路易莎．默斯格羅夫小姐給迷住了。

剛開始的那三、四天就這樣非常平靜地過去了，除了收到從萊姆寄來的一、兩封信之外，沒有什麼特別的事情。這些信是怎麼到安妮手裡的，她自己也不知道，只是帶來路易莎漸漸好轉的消息。在那段時期最後的日子裡，拉賽爾夫人身為一個禮貌周到的人，再也沉不住氣了，她終於帶著明確果斷的口氣說：「我必須去拜訪一下克洛夫特夫人，我真的必須趕緊去拜訪她一下。安妮，妳有勇氣和我一起到那所屋子裡去嗎？這對我們兩個人來說都是一個考驗。」

安妮並沒有退縮，剛好相反，她嘴裡說的就像她心裡想的那樣：「我想，在我們兩人當中，妳可能要更痛苦一些。妳的感情適應變化的能力比我要弱一些。保持這樣的鄰居關係，我已經變得習慣了。」

她在這個話題上本來還可以多說幾句，因為她實在太推崇克洛夫特夫婦了，她父親能找到這樣的房客真的很幸運，教區裡肯定有了好榜樣，窮人們肯定會受到無微不至的關懷和接濟。即使她感到有多抱歉、多羞愧，她的家還是搬走了。但是她的良知卻覺得，不配留下的人搬走了，凱林奇莊園落到比它的主人們更合適的人手裡。這樣的想法，毫無疑問會給她自己帶來痛苦，而且是很大的痛苦。但是她和拉賽爾夫人不一樣，重新進入莊園，走過那些十分熟悉的房間時，不會感到她所感到的那種痛苦。

不管什麼時候，安妮都沒有辦法對自己說：「這些屋子應該只是屬於我們的。哦，它們的命運真是悲慘啊！這個莊園被身分多麼不相稱的人占據了啊！一個有著古老名望的家庭就這樣被趕走了！陌生人占據了他們的地盤！」不，除非她想到她的母親，想起她曾經坐在這裡掌管家務，否則她也不會發出這樣的嘆息。

克洛夫特夫人總是對她很親切，讓她高興地感覺到自己很受人喜歡。而現在，她在這個莊園裡接待她，更是特別關心她。

在萊姆發生的那件令人傷心的意外事故，很快就成了大家的主要話題。她們互相交換了一下所知道的病人情況，顯然，這兩位女士都是在前一天上午同一時間得到消息的。昨天，溫特沃斯上校回到了凱林奇（這是事情發生之後的第一次），為安妮帶來最近的一封信，可是她卻沒有發現這封信是怎麼來的。他只逗留了幾個小時，就又回萊姆去了，而目前也沒有打算再離開那裡。她發現，他還特別問過她的情況，並且希望艾略特小姐不要累壞了身體，還對她所發揮的作用大大誇獎了一番。他這樣的大方，幾乎比做其他任何事情都更讓她高興。

至於說起這個可怕的災難本身，因為她們兩個都是穩重而理智的女人，判斷所有的問題都是以確鑿的事實為依據，她們確定這完全是因為過於輕率魯莽，才造成這麼可怕的後果。一想到默斯格羅夫小姐不知道什麼時候才能痊癒，很可能還會留下後遺症，真是叫人不寒而慄！

將軍大聲地說：「唉！這件事真是太糟糕了！這難道是一種新的方式！一個年輕的小伙子戀

愛了，卻摔破他所愛的女人的頭，不是嗎，艾略特小姐？摔破了腦袋，打上了石膏啊！真的！」

克洛夫特將軍的語氣神態並不是很讓拉賽爾夫人滿意，但卻讓安妮感到高興。他善良的心和樸實的個性是很有魅力的。

「現在，妳一定覺得非常難受——」他突然打斷了沉思，說：「進來發現我們在這裡。我之前都沒有想起這一點，我敢說妳一定感到很難受，可是現在，請妳不要站在原地不動，如果妳願意的話，請起來在屋子裡轉一轉吧！」

「下一次吧，先生，謝謝你，今天就不用了。」

「哦，妳什麼時候都可以來，隨時都可以從矮樹叢那裡走進來。妳會發現，我們的傘都掛在門口附近，那是一個好地方，不是嗎？不過，（他停頓了一下）妳不一定會認為那是個好地方，因為你們的傘通常都是放在男管家的房間裡。唉，我想情況是這樣的，一個人的行事作風可能和另外一個人同樣好，但我們還是最喜歡自己的方式。所以，是不是要到屋裡轉轉，必須由妳自己作主。」

安妮覺得她還是可以拒絕，所以就心懷感激地表達了。

「我們只做了很小的改動。」將軍想了一會兒，繼續說：「很小。我們在厄波克勞斯時就已經告訴過妳關於那洗衣房的門的情況，我們對它做了更動，那個門洞，非常不方便，天底下居然有人能忍受這麼長時間，真是叫人感到奇怪！請妳告訴沃爾特爵士，我們做了改建，謝波德先生認為，這是這幢房子歷來所做的最了不起的改建。說真的，我必須為我們自己說句公道話，我們做的那幾個改動，比過去真的好多了。不過，這都是我妻子的功勞，我做的事情很少，就除了讓人搬走我更衣室裡幾面妳父親的大鏡子。妳父親真是一個很好的人，一個真正的紳士。可是，我認為，艾略特小姐，（他看起來神情很嚴肅）我倒覺得就他的年齡而言，他真是個講究衣著的人，擺了這麼多的鏡子！哦，上帝啊！這讓一個人怎麼也躲不開自己的影子！所以我就要蘇菲亞幫忙，很快就把那些鏡子都搬走了。現在我覺得舒服多了，角落裡有一面小鏡子是刮臉用，另外還有一個很大的，我從來不靠近。」

安妮覺得很高興，又苦於不知道該怎麼回答，而將軍，他擔心自己這個話說得不夠有禮貌，所以就繼續這個話題，說：「下一次妳寫信給可敬的父親時，艾略特小姐，請帶給他我和克洛夫特夫人的問候，告訴他我們對住在這裡相當滿意，沒有發現這個地方有任何不好。就算餐廳的煙囪有點漏煙，可那只是在颳正北風、而且颳得很厲害時，一個冬天或許也不會遇到三次。總的說來，我們去過附近的大多數房子，我可以很公正地說，我們最喜歡的還是這一幢。請妳就這麼告訴他，並轉達我的問候。他聽到了會高興的。」

拉賽爾夫人和克洛夫特夫人互相都很滿意對方，不過也是命中注定，從這次拜訪開始的結交，暫時不會有什麼進展，因為克洛夫特夫婦回訪時宣布，他們要離開幾個星期，去探望郡北部的親戚，可能到拉賽爾夫人去巴思時都還不會回來。

於是，危機消除了，安妮不可能在凱林奇莊園再遇見溫特沃斯上校了，不可能見到他和她的朋友在一起了。一切都安全了，她為這事擔心來擔心去的，全是白費心思，她不禁感到好笑。

14

雖然查理斯和瑪麗在默斯格羅夫夫婦去了萊姆之後，在那裡待的時間比安妮之前設想的要長很多，但他們仍然是這一大家人當中最先回到家裡的。而且他們一回到厄波克勞斯，就駕著車來凱林奇的小屋拜訪。他們是在路易莎能夠坐起來後才離開的。雖然她的頭腦清醒了些，可還是很虛弱，而且雖然她可以說恢復得很快，但仍然不知道什麼時候才能夠承受旅途的顛簸，回到家裡來。而她的父母親，他們必須按時回家裡去接幾個小一點的孩子回家過耶誕節，所以幾乎沒有可能帶著她跟他們一起去。

他們大家都住在一起。默斯格羅夫夫人盡可能把哈威爾夫人的孩子們帶開，盡量從厄波克勞斯運來一些生活用品，這樣就減少給哈威爾夫婦帶來的不便。與此同時，哈威爾夫婦每天都要請他們去吃飯。總之一句話，雙方似乎都在比賽，看誰更慷慨無私，更熱情好客。

瑪麗也有她自己的倒楣事情。但是總而言之，從她在萊姆待了那麼久就可以看出來，她覺得樂趣多於痛苦。查理斯．海特不管她滿意不滿意，也經常跑到萊姆去。當他們和哈威爾夫婦一起吃晚餐時，旁邊也只有一個女僕在伺候，而且一開始，哈威爾夫人總是讓默斯格羅夫夫人坐在上席，可是當她發現瑪麗是誰的女兒之後，就表現得非常殷勤和抱歉，所以瑪麗也就每天去得很頻繁，在公寓和哈威爾夫婦的住所之間來回奔波，從書房裡借書來看，頻繁地換來換去。最後，她公正地評價說萊姆也是很不錯的。瑪麗還被帶到查茅斯去洗澡，到教堂作禮拜，她發現萊姆教堂裡的人比厄波克勞斯的人多得多。所有這些，再加上她本來就認為自己是很有用的，就讓她感到這兩個星期的確過得很愉快。

安妮問起本維克上校，瑪麗的臉色立刻變得烏雲密布。查理斯笑了起來。

「哦，我想，本維克上校非常好，不過，他是個非常奇怪的年輕人，我不知道他想要幹什麼。我們邀請他跟我們一起來家裡住一、兩天，查理斯答應和他一起去打獵，看起來他似乎很高興，而我呢，我以為事情都已經說好了。可是妳看啊！星期二晚上，他找了一個非常蹩腳的藉口，說他從來不打獵，完全被我們誤解了。然後他承諾這個承諾那個，到最後，我發現，他並沒有打算來。我猜他是擔心在這裡覺得很無趣。可是說實話，我倒是覺得我們的別墅很有生氣和活力，很適合本維克上校這種心理受到創傷的人。」

查理斯又一次笑了，他說：「瑪麗，妳很清楚事情的真實情況是怎麼樣的，這一切都是妳造成的。（說著他轉身對著安妮）他以為跟著我們來了，就一定可以發現妳就在附近，他以為什麼人都是住在厄波克勞斯，可是當他發現拉賽爾夫人住在離厄波克勞斯三英里遠的地方時，他就失去了勇氣，不敢來了。事實上，在我看來，瑪麗是知道這一切的。」

可是瑪麗並不是很高興地表示同意這個看法。究竟是由於她認為本維克上校出身低微、地位卑下，不配愛上一位艾略特小姐，還是由於她不願意相信安妮給厄波克勞斯帶來的誘惑力比她自己的還大。這只得留給別人去猜測。不過，安妮並沒有因為她所聽到的這些話而減少好奇心，她大膽地承認自己感到榮幸，並且繼續打聽情況。

查理斯喊著：「哦，他經常談起妳，那個語氣……」

瑪麗打斷了他，「我敢說，查理斯，我在那裡待了那麼久，他提到安妮的次數總共不超過兩次。我敢說，安妮，他並不總是在談論妳的。」

查理斯確定地說：「是的，我知道他不會很隨便談論妳的，不過他顯然非常欽佩妳。他腦子裡全都是妳推薦他讀的書，他還想和你談談那些書。他可以從書裡得到某些啟發，或思考——哦，我不敢說他完全記住了，不過的確是個美好的啟發——我無意中聽到他就是這樣告訴亨麗埃塔的。然後他帶著很高的評價談起『艾略特小姐』。現在，瑪麗，我敢說事情就是這樣，我是自己親耳聽到的，而妳在另外一個房間。『高雅、可愛、美麗！』哦，這些詞都說不完艾略特小姐的魅力。」

瑪麗激動地喊著：「我可以肯定的是，如果這樣的話，那麼他的行為是不對的。哈威爾小姐六月才去世呢！他就這樣動了心思，不是嗎，拉賽爾夫人？我敢說，妳一定同意我的看法。」

「我在下判斷之前必須先見一見這個本維克上校。」拉賽爾夫人笑著說。

查理斯說：「夫人，我可以告訴妳，妳應該很快就可以見到他了。雖然他沒有勇氣和我們一起來，而在那之後也不願意出發到這裡來做一次正式的訪問，但他總有一天會一個人來凱林奇的，妳儘管相信我。我告訴了他路有多遠，該怎麼走，還告訴他我們的教堂很值得一看——因為他喜歡這種東西，我想，這應該是很好的理由吧！而且他很心領神會地聽著。所以，從他的做事方式，我敢肯定，妳很快就可以在這裡見到他了。我會通知妳的，拉賽爾夫人。」

「每一個安妮的熟人我都是很歡迎的。」拉賽爾夫人和氣地回答說。

瑪麗說：「哦，要說安妮的熟人嘛，我想他更是我的熟人啊，在過去這兩個星期以來，我每天都見到他。」

「哦，那麼，既然是妳們兩個的熟人，那麼，我想我會非常高興見到這位本維克上校的。」

「夫人，我敢說，妳會發現他沒有一件事情是很讓人滿意的。他是世上年輕人當中最無趣的一個了。有時候，他會和我一起散步，從沙灘的這一邊走到那一邊，一個字也不會說。他完全不像個有教養的年輕人，我肯定妳不會喜歡他的。」

安妮說：「那我們的想法就不一樣了，瑪麗。我認為拉賽爾夫人一定會喜歡他的，我認為她會非常喜歡他豐富的學識，很快的，她就看不到他言談舉止上的缺陷了。」

查理斯說：「我也這樣認為，安妮。我也肯定拉賽爾夫人會喜歡他，他剛好是拉賽爾夫人喜歡的那種類型。給他一本書，他就可以看上一整天。」

「是的，他會的。他會坐在那裡專心讀書，有人和他說話他也不知道，你把剪刀掉在地上他也不知道，不管出了什麼事他都不知道。你認為拉賽爾夫人會喜歡這樣的人嗎？」瑪麗帶著諷刺的語氣大聲說。

拉賽爾夫人忍不住笑了。她說：「說實話，我真沒有想到，我對一個人的看法居然會惹出這麼多不同的猜測，儘管我自稱自己的看法是始終如一，實事求是，而這個人能引起這麼多不同的看法，我倒真的很好奇想要見一見他。我希望他能夠到這裡來。當他來時，瑪麗，妳一定能聽到我的看法。可是我還是決定在那之前，不下什麼判斷。」

「我敢保證，妳不會喜歡他的。」

拉賽爾夫人開始說一些其他的事情。瑪麗心情激動地談到他們和艾略特先生的相遇，或者更確切地說，是擦身而過。

拉賽爾夫人說：「他這個人嘛，倒是我不想見到的人。他拒絕和本家的家長和睦相處，這就給我留下了很壞的印象。」

這話說得斬釘截鐵，頓時給心頭熱切的瑪麗潑了一盆冷水。她正在談論艾略特家族的相貌特徵，一聽這話立即打住了。

說到溫特沃斯上校，雖然安妮冒險問了一下，但查理斯夫婦卻主動談了不少情況。可以想像得到，他的情緒最近已經大大恢復正常了，隨著路易莎的好轉，他也好轉起來，現在和第一週比起來，簡直判若兩人。他還是沒有見路易莎，因為他非常擔心他們的見面會給路易莎帶來什麼不好的後果，所以他就不急著那樣做。而且，剛好相反，他倒似乎打算離開個一週、十天的，直到她的頭再好一些。他曾經說過要去普利茅斯住上一個星期，而且還想勸本維克上校和他一起去。不過，像查理斯堅持說的，本維克上校似乎更想乘車來凱林奇。

毫無疑問，從現在開始，拉賽爾夫人和安妮都會偶爾想到本維克上校。拉賽爾夫人只要一聽到門鈴響，就會覺得是不是有人來通報說他來了，安妮每次從父親的庭園裡獨自散步回來，或是到村裡慈善訪問回來，總想知道能不能見到他，或聽到他的消息。可是本維克上校卻沒有來，他也許不像查理斯想像的那麼願意來，或者太靦腆了。拉賽爾夫人等了他一個星期後，就堅決地說，他不配引起她那麼大的興趣。

默斯格羅夫夫婦回來了，從學校裡接回快樂的孩子們，而且還把哈威爾夫人的小傢伙也帶了來，這讓厄波克勞斯變得更加嘈雜，而萊姆倒清靜了下來。亨麗埃塔仍然陪著路易莎，可是默斯格羅夫家的其他人又都回到自己的家裡。

拉賽爾夫人和安妮有一次去拜訪他們，安妮感覺到厄波克勞斯又完全地熱鬧了起來。雖然亨麗埃塔、路易莎、查理斯．海特和溫特沃斯上校都不在場，可是這屋裡和她離開時見到的情景形成了鮮明的對比。

默斯格羅夫夫人身邊圍繞著哈威爾家的那幾個小孩子，她小心翼翼地保護著他們，不讓他們受別墅裡兩個孩子的欺侮，儘管那兩個孩子是特意來逗他們玩的。屋裡的一邊有一張桌子，圍著幾個唧唧喳喳的小姑娘，正在剪著絲綢和金紙。另一邊支著幾張擱架，擱架上擺滿了盤子，盤子裡盛著醃好的野豬肉和冷餡餅，把擱架都壓彎了。一群男孩子正在吵吵嚷嚷地狂歡大鬧著。整個場面還少不了那呼呼燃燒的聖誕爐火，儘管屋裡已經喧囂不已，它卻彷彿非得要叫給別人聽一聽一樣。當然，在她們去拜訪時，查理斯和瑪麗也過來了。默斯格羅夫先生想表示他對拉賽爾夫人的敬意，所以在她身邊坐了十分鐘，提高了嗓門和她說話，但是坐在他膝蓋上的孩子吵吵鬧鬧的，他的話大多聽不清楚。這是一支非常好的家庭狂歡曲。

安妮，照她的性格來判斷，她會認為路易莎生病之後，大家的神經一定都很脆弱，家裡這樣吵鬧對精神的恢復是很不利的。可是默斯格羅夫太太，她特意把安妮拉到身邊，非常熱情地、一次又一次地感謝她對他們的多方關照。她還簡單地說了一下自己遭受的痛苦，最後又高高興興地向屋子四周看了一遍，她說在吃盡了這番苦頭之後，最好的補償辦法還是待在家裡過幾天清靜、快活的日子。

路易莎現在正快速地恢復著，她母親甚至在想，她可以在她的弟弟妹妹們回去學校之前回到家裡來。哈威爾夫婦答應，不管路易莎什麼時候回來，都會陪她來厄波克勞斯住一段時間。溫特沃斯上校目前不在，他去希羅普郡看望哥哥。

當她們一坐進馬車，拉賽爾夫人就說：「我希望我能記住，將來，可不要在耶誕節期間到厄波克勞斯來了。」

像在其他問題上一樣，每個人都有他們各自對喧鬧聲的鑑賞力。聲音究竟是無害的還是讓人煩惱的，要看它的屬性，而不是看它的響亮程度。

在那之後不久，拉賽爾夫人在一個雨天的下午來到了巴思。馬車沿著長長的街道，從老橋往卡姆登巷駛去，只見別的馬車橫衝直撞的，大推車和運貨馬車發出很大的隆隆聲，賣報的、賣鬆餅的和賣牛奶的人，都在高聲吆喝著，厚厚的木鞋不斷發出「叩、叩、叩」的聲音，可她卻沒有抱怨。不，這只是冬季給人帶來樂趣的聲音，聽到這些聲音，她的情緒也跟著高漲起來。她像默斯格羅夫太太一樣，雖然嘴裡不說，心裡卻覺得：在鄉下待了這麼久，最好換個清靜、快樂的環境住幾天。

安妮可沒有這樣的感覺。她雖然沒有說話，心裡卻堅持不喜歡巴思這個地方。首先，模模糊糊進入她視線的，是雨和濃煙之中的高大建築物，她一點兒也不想再看到更多。馬車走在大街上，儘管很讓人討厭，卻又嫌跑得太快，因為到達之後，有誰見了她會感到高興呢？於是，她帶著眷戀惆悵的心情，回憶起厄波克勞斯的喧鬧和凱林奇的僻靜。

伊莉莎白在最後一封信裡說了件很有趣的事，那就是艾略特先生在巴思，到卡姆登巷登門拜訪了一次，後來又拜訪了第二次、第三次，顯得非常殷勤。如果伊莉莎白和她的父親沒有弄錯的話，就像艾略特先生以前拚命怠慢他們一樣，現在他卻拚命地巴結他們，公開聲稱他們是值得來往的人。如果這是真的話，那就太好了。拉賽爾夫人對艾略特先生這種情況既感到高興得吃驚，又有一些困惑，幾乎都忘了她最近才向瑪麗表達的「很不喜歡見到這個人」的想法。她現在非常想見到他。如果他真是心甘情願地讓自己成為艾略特家族的孝子，那麼人們倒應該寬恕他曾經脫離自己的父系家族。

安妮對此情況並不這麼樂觀，不過她覺得不妨再見一見艾略特先生，至於在巴思的其他很多人，她卻連見都不想見。

她在卡姆登巷下了車，而拉賽爾夫人繼續朝她自己位於李弗斯街的公寓去了。

15

沃爾特爵士在卡姆登巷的這所屋子非常好，地勢又高又威嚴，正好適合貴紳的身分。他和伊莉莎白在那裡住了下來，感到十分滿意。

安妮懷著沉重的心情走進屋子。一想到要在這裡被關上幾個月，她就焦慮不安地自言自語地說：「哦，我什麼時候才能再離開啊！」

不過，讓她完全沒有想到的是，她受到非常熱烈的歡迎，這讓她好受了一些。她的父親和姊姊見到她都非常高興，然後讓她看了看屋子和家具，對她也很客氣。他們坐下來吃飯時，她發現多了第四個人，而這也沒有什麼不好的。

克萊夫人始終微笑著，讓人感到很舒服，她的禮貌和微笑倒是理所當然的事。安妮總是覺得，她一到來，克萊夫人就會裝出禮貌周到的樣子，但另外兩個人如此多禮卻是她沒有想到的。

很顯然的是，大家的興致都非常高，很快的，安妮就聽到了原因。他們並不想聽她說話，一開始還指望她能恭維幾句，說說老鄰居是如何深切地懷念他們，可是安妮不會這麼做。他們只不過隨便地詢問了兩句，然後整個談話就全是屬於他們自己的了。厄波克勞斯當然不會讓他們感興趣，凱林奇也很少，他們所說的全都是巴思。

他們高高興興地向她保證，巴思無論從哪個方面來看，都比他們所期望的要好很多。他們的屋子毫無疑問是卡姆登巷最好的，他們的客廳和他們之前所見過或聽過的所有客廳比起來，都要好很多。而這種優越性同樣表現在擺設的樣式和家具的品味上。人們都爭先恐後地想要結交他們，每個人都想來拜訪他們。他們迴避了許多引薦，但仍然有素不相識的人絡繹不絕地送來名片。

這些就是快樂的資本！安妮會對她的父親和姊姊的快樂感到吃驚嗎？她也許不會吃驚，但是一定會嘆息，因為她父親沒有對自己的變化感到難受，也沒有對失去居住在自己土地上的義務和尊嚴感到後悔，卻對待在一個小城鎮裡而沾沾自喜。而當她看到伊莉莎白打開摺疊門，洋洋得意地從一間客廳走到另一間客廳，誇耀這些客廳有多麼寬敞時，安妮又為這個女人的行為舉止感到可笑、吃驚和嘆息。這個女人，本來應該是凱林奇莊園的女主人，現在卻得意於房間兩壁之間大約有三十英尺寬的距離。

但這並不是讓他們感到快樂的全部內容，其中還有艾略特先生。安妮聽到他們大量地談論著艾略特先生。他不但得到了寬恕，而且大家都很喜歡他。他在巴思住了大概兩個星期（他十一月在去倫敦時路過巴思，有關沃爾特爵士移居這裡的消息，他當然已經聽說了。他雖然在這個地方只逗留了二十四小時，卻沒有借此機會見上一面）。可是他現在卻在巴思住了兩個星期，而他到達之後的第一件事，就是在卡姆登巷留下他的名片，接著就是無數次努力地求見，而當他們見面時，他的行為非常大方，主動對過去的行為道了歉，又急切地希望能再次被接納為親戚，所以他們就完全恢復了過去那種融洽的關係。

他們在他身上沒有找到一絲缺點。他為過去自己的怠慢辯解，說那純粹是誤解造成的。他從來沒想到要脫離家族。他很擔心自己被拋棄了，可是又不知道為什麼，而且一直不好意思詢問。在聽說了他曾經對家族和榮譽出言不遜，或出言不慎，他不由得義憤填膺。他一向都炫耀自己是艾略特家族的人，有著非常傳統的家族觀念，這和現在的反封建風氣很不合拍。事實上，他感到非常吃驚，依他的性格和習慣，他一定會對此有所反駁的。他告訴沃爾特爵士，他可以向周圍熟悉他的所有人了解他的情況。當然，他一得到這個重修舊好的機會，就在這上面費盡心血，想把自己恢復到本家和繼承人的地位，這件事充分證明了他對這個問題的看法。

至於他的婚姻情況，他們也發現那是可以原諒的，這一點他自己也不能說得很清楚。可是，他有個非常親密的朋友，沃利斯上校，是個非常體面的人，一個正宗的紳士（沃爾特爵士還補充說，他是一個看起來不醜的男人），在馬爾伯勒莊園過著非常好的生活，在他自己的特別要求下，艾略特先生從中介紹，認識了沃爾特爵士父女。他曾經提到過關於那樁婚事的一、兩個情況，這讓他們改變了看法，不覺得很不光彩了。

沃利斯上校認識艾略特先生已經很久了，當然對他的妻子也很熟悉，對整個事情知道得很清楚。她當然不是大家族出來的女人，可是受過很好的教育，多才多藝，又很有錢，而且非常愛他的朋友。她很有魅力，是她主動追求他的。如果不是她的主動，不管她多麼有錢，也吸引不了艾略特。而且，他還對沃爾特爵士保證說，她是一個長得很漂亮的女人。這一切讓事情變得合理多了。一個非常有錢又很漂亮的女人主動愛上了他！沃爾特爵士似乎承認，照這麼說來完全可以諒解，而伊莉莎白雖然對此不能完全贊同，卻也覺得情有可原。

艾略特先生再三地來拜訪，還曾經和他們一起用過一次晚餐。顯然，他對自己受到盛情邀請感到高興，因為沃爾特爵士父女一般並不請人吃飯。總而言之，他為自己受到伯父、堂妹的盛情接待而感到高興，把自己的全部幸福寄託在和卡姆登巷建立親密友好的關係上。

安妮聽著這一切，但並不完全明白。她知道，對於說話人的觀點，她必須打個折扣，很大的折扣。她聽到的內容全都是經過修飾的，在重修舊好的過程中，那一切聽起來都太過分、太不合理了，都是說話人的片面之詞。不過，無論如何，她還是有這樣的感覺，那就是在隔了多年之後，那位艾略特先生又想得到他們的優待，外表上看不出來，可是心裡不知道在打什麼主意。從世俗的觀點來看，他和沃爾特爵士搞好關係，其實得不到任何好處；而即使關係不好，他也沒有任何危險。而且最有可能的是，他已經比沃爾特爵士更有錢了。再說，以後凱林奇莊園連同那爵位，肯定要歸他所有。他是一個聰明人，看起來也非常聰明，那他為什麼要故意這樣做呢？她只想得到一個答案，那就是伊莉莎白。過去他也許真的曾經愛過伊莉莎白，不過由於貪圖享受和偶然的機遇，他又做出另外的選擇。而現在，他既然可以按自己的意願來做事了，那他也許就會向伊莉莎白求婚。伊莉莎白當然非常漂亮，非常有教養，舉止又很優雅。她的性格也許從來沒有被艾略特先生看透過，因為他只是在公開場合認識了她，而且那個時候他本人也還相當年輕。現在他到了更加敏銳的年紀，伊莉莎白的性格和見識能不能經得起他的審查卻是令人擔心的。安妮非常真心地希望，如果艾略特先生真的看上了伊莉莎白，他可不要太挑剔、太認真了。伊莉莎白自認為艾略特先生看上了她，而她的朋友克萊夫人也慫恿她這樣想，這在大家談論艾略特先生的頻繁來訪時，看著她倆眉來眼去地交換了一、兩次眼色就一清二楚啦！

安妮提到她曾經在萊姆匆匆地見過他一次，可是並沒有提得太多。「哦，是的，也許吧，那就是艾略特先生。他們並不認識啊！也許，那就是他。」他們根本就沒有聽到她是怎麼描述他的，因為他們自己就在不停地描述，尤其是沃爾特爵士。他很公正地評價，他看起來很有紳士風度，氣質高雅時尚，臉形好看，還有一雙智慧的眼睛。不過，他又不得不為他的下頜過於突出而表示惋惜，而且這個缺陷似乎愈來愈明顯。他又不能假裝，說他這十年來樣子幾乎一點也沒有變。艾略特先生卻似乎認為，沃爾特爵士看起來倒和他們最後分手時一模一樣。可是沃爾特爵士對於這樣十足的恭維話並沒有回應，因為這讓他感到很尷尬。不過他也並不想抱怨什麼，艾略特先生畢竟比大多數人都要好看一些，無論走到什麼地方，他都不怕人家看見他倆在一起。

整個晚上，大家都在談論艾略特先生和他住在馬爾伯勒莊園的朋友。「沃利斯上校是那樣著急地想要認識我們！艾略特先生也是那樣急切地希望他能和我們認識！」而沃利斯夫人，目前他們也只是聽說過描述，因為她很快就要分娩了。艾略特先生說她是「非常迷人的女人，很值得卡姆登巷的人們和她交往」，只要她的身體一復原，他們就可以互相認識了。

沃爾特爵士對沃利斯夫人有很多想法，認為她被他們說得太漂亮，太美麗了。他很希望見到她，因為他在街上看到的全是些難看的女人，希望沃利斯夫人能為他彌補一下。巴思最大的缺點，就是難看的女人太多了。他並不是說這裡沒有漂亮的女人，而是醜女人的數量太大。在他散步時，他就常常觀察，一個漂亮的臉蛋後面通常跟著三十或三十五個讓人吃驚的臉。有一次，他站在邦德街的一家商店裡，數來數去，一共有八十七個女人走過，卻沒有看到一張稍微過得去的臉。不錯，那天早晨很冷，寒氣襲人，能經得起這個考驗的，一千個女人裡頭還找不到一個。但巴思的醜女人數仍然多得嚇人。

至於男人嘛，他們的情況就更糟糕了，衣衫襤褸的人滿街都是！很明顯，這裡的女人很難見到一個像樣的男人，這可以從相貌端正的男人所引起的反應中看出來。沃爾特爵士無論和沃利斯上校（他雖然長著淺棕色頭髮，可也是個儀表堂堂的軍人）手挽著手走到什麼地方，都會注意到每個女人的目光都盯著他，每個女人的目光都盯著沃利斯上校。好謙虛的沃爾特爵士！不過，他又怎麼逃得掉呢！他的女兒和克萊夫人一起暗示說，沃利斯上校的伙伴具有像沃利斯上校一樣漂亮的體態，而且他的頭髮當然不是淺棕色的。

沃爾特爵士帶著他巨大的幽默感說：「瑪麗看起來怎麼樣？上一次我見到她時她有個紅鼻子，可是我希望那種情況不是每天都發生的。」

「哦，不，那完全是偶然的現象。自從米迦勒節以來，她的身體一直都很好，樣子也很漂亮。」

「我本來想送她一頂新帽子和一件皮製新外衣，可是又怕她冒著刺骨的寒風往外跑，把皮膚吹粗糙了。」

安妮心裡在想，她是不是應該貿然建議，如果改送一件禮服或一頂便帽，就不至於被如此濫用。這個時候，一陣敲門聲把一切都打斷了。有人敲門！天已經這麼晚了，都十點鐘了！難道是艾略特先生？他們知道他到蘭斯造思新月飯店吃飯去了，回家的路上可能順便進來問個安。他們想不到還會有別人，果然，一個管家兼男僕禮儀周到地把艾略特先生帶進了屋裡。

就是他，就是這個人！除了衣服之外，沒有什麼不一樣的。就在其他人接受他的問候時，安妮稍微後退了一下。他請她姊姊原諒他這麼晚了還來登門拜訪，不過都走到門口了，他不禁想知道一下，伊莉莎白和她的朋友有沒有發生傷風感冒之類的事情。這些話，他都是用很客氣的語氣說的，其他人也盡可能像他那樣客氣地聽著，可是，接下來就要輪到她了。沃爾特爵士談起了他的小女兒（在這裡，沒有人會想到是瑪麗）。而安妮，她臉紅著，微笑著，剛好向艾略特先生顯現出他始終不能忘懷的那張漂亮面孔。安妮發現他微微一怔，不禁覺得有些好笑，他居然一直不知道她是誰。他看起來非常驚訝，但驚訝之餘更是感到高興，他的眼睛在發光，他真心地歡迎這位親戚，還暗示請求她把他當成是已經認識了的人。他看起來跟在萊姆時一樣漂亮，說起話來更顯得儀態不凡。他的舉止真是堪稱楷模，既優雅大方，又和藹可親。安妮只能拿某個人的舉止跟他相比，這兩個人的舉止並不相同，但也許都是相當好的。

他和他們一起坐了下來，為他們的談話增加了不少內容。毫無疑問的，他是一個聰明的人，只需要十分鐘就可以證明這一點。他說話的語氣、表情和他所選擇的話題，他知道該在什麼地方適可而止，所有的一切都證明他是聰明的，是有能力明白是非的人。他一有機會，很快就和安妮談起了萊姆，想交換一下對那個地方的看法，尤其想談談他們同時住在同一座旅館的情況。他說出了自己的行程，也聽她說她的旅程，並為失去這樣一個向她表示敬意的機會而感到遺憾。

安妮簡單地說了一下他們一群人在萊姆的活動。艾略特先生聽了更加感到遺憾，他表示整個晚上都在他們隔壁的房間裡孤獨一人度過。他不斷地聽到他們快樂的聲音，所以猜想他們一定是一群非常快樂的人，希望能夠加入他們。

不過，他當然絲毫沒有想到，他會有任何權利來自我介紹。當時要是問問這群人是誰就好了，他只需要聽到默斯格羅夫這個名字就夠了。

「哦，那還可以幫助我糾正在旅館絕不向人發問的荒唐做法。當我還很年輕時，就一直遵循好奇者不禮貌的原則。不過，那是二十一、二歲年輕人的想法，對於舉止必須如何的想法，我相信，我真的比天下其他任何一種人的想法還要荒唐。他們採用的方式往往是愚蠢的，而能和這種愚蠢方式相比的，只有他們那愚蠢的想法。」艾略特先生感慨地說。

可是他知道，他不能只對安妮一個人談論自己的想法，他很快又向其他人提起話題，萊姆的經歷只是偶爾才再提到。

不過，在他的詢問之下，安妮還是說了在他離開萊姆不久後發生的事情，以及她在忙些什麼。她間接地提到了「一個故事」，他就一定要聽到這個故事。當他提問時，沃爾特爵士和伊莉莎白也開始跟著問，不同的是，他們提問的方式是不帶有感情的。安妮只能拿艾略特先生和拉賽爾夫人相比，看誰真正希望了解到底出了什麼事情，看誰更加關心安妮在目睹這一事件時所遭受的痛苦。

他和他們一起待了一個小時。壁爐架上那只精緻的小時鐘用銀鈴般的聲音敲了十一下，遠處的更夫也在報告同樣的時間。直到這個時候，艾略特先生才似乎感到他已經待了很長一段時間。

安妮萬萬沒有想到，她在卡姆登巷的第一個夜晚，會過得這麼愉快。

16

安妮回到家裡，有件事可能比弄清楚艾略特先生是否愛上伊莉莎白更讓她感到高興，那就是確定她的父親沒有愛上克萊夫人。可是她在家裡待了幾個小時之後，卻完全沒有對此感到放心。第二天早上她下樓去吃早餐時，聽到那位夫人提出想要離開他們。她可以想像克萊夫人是怎麼說的，她說：「現在安妮小姐回來了，她可以提供所有你們需要的幫助。」

可是伊莉莎白小聲回答說：「說真的，那算不上什麼理由。我敢向妳保證那不算是什麼理由。和妳相比，她對我來說什麼也不是。」

而她也有充分的時間聽到父親在說什麼：「我親愛的夫人，千萬不要這樣做。妳來這裡只是一直在幫我們的忙，到現在為止還沒看看巴思呢！妳不能現在離開我們。妳得留下來認識一下沃利斯夫人，美麗的沃利斯夫人。妳有很高尚的情趣，我很清楚妳會很樂意認識美麗的人。」

他的語言和表情看起來都非常真誠，而安妮只看到克萊夫人偷偷向伊莉莎白和她自己瞥了一眼，心裡並不感到奇怪。也許，她臉上還流露出一些戒備的神態，但是情趣高尚的讚語似乎並沒有刺激到她姊姊。所以，克萊夫人只好服從兩人的請求，答應留下來。

就在發生這件事的同一天早上，安妮和她父親偶爾有機會單獨待在一起，他開始稱讚她變得更漂亮了。他認為她：「皮膚和臉色都大有改觀，變得更白淨、更嬌嫩了，是不是在使用什麼特別的藥物？」

「不，沒有。」

「哪怕是高蘭洗臉劑？」

「沒有，完全沒有！」

「哈！那我就感到奇怪了！」她的父親補充說，「當然，妳最好能保持現在的容貌，最好能保持良好的狀況。不然我就建議妳在春天使用高蘭洗面劑，不間斷地使用。克萊夫人聽從我的建議，一直在用這種洗面乳，妳看對她有多靈驗，把她的雀斑都洗掉了。」

要是伊莉莎白能聽到這個話就好了，可是她沒有！這種私下的讚揚可能會讓她有所觸動，因為根據安妮看來，克萊夫人臉上的雀斑根本沒有減少。不過，所有的事情都應該碰一碰運氣。如果伊莉莎白也要結婚的話，那她父親的這場婚事弊端就會減少很多。至於安妮自己，她可以永遠和拉賽爾夫人住在一起。

拉賽爾夫人在和卡姆登巷的來往中，她那恬靜的心地與文雅的舉止頗受考驗——如果一個人待在巴思除了喝喝礦泉水，訂購所有新的出版物，以及和一大幫熟人來往之外，還有時間感到憤怒的話。她在那裡眼看著克萊夫人如此得寵，而安妮如此被冷落，便時時感到氣惱。

自從拉賽爾夫人認識艾略特先生之後，她對別人變得更加寬厚，或者可以說更漠不關心了。他的舉止就是直接的介紹信，在和他的交談當中，她發現他表裡完全一致，於是她告訴安妮，她一開始幾乎要驚叫起來，「這難道就是艾略特先生嗎？」

她簡直無法想像會有比他更討人喜歡、更值得敬重的人。所有的優點都集中在他身上——很能理解人，看法很正確，見多識廣而且為人熱情。他對家族懷有深厚的感情，具有強烈的家族榮譽感，既不傲慢，也不怯弱。身為一個有錢人，他生活得既不奢侈也不炫耀；在所有實質性問題上都自有主張，但是在行為處事上又從來不會蔑視公眾輿論。他穩重、機智、謙虛、坦率，從不過於興奮，過於自私，儘管這些都是感情激烈的表現。他知道什麼是親切而可愛的，他珍惜家庭的幸福生活，有些人自以為熱情洋溢、情感豐富，其實他們很難具備這種氣質。她知道，他在婚姻上一直感到很不幸。沃利斯上校曾經說過，拉賽爾夫人也看出來了。但是他心裡的辛酸並沒有為他帶來神祕的煩惱，而且（她很快意識到）也不會阻止他再婚的想法。她對艾略特先生的滿意情緒，壓過了對克萊夫人的厭煩感覺。

從很多年以前開始，安妮就已經意識到，她和她的好朋友有時候會有不同的想法。所以這一點並不會讓她感到吃驚，拉賽爾夫人對艾略特先生要求和好的強烈願望既不覺得可疑，也沒有前後矛盾，又看不出他有什麼別的目的。在拉賽爾夫人看來，艾略特先生已經完全是成年人了，要和自己的家長和睦相處，這本來就是天經地義的事情，只會贏得通情達理的人們的推崇。他天生頭腦就很清楚，只不過在年輕時犯過錯誤，現在隨著時間的推移自然改了過來。不過，聽了這話，安妮仍然只是假裝笑了一下，最後還提起了「伊莉莎白」。拉賽爾夫人聽著，望著，審慎地回答：「伊莉莎白！很好！時間可以說明一切！」

安妮經過一小段時間的觀察，覺得將來才能夠看出問題。而目前，她可不能下結論。在這棟房子裡，伊莉莎白必須得到優先權，她已經習慣人們禮稱她「艾略特小姐」，似乎也不可能接受任何特殊的殷勤。而且要記得，艾略特先生喪偶還不到七個月。如果他想拖延一點時間，那是情有可原的。事實上，她每次看到他帽子上的黑紗，就覺得她自己真是不可原諒，竟然把這種想像加到他頭上。雖然他的婚姻生活不是很幸福，但他們畢竟做了那麼多年的夫妻，她不能想像他會這麼快忘掉喪偶帶來的可怕打擊。

不管事情結果如何，艾略特先生還是他們在巴思最沒有問題的熟人，沒有人可以和他相比。她時常和他談談萊姆，這就是一種莫大的享受，而他似乎也像安妮一樣，迫切希望再多看看萊姆。他們又把第一次見面的情景詳詳細細地談論了許多遍。他說他把她仔仔細細地端詳了一番，而她很熟悉這種目光，她還記得另外一個人同樣的目光。

他們也並不總是想法一致。安妮看得出來，艾略特先生比她更重視等級和社會關係，還有一件事，安妮認為並不值得擔憂，可是艾略特先生卻跟著她父親和姊姊一起憂慮重重，這不僅僅是出於殷勤多禮，而是想達到某種目的。有一天早上，巴思的報紙宣布，寡居的達爾林普爾子爵夫人和女兒卡特雷特小姐來到了巴思。於是多少天來，卡姆登巷的輕鬆氣氛被一掃而光，因為達爾林普爾母女和艾略特父女是表親（這在安妮看來是非常不幸的）。沃爾特爵士父女感到很苦惱，不知道該怎麼和她們見面更好。

安妮以前從來沒有見過她父親和姊姊跟貴族親戚之間的來往，但是她必須承認，她有一點失望。他們通常對自己的地位看得很高，安妮也希望他們的行為舉止能更好一些，可現在卻無可奈何地產生了一個她從來沒有想過的願望，那就是希望他們能增加幾分自尊心，因為她耳朵裡一天到晚都聽到「我們的表親達爾林普爾子爵夫人和卡特雷特小姐」、「我們的表親達爾林普爾子爵夫人」。

沃爾特爵士和已故的子爵曾經見過一次面，但是從來沒有見過那個家庭的其他成員，而讓這個事情變得更困難的是，自從子爵去世以來，他們兩家已經中斷了一切禮節性的書信來往。原來，在子爵剛剛去世時，沃爾特爵士因為得了重病，以至於很不幸地，凱林奇莊園有一些失禮，沒有向愛爾蘭發去弔唁函，而這種疏忽後來又降臨到那個失禮的人頭上。因為當可憐的艾略特夫人去世時，凱林奇莊園也沒有收到任何弔唁信。因此他們完全有理由擔心，達爾林普爾母女認為他們的關係已經結束了。現在的問題是，如何糾正這個讓人心煩的誤會，讓她們重新承認這層表親關係。拉賽爾夫人和艾略特先生雖然表現得比較理智，但是並不認為這個問題無關緊要。「親戚關係總是值得保持的，好朋友總是值得尋求的。達爾林普爾夫人在蘿拉巷租了一幢房子，租期是三個月，過著非常富裕的生活。她去年來過巴思，拉賽爾夫人應該聽說過她是個可愛的女人。如果艾略特父女能夠不失體面地和她們恢復關係，那就最好不過了。」

然而，沃爾特爵士寧願選擇自己的方式，最後，他向他那尊貴的表妹寫了一封很好的信。在信裡，他充分地解釋，表達了他的歉意和請求。不管是拉賽爾夫人或艾略特先生都不會稱讚這封信，可是它卻達到了它所有的目的。它帶回了子爵夫人三行草草的回信：「甚感榮幸，很高興能認識你們。」於是，苦盡甘來，他們到蘿拉巷登門拜訪，收到達爾林普爾子爵夫人和卡特雷特小姐的名片，說願意在他們最方便時前來拜訪。沃爾特爵士父女對每個人都提到「我們在蘿拉巷的表親」、「我們的表親達爾林普爾子爵夫人和卡特雷特小姐」。

安妮覺得羞恥。就算達爾林普爾夫人和她的女兒非常和藹可親，她也會對她們引起的激動不安感到羞恥，更何況她們沒什麼了不起的，不管是禮貌、才藝還是智慧，都沒有什麼值得驕傲的。達爾林普爾夫人已經被稱為「迷人的女人」了，因為她總是微笑著，很有禮貌地對每一個人說話；卡特雷特小姐話說得很少，再加上相貌普通，舉止笨拙，如果不是因為她出身高貴，卡姆登巷是絕不會讓她進門的。

拉賽爾夫人公開承認，有一些事情比她之前的期望要好一點。不過她們仍只是「值得認識的人」。當安妮冒險把她對她們母女的看法告訴艾略特先生時，他也認為她們本身沒有什麼了不起，不過也認為：她們作為親戚和本身樂於來往的愉快伙伴，她們還是有價值的。

安妮笑著說：「艾略特先生，我心裡的好朋友應該是聰明的人，見多識廣的人，而且很會說話。這些人我才會稱為是我的好朋友。」

他輕輕地說：「妳錯了，那就不是好朋友了，而是最好的朋友。好朋友需要的是高貴的出身、受過一些教育和優雅的舉止，但是不會要求教育受得太多。高貴的出身和優雅的舉止是最基本的要求。但是，對於好的朋友來說，有一點知識絕不是危險的事情，反而大有益處。我的表妹安妮搖著頭，她對此感到不滿意，她可真挑剔啊！我親愛的表妹（他坐到了她旁邊），妳有權比我認識的所有女人都更挑剔。可是，這就能解決問題了嗎？這樣就能讓妳高興了嗎？如果接受了蘿拉巷這兩位夫人小姐的友誼，盡可能享受一下這門親戚提供的一切有利條件，那不是更好嗎？

相信我吧！她們今年冬天一定會在巴思的名流當中很活躍的。地位畢竟是重要的，人們一旦知道你們和她們有親戚關係，你們一家人（讓我說我們一家人）就會像我們所希望的那樣，受到人們的青睞。」

安妮嘆了一口氣說：「是的，我們的確會被大家認為和她們有親戚關係。」然後她又思考了一會兒，因為她並不想聽到什麼回答，她補充說：「我當然認為有些人會排除一切困難去認識這一門親戚，我猜，（她笑了一下）我比你們任何人都更有自尊心。但是我要坦白說，這讓我覺得很苦惱，我們居然如此急切地要她們承認這種關係，而我們可以肯定，她們對這個問題絲毫不感興趣。」

「請原諒，我親愛的表妹，妳太小看自己的權利了。也許，在倫敦，妳可以就像現在這樣平靜地生活，情況會像妳說的那樣。但是在巴思，沃爾特·艾略特爵士和他的家人總是值得別人來認識的，總是會被看成是朋友的。」

安妮說：「哦，我當然很驕傲，驕傲得沒有辦法去欣賞這樣的受人歡迎，以至於還要看是在什麼地方。」

「我喜歡妳這樣的氣憤，這是很自然的。可是妳現在是在巴思，目的是要在這裡定居下來，而且要保持理應屬於沃爾特．艾略特爵士的一切榮譽和尊嚴。妳談到驕傲，我知道人家也說我很驕傲，而我也不想否認；只要細究一下我們的自尊心，我毫不懷疑是針對相同的對象，雖然性質似乎稍微有一些差別。從某一點上來說，我敢說，我親愛的表妹，（雖然這個房間裡沒有其他人，但是他還是壓低了聲音繼續說）從某一點上來看，我敢肯定我們有相同的感覺，那就是妳父親只要在和他地位差不多或高於他的人們當中多交一個朋友，就會讓他少想一點那些地位比他低下的人。」

他說話時，眼睛朝著平時克萊夫人經常坐的那個位置看過去，這就足以解釋他說這話的特殊含義了。雖然安妮不敢相信他們都有同樣的自尊心，卻為他也不喜歡克萊夫人而感到高興。而且憑良心說，她也承認，為了打敗克萊夫人，艾略特先生希望她的父親多結交一些朋友，那是完全可以諒解的。

17

當沃爾特爵士和伊莉莎白正在努力地朝蘿拉巷靠近時，安妮也找回了一個性質完全不相同的老朋友。

她去拜訪了她以前的女教師，聽她說起巴思有個老同學，過去和安妮關係不錯，現在遇到了不幸，安妮應該關心關心她。這個人本來是漢密爾頓小姐，而現在是史密斯夫人，她曾經在安妮一生中最需要幫助時慷慨地表達了她的友誼。安妮那個時候來到學校是很不高興的，一方面為失去自己親愛的母親而悲哀，一方面又為離開了家庭而傷心，這對一個多愁善感、情緒低落的十四歲小姑娘來說，是相當難熬的一個時期，而漢密爾頓小姐雖然比她大三歲，但是由於舉目無親，無家可歸，所以就在學校裡又待了一年。她對安妮的幫助大大減輕了她的痛苦，安妮每次回想起來都覺得十分感動。

漢密爾頓小姐離開了學校，不久就結婚了。聽說是嫁給了一個很有錢的男人，而這些就是安妮所知道的關於她的全部事情了。直到現在，她們的女教師才給她帶來那之後的一些消息，和她之前知道的完全不一樣。

她現在成了一個貧窮的寡婦。她的丈夫過去很奢侈浪費，而他在大概兩年前就去世了，在那之前，他把家裡弄得一塌糊塗。她必須要應付各種類型的困難，除了這些煩惱以外，她還染上嚴重的風溼病，現在成了一個跛子。最後也是因為這個原因，她來了巴思，現在住在溫泉浴場附近。她過著十分簡陋的生活，甚至沒有錢僱用僕人，當然也幾乎是與世隔絕的。

她們的女教師，也是她們共同的朋友保證說，如果艾略特小姐能夠去看望一下史密斯夫人，她一定會感到很高興的，於是安妮立刻就決定去了。她回到家裡時沒有提起她聽到的情況，也沒有提起她的計畫。這些事在家裡是不會引起什麼興趣的，她只和拉賽爾夫人商量，因為她完全能體諒她的心情。拉賽爾夫人非常高興，就按安妮的意願，用車把她送到史密斯夫人住所附近的西門大樓。

安妮進去拜訪，兩人又重溫了友情，相互間重新激起了濃厚的興趣。剛開始的十分鐘還有一些尷尬和激動。她們已經分開十二年了，每個人都已經不是對方想像中的模樣了。十二年來，安妮已經從一個花容月貌、沉默寡言、尚未定型的十五歲小姑娘，變成一個雍容典雅、二十七歲的小女人；她很漂亮，只是失去了青春的豔麗，舉止謹慎得體，總是十分文雅。十二年來，漢密爾頓小姐已經從一個漂亮、豐滿、容光煥發、充滿自尊的少女，變成貧病交迫、孤苦無告的寡婦，把過去受她保護的人的來訪當作是一種恩典。不過，見面之後的拘束感很快就消失了，剩下的只是回憶以往的興趣和談論過去的美好時光。

安妮發現史密斯夫人就像她之前大膽期待的那樣，很有理智，行為舉止也討人喜歡，而她那健談、樂天的性情卻出乎她的意料。她是一個涉世較深的人，無論過去的放蕩，還是現在的窘迫，不管是疾病還是悲傷，似乎都沒有讓她心灰意冷，垂頭喪氣。

當安妮第二次去拜訪時，她說話就更放得開了，而安妮也就更加吃驚了。她簡直無法想像，還有誰會比史密斯夫人的情況更淒慘。她很愛她的丈夫，可是她把他埋葬了；她過慣了富裕的生活，可是財產全敗光了。她也沒有孩子能給她的生活重新帶來樂趣，也沒有親戚幫她料理那些亂七八糟的事務，再加上自己身體不好，無法支撐今後的生活。她住的地方只有一間很嘈雜的客廳，客廳後面是一間昏暗的臥室。她自己沒有辦法從一個房間來到另一個房間，必須要有人幫忙才行，而整幢房子只有一個僕人可以幫幫忙，所以她除了讓僕人把她送到溫泉浴場之外，就從來不離開家門。

然而儘管如此，安妮有理由相信，她很少感到孤立無助、意志消沉，大部分時間還是處於忙碌和歡樂之中。這怎麼可能呢？安妮注意觀察，仔細地思考，最後得出了結論：這不僅僅是因為性格剛強或逆來順受。性情溫順的人能夠忍耐，而性格堅強的人表現得比較果斷，但是史密斯夫人的情況卻並不是這樣，她性情開朗，容易得到安慰，也容易忘掉痛苦，總是把事情往好的方面去想，找點事情來自我開解，這完全是出自天性，是最可貴的天賦。安妮認為她的朋友是這種人，似乎只要有這個天賦，別的缺陷幾乎都可以抵消。

史密斯夫人告訴她，曾經有一段時間她幾乎要崩潰了。和她剛來到巴思的情況相比，她現在已經不再說自己是個殘廢了。而事實上，她當時的確非常可憐，她在旅途中得了感冒，剛找到住所就臥床不起了，一直受著劇烈、持續不斷的疼痛折磨。所有這一切都是在舉目無親的情況下發生的，她的確需要請一個正規的護士，可是那個時候很缺錢，根本沒有辦法支付任何額外的開銷。不過她還是渡過了難關，而且確實可以說，讓她經歷了鍛鍊。她覺得自己遇到了好人，所以更加感到寬慰。她過去見的世面太多了，認為不管走到什麼地方，也不會突如其來地受到別人慷慨無私的關心，但是這次生病讓她認識到，她的女房東為了保持自己的聲譽，不想虧待她。特別幸運的是，她有個好護士，女房東的妹妹是個職業護士，沒有人僱用時總住在姊姊家裡，而現在她閒著沒事，正好可以護理史密斯夫人。

史密斯夫人說：「而她，除了非常盡心盡職地護理我之外，還真的是一個很難得的朋友。一旦我的手能動了，她就教我做編織活，給我帶來很大的樂趣。妳會發現，我總是在忙著編織這些小線盒、針插、卡片架，這都是她教我的，讓我能夠為這附近的一、兩戶窮人家做一點好事。她還有一大幫朋友，當然都是當護士時認識的，他們都有能力購買，於是她就替我推銷貨物。她總是選擇在恰當時開口。妳知道，當妳剛剛逃過一場重病，或正在恢復健康時，每個人的心都是虔誠的。魯克護士完全清楚該在什麼時候說話，她是個聰明、口齒伶俐的女人，她的行業也很適合觀察人性。她富有理性，善於觀察，所以，作為一個朋友，她遠勝過成千上萬的人，那些人只是受過『世界上最好的教育』，卻不知道什麼是值得去做的事情。妳可以說我們老是在閒聊，反正魯克護士如果能有半個小時的時間陪伴我，她一定會對我說些既有趣又有益的事情，這樣一來，能讓我更了解自己的同類。人們都愛聽天下的新聞，這樣就可以熟悉人們追求無聊的最新方式。對於像我這樣一個長期獨自生活的人來說，我向妳保證，和她談話真是一種難得的樂趣。」

安妮完全不想挑剔這樣的樂趣，所以回答說：「我完全相信這一點。那個階層的女人有著很好的機會，她們如果是聰明人，那倒很值得聽她們說說。她們經常觀察的人性真是變化多端啊！她們熟悉的不僅僅是人性的愚蠢，因為她們偶爾也會在非常有趣、非常感人的情況下觀察人性。她們一定看到過很多熱情無私、自我克制的例子，英勇不屈、堅韌不拔和順從天命的例子，以及讓我們變得無比崇高的奮鬥精神和獻身行為。一間病房往往能給人提供大量的精神財富。」

史密斯夫人不以為然地回答說：「是的，有些事情也許是這樣的，不過，人性所表現的形式恐怕往往不像妳說的那樣高尚。有的地方，人性經受考驗的關鍵時刻或許是了不起的，但是總的說來，在病房裡顯露的多是人性的懦弱，而不是人性的堅強，人們聽說的是自私和急躁，而不是慷慨和堅強，這個世界上真正的友誼是非常少見的！遺憾的是，（她壓低了聲音，有一些顫抖地繼續說）有很多人都忘了要認真思考，後來想起來已經太晚了。」

安妮感覺到這種痛苦的心情。丈夫沒有做他應該做的事情，使做妻子的置身於這樣一群人當中，讓她覺得人世間並不像她想望的那樣美好。不過，對史密斯夫人來說，這僅僅是一種稍縱即逝的情緒。

她消除了這種情緒，馬上用另外一種語氣接著說：「我認為我的朋友魯克夫人目前的工作既不會讓我感興趣，也不會給我帶來影響。她目前在馬爾伯勒莊園照顧沃利斯夫人，我想那只不過是個漂亮、愚蠢、用錢浪費的時髦女人，當然，她除了花邊和漂亮的衣著之外，沒有別的話好說。不過我還是想從沃利斯夫人那裡得到一點好處，她很有錢。我想讓她把我現在手上那些高價的東西全都買走。」

安妮後來又到她朋友那裡拜訪了幾次，卡姆登巷的人們後來才知道，天底下還有這樣一個人，最後不得不談起她。沃爾特爵士、伊莉莎白和克萊夫人有一天早上從蘿拉巷回到家裡，突然又接到達爾林普爾夫人的請帖，要他們一家人晚上再次光臨，誰知道安妮早就已經約定好了，當晚要在西門大樓度過。她並不為自己不能去而感到抱歉，因為她知道，他們之所以受到邀請，只是因為達爾林普爾夫人得了重感冒，被關在家裡，於是就想利用一下強加給她的這門親戚關係。

安妮非常高興地謝絕了：「我已經約好今天晚上要在一個學校的老朋友家度過。」

他們對安妮的任何事情都不是很感興趣，可是仍然問了很多問題，最後弄明白了那個老朋友是個什麼樣的人。伊莉莎白表示很輕蔑，沃爾特爵士卻很嚴厲。

「西門大樓！安妮．艾略特小姐要去西門大樓拜訪誰呢？一個史密斯夫人，一個寡婦史密斯夫人！而誰是她的丈夫呢？一個在什麼地方都可以遇到的，五千個史密斯先生當中的一位。她有什麼吸引人的地方？是因為她又老又有病嗎？說句實話，安妮．艾略特小姐，妳的品味真是與眾不同啊！別人所厭惡的一切，什麼低賤的伙伴啊，簡陋的房間啊，污濁的空氣啊，令人作嘔的朋友啊，對妳卻都很有吸引力。不過，妳真的可以明天再去看望這位老夫人。我想，她還沒有到要死的那一天，她也許還可以多活一天，她有多大歲數了？四十？」

「不，先生，她只有三十一歲。可是我不認為我應該推遲我的約會，因為在這一段時間裡，只有今天晚上對我和她來說都是合適的。明天她要到溫泉浴場去，而你是知道的，在這個星期剩下的幾天裡，我們都有事。」

「可是，拉賽爾夫人是怎麼看待妳這位朋友的？」伊莉莎白問。

安妮回答說：「她看來對這件事並沒有什麼指責，剛好相反，她很贊成，而通常在我去拜訪史密斯夫人時，都是她用車送我去的。」

沃爾特爵士說：「西門大樓的人們見到一輛馬車停在人行道附近，一定會非常吃驚，的確，亨利．拉賽爾爵士的寡婦沒有什麼榮譽來炫耀她的族徽，不過那輛馬車還是很漂亮的。而且，毫無疑問，大家都知道車子裡坐的是一位艾略特小姐。一個住在西門大樓的寡婦史密斯夫人，只不過是一個僅能維持生計的可憐寡婦！只不過是一個史密斯夫人，天底下這麼多人，姓什麼的都有，安妮．艾略特小姐卻偏偏要選個普普通通的史密斯夫人做朋友，而且看得比她家在英格蘭和愛爾蘭貴族中的親戚還要高貴！史密斯夫人！就是這樣一個名字！」

克萊夫人，在他們這樣說話時，一直在場，而現在她認為應該離開那個房間較好。安妮本來可以多說一些，而且也確實想辯解兩句，說她的朋友和他們的朋友情況沒有多大差別，但是她對父親的尊敬阻止了她這麼做。她沒有回答。只是讓他自己去想，史密斯夫人不是唯一一個生活在巴思這個地方，年紀三、四十歲，生活拮据，姓氏不夠尊貴的寡婦。

安妮去赴她的約會，而其他人也去赴他們的約會去了。當然，她第二天早上聽他們說，他們當天晚上過得十分愉快。她是唯一缺席的，因為沃爾特爵士和伊莉莎白不僅奉命來到子爵夫人府上，而且竟然高高興興地奉命為她招待客人，特意邀請了拉賽爾夫人和艾略特先生。而艾略特先生真的早早就離開沃利斯上校，拉賽爾夫人也重新安排整個晚上的活動，去拜訪子爵夫人。

安妮聽拉賽爾夫人把整個晚上的所有情況都告訴了她。對她來說，讓她對最感興趣的是，她的朋友和艾略特先生之間大量地談起了她。他們希望她來，又為她感到惋惜，同時又敬佩她因為去看望史密斯夫人而不來赴約。她一再好心地去看望這位貧病交迫的老同學，似乎博得了艾略特先生的好感。他認為她是非常優秀的年輕女性，她的性格、行為舉止、聰明才智和風采都是優秀女性的典範，他甚至還跟拉賽爾夫人高興地談起了安妮的優點。而安妮聽朋友說起這麼多事情，知道自己受到一位聰明人的器重，心裡不由得感到非常高興，而這種感覺也正是她的朋友有意要讓她感受的。

拉賽爾夫人現在完全堅定了她對艾略特先生的看法。她相信，他遲早有一天會想娶安妮為妻，而且他也配得上她。然後她開始計算，艾略特先生還要多少個星期才能從服喪的羈絆中解放出來，這樣就可以自由自在地公開施展出他那殷勤討好的高超本領。在事情沒有很肯定之前，她不想對安妮提到這個話題，她只想給她一點暗示，讓她知道以後會出現什麼情況。艾略特特先生有可能喜歡她，如果他的感情是真的，而且也得到回應，那倒是一樁美滿姻緣。安妮聽她說著，並沒有激烈地大喊出來，她只是羞紅了臉，笑了笑，然後輕輕地搖了搖頭。

拉賽爾夫人說：「妳是知道的，我可不是媒人，因為對於人們做事和考慮問題的變化程度，我了解得太清楚了。我的意思是，艾略特先生如果在某個時候向妳求婚，而如果妳又願意接受他的話，我認為你們完全可以是很幸福的一對。誰都會覺得這是一樁天造地設的良緣，我認為這會是非常幸福的姻緣。」

安妮回答說：「艾略特先生是一個非常平易近人的人，我在很多方面都很佩服他，可是我並不認為我們很合適。」

拉賽爾夫人並沒有反駁，她只是說：「我承認，如果可以看到妳成為未來的凱林奇莊園的女主人，未來的艾略特夫人，看見妳坐上妳親愛的母親的位置，繼承她全部的權利，她的全部人緣，以及她全部的美德，那就是我最大的願望了。妳完全繼承了母親的長相和性格，我最親愛的安妮，如果我可以認為妳在地位、名譽和家庭方面也和她一模一樣，在同一個地方掌管家務，安樂享福，只是比她更受尊重，那麼，在我這個年紀，這就讓我感到非常快樂了！」

安妮不得不轉過臉，站了起來，朝遠處的桌子走去，靠在那裡假裝忙著些什麼，試圖克制住這幅美景引起的激動。這一瞬間，她的思緒和內心都像著了魔一樣。一想到可以由她來取代母親的位置，由她來復活「艾略特夫人」這個可貴的名字，讓她重新回到凱林奇莊園，把它重新稱作她自己的家，她永久的家，這種魅力是一時間無法抗拒的。拉賽爾夫人沒有再說什麼，她願意讓事情水到渠成。而且她覺得，如果艾略特先生當時能彬彬有禮地親自來求婚該有多好啊——總而言之，她相信安妮不相信的事情。安妮也想到艾略特先生會親自來求婚，這又讓她再一次恢復了鎮靜。迷人的凱林奇莊園和「艾略特夫人」都遠去了。她是絕不會接受他的。這不僅僅是因為在感情上，她除了某個男人以外，其他的都不會喜歡，而且在考慮過這件事情的種種可能性之後，理智上她也不接受艾略特先生。

雖然他們已經認識了有一個月，但她並不認為自己真正了解他的性格。他是個很聰明的男人，也很平易近人，能說會道，很有見解，似乎也很果斷，很講原則，這些特點都是很明顯的。他很明白事理，安妮找不出他有絲毫明顯違背道義的地方。但她還是擔心他的行為是否正確。就算她不懷疑他的現在，也懷疑他的過去，有時候，偶爾從他嘴裡說出一些老朋友的名字，暗示了他過去的某些行為和追求，都會讓人懷疑他過去的作為是不對的。她還看得出來，他過去有些不好的習慣。星期天出去旅行是他習慣做的一件事情。在他的生活中有一段時間（也許還是一段不短的時間），他至少是很粗心地對待一些嚴肅的事。雖然他現在也許和以前不同了，可是他是個聰明謹慎的人，到了這個年紀也懂得要有個清白的名聲，誰能為他的真情實意擔保呢？誰能夠保證他的心靈真的純淨呢？

艾略特先生很有理智、小心謹慎、舉止文雅，但是並不坦率。他對別人的優點、缺點從來沒有激動過，也從來沒有表現過強烈的喜怒，這一點對安妮來說，顯然是個缺點，她之前的那些印象是無法彌補的。她最重視真誠、坦率而又熱情的性格，她仍然著迷於熱情洋溢的人。她覺得，有些人雖然有時樣子漫不經心，說起話來有些輕率，但卻比那些思想從不留神，舌頭從不滑邊的人更加真誠可信。

艾略特先生總是表現得很討人喜歡，對於在她父親家裡所有不同性格的人，他都能討好。他的耐心也很好，所以受到每個人的喜愛。他曾經很坦白地和安妮討論過克萊夫人，說看起來不明白克萊夫人在做些什麼，所以很看不起她，可是克萊夫人卻和其他人一樣很喜歡他。

拉賽爾夫人也許比她的年輕朋友看得淺些，也許看得深些，她覺得這裡面沒有什麼可懷疑的。她無法想像還有人比艾略特先生更加完美的，而她一想到秋天可能可以看見他和她親愛的朋友安妮在凱林奇教堂舉行婚禮，心裡就覺得非常甜蜜。

18

這個時候正是二月初，安妮已經到巴思一個月了。她愈來愈渴望收到來自厄波克勞斯和萊姆的消息。和瑪麗之間的書信來往不能滿足她的需求，她已經有三個星期沒有收到瑪麗的來信了。她只知道亨麗埃塔又回到了家裡，路易莎雖然被認為恢復得很快，但是仍然住在萊姆。

一天晚上，就在安妮正專心地想念他們時，竟收到了一封瑪麗寄來的比平時都要厚的信，而且更讓她感到高興和驚訝的是，信裡還帶來克洛夫特將軍和夫人對她的問候。

克洛夫特夫婦一定是到巴思來了！這個情況引起了她的興趣，他們是她發自內心很自然掛念的兩個人。

沃爾特爵士喊著：「怎麼？克洛夫特夫婦到巴思來了嗎？就是租下了凱林奇莊園的克洛夫特？他們給妳帶來了什麼？」

「一封來自厄波克勞斯別墅的信，爵士。」

「哦！這些信成了方便的護照。這就省的介紹了。不過，無論如何，我早就應該拜訪一下克洛夫特將軍了。我知道如何對待我的房客。」

安妮再也聽不下去了。她甚至不知道為什麼可憐的將軍的臉色沒有受到攻擊。她聚精會神地讀信。信是幾天前寫的。

親愛的安妮：

我不想對我沒有寫信給妳表示歉意，因為在巴思這種地方，人們對信根本不感興趣。妳一定生活得很快樂，根本沒有把厄波克勞斯放在心上吧！妳很清楚，厄波克勞斯實在沒有什麼東西好寫的。

我們過了一個很沒有意思的耶誕節。默斯格羅夫先生和夫人在整個節日裡沒有舉辦過一次聚會。我又完全沒有把海特一家的任何人放在眼裡。無論如何，這個節日終於結束了。我相信，沒有誰家的孩子過過這麼長時間的節日。我確定我沒有過。

昨天我們的屋子終於清靜了，只剩下哈威爾家的小孩子們。想必妳一定會感到很驚訝，他們一直沒有回過家。哈威爾夫人一定是個很奇怪的母親，才會讓孩子們離開這麼久，我真是不明白這一點，在我看來，這些孩子們根本就不可愛，可是默斯格羅夫夫人看起來比喜歡自己的孫子還要喜歡他們。

我們這裡的天氣可真是太糟糕了！巴思有舒適的人行道，你們可能感覺不到，可是在鄉下，影響可就大了。從一月的第二個星期之後，除了查爾頓·海特之外，再也沒有別的人來拜訪過我們。而他也來得太勤，不怎麼受歡迎了。咱們私底下說說，我覺得真遺憾，亨麗埃塔沒有和路易莎一起待在萊姆，那樣會讓海特無法和她接觸。

馬車是今天出發的，明天會帶路易莎和哈威爾一家回來。我們要等他們回來之後的第二天，才能邀請他們和我們一起吃晚餐，默斯格羅夫夫人擔心路易莎路上會太累。其實，她有人關照，不大可能累著的。如果明天去那裡吃飯，對我倒會更加方便。

我很高興妳覺得艾略特先生非常和藹可親，希望我也能和他認識，可是我通常的運氣都是：只要遇到好事情，我總是離得遠遠的，總是全家人裡最後一個得知的。

克萊夫人和伊莉莎白待在一起的時間已經太長了！難道她打算永遠也不走了嗎？可是，即使她走了，我們或許也受不到邀請。請告訴我，妳對這個問題是怎麼看的。妳知道，我可不想他們叫我的孩子們也跟著一起。我完全可以很放心地把他們留在葛瑞特大宅裡，一個月甚至六個星期都沒有問題。

我剛剛聽說，克洛夫特夫婦馬上要去巴思，人們都認為將軍得了痛風病，查理斯是偶然間聽到這個消息的。他們也不客氣客氣，或是向我打個招呼，或是問問我要不要帶什麼東西。我認為，他們和我們的鄰居關係沒有得到一點兒改善。我們完全看不到他們，這就足以證明他們是多麼目空一切。

查理斯和我一起向妳問好，祝萬事如意。

瑪麗·默斯格羅夫。二月一日。

我很遺憾地告訴妳，我身體一點都不好。傑米瑪剛剛才告訴我，賣肉的說附近正盛行咽喉炎。我看我一定是感染上了。妳知道，我的咽喉發起炎來，總是比任何人都厲害。

第一部分就這樣結束了，後來在裝信時，又加進了幾乎同樣多的內容：

我沒有把信封上，這樣正好告訴妳路易莎在路上的情況，而現在，我很高興我這樣做了，我還要再說很多話呢！

首先，我昨天收到克洛夫特夫人的一張字條，表示願意帶東西給妳。那字條寫得的確十分客氣，十分友好，當然是寫給我的，所以我可以隨我高興地把信寫得長一點。將軍看起來並不是病得很厲害，而我真心地希望他能在巴思得到他想要的，我也很真誠地盼望他們回來，我們這附近不能缺少像他們這麼友好的家庭。

不過，現在我們來說一說路易莎吧，我有一些事情要告訴妳，一定會讓妳大吃一驚的。她和哈威爾一家在星期二平安抵達了。晚上我們去向她問好時，非常驚奇地發現，本維克上校並沒有跟著一起來，因為他和哈威爾夫婦都受到了邀請。妳知道這是什麼原因嗎？那是因為他愛上了路易莎，在得到默斯格羅夫先生的答覆以前，不願意冒昧地來到厄波克勞斯。在她回來之前，他們之間的事情就已經確定了，而他也給路易莎的父親寫了一封信，託哈威爾上校帶來。真的是這樣！我以名譽保證！妳不感到吃驚嗎？如果妳之前隱隱約約聽到了什麼風聲，我至少是要感到奇怪的，因為我從來沒有聽到過任何消息。默斯格羅夫夫人鄭重其事地聲明，她對此事一無所知。

不過我們大家都很高興，因為這雖然比不上嫁給溫特沃斯上校，但是卻比嫁給查理斯・海特要強幾百倍。而默斯格羅夫先生回信表示了同意，本維克上校今天就會來了。哈威爾夫人說她丈夫為他那可憐的妹妹感到很難受，可是，他們還是都很喜歡路易莎。事實上，哈威爾和我都認為，我們因為照顧了她，所以更加喜歡她了。查理斯想知道，溫特沃斯上校會說什麼，可是如果妳還記得的話，我可是從來不認為他會愛上路易莎的。我看不到任何苗頭。妳看吧，我們本來以為本維克上校看上了妳，可是現在，一切都結束了。查理斯怎麼能心血來潮想到這上面去，讓我始終無法理解。我希望他今後能討人喜歡一些。當然，這對路易莎來說不是天設良緣，但是要比嫁到海特家強上一百萬倍。

瑪麗根本不擔心這條消息會令她姊姊措手不及，她一生中從來沒有這樣吃驚過。本維克上校和路易莎・默斯格羅夫！這真是讓人吃驚得難以置信！她需要很大的勇氣才能繼續留在房間裡，然後裝作若無其事的樣子，回答大家提出的一般問題。還算幸運，他們問得不多。沃爾特爵士想要知道，克洛夫特夫婦是不是坐四匹馬拉的車子來的，他們會不會住在巴思上等的地方，那樣才適合他自己和艾略特小姐到訪。他的好奇心就只有這麼多。

「瑪麗怎麼樣？」伊莉莎白問，可是她沒有等著回答，又說：「是什麼事情讓克洛夫特夫婦到巴思來的？」

「他們是為了將軍而來的，他得了痛風。」

「痛風加上衰老！可憐的老紳士。」沃爾特爵士說。

「他們在這裡有朋友嗎？」伊莉莎白問。

「我不知道。不過，我想克洛夫特將軍憑著他的年紀和職業，在這樣一個地方不太可能沒有很多熟人。」

沃爾特爵士冷冷地說：「我覺得，克洛夫特將軍在巴思很可能因為是凱林奇莊園的租客而出名。伊莉莎白，我們能不能把他和他的妻子介紹給蘿拉巷？」

「哦，不，我認為不要。我們和達爾林普爾夫人是表親關係，應該十分謹慎，不要帶一些她可能不太喜歡的人去打擾她。如果我們沒有親戚關係，那倒無所謂，可是既然是表親關係，她對我們的每項請求都要認真考慮。我們最好讓克洛夫特夫婦去找和他們地位差不多的人吧。有幾個長得很奇怪的人在這裡走來走去，我聽說他們都是水兵，克洛夫特夫婦會和他們交往的。」

這就是沃爾特爵士和伊莉莎白對這封信的興趣所在。克萊夫人倒比較禮貌，詢問了查理斯·默斯格羅夫夫人和她漂亮的小傢伙的情況。在那之後，安妮就自由了。

她回到自己的房間，試圖要想清楚。查理斯也許會知道溫特沃斯上校是怎麼想的。也許是他先放棄的，是他拋棄了路易莎，不再愛她了，他發現自己已經不再愛她了。安妮無法想像他和他的朋友之間竟然會發生背信棄義、舉止輕率或甚至說是虧待之類的事情，她無法容忍他們之間的這種友情，竟然被不公平地割斷了。

本維克上校和路易莎·默斯格羅夫！路易莎·默斯格羅夫個性開懷，喜歡談笑風生，本維克上校鬱鬱寡歡，喜歡思考，有感情，愛讀書，兩人似乎完全不相配。哪裡來的吸引力呢？答案很快就有了。是環境造成的。他們在一起生活了好幾個星期，他們生活在同一個小家庭圈子裡。自從亨麗埃塔離開了之後，他們一定是幾乎完全待在一起。而路易莎又剛剛從病痛中恢復過來，正處在一種非常有趣的狀態中，而本維克上校也不是傷心得不能安慰，這一點，安妮在之前就已經懷疑過了。然而，她從目前事態的發展中得出了和瑪麗不同的結論，目前的事態僅僅有助於證實這樣一個想法，那就是，本維克上校確實對安妮產生過幾分感情。不過，她不想為了滿足自己的虛榮心對此大作文章，而讓瑪麗不能接受。她相信，任何一個比較可愛的年輕女人，只要注意聽他說話，並且看來和他情愫相通，就同樣能博得他的歡心。本維克上校有顆熱烈的心，他是一定會愛上個什麼人的。

她沒有理由認為他們不會幸福。以前路易莎就很喜歡海軍，他們很快就可以愈來愈融洽的。他會獲得快樂，而她將學會愛讀司各脫和拜倫的詩。不僅如此，她可能已經學會了，他們當然是透過讀詩而相愛的。一想到路易莎·默斯格羅夫有了文學情趣，變成一個多情善感的人，安妮就覺得很好笑，可是安妮對這樣的情況卻並不懷疑。在萊姆的那一天，路易莎從碼頭上摔了下來，這也許會終生影響到她的健康、神經、勇氣和性格，就像她的命運似乎受到徹底的影響一樣。

整個事件的結論是，如果這個女人原來很欣賞溫特沃斯上校的長處，而現在卻可以看上另外一個人，那麼他們的訂婚就沒有什麼值得奇怪的。而如果溫特沃斯上校不會因此而失去一個朋友，他當然也就不會覺得有什麼可遺憾的。不，安妮想到溫特沃斯上校被解除了束縛而得到自由時，不是因為感覺懊悔才情不自禁地變得臉紅心跳的。她心裡有些感情，不好意思想得更深入，太像欣喜的感覺了，毫無道理的高興！

她很快就見到了克洛夫特夫婦。但是當他們見面時，他們顯然還沒有聽到這個消息。雙方進行了禮節性的拜訪和回訪，言談中提起了路易莎．默斯格羅夫，也提起本維克上校，但是沒有露出半點笑容。

克洛夫特夫婦住在蓋伊街，這一點讓沃爾特爵士相當滿意。他一點也不為這位熟人而感到羞愧，事實上，他對將軍的思念和談論，遠遠超過將軍對他的思念和談論。

克洛夫特夫婦在巴思認識的人就像他們所希望的那麼多，他們把自己和艾略特父女的交往僅僅看成是一種禮儀，一點兒也不會給他們提供任何樂趣。他們帶來他們在鄉下的習慣，兩個人始終在一起。將軍按照醫生的吩咐，藉由散步來消除痛風，而克洛夫特夫人似乎一切都要共同分擔，為了給丈夫的身體帶來好處，拚命地和他一起散步。安妮不管走到什麼地方都能看到他們。拉賽爾夫人幾乎每天早晨都要駕著馬車帶她出去，而她也每次都想到克洛夫特夫婦，見到他們的面。她了解他們的感情，他們走在一起，對她來說是一幅最有魅力的幸福圖畫。她總是盡可能長時間看著他們，看見他們高高興興、自由自在地走過來，就很高興地以為自己知道他們可能在談論什麼。她還同樣高興地看見將軍遇到老朋友時，握起手來十分親切，有時候，他和幾個海軍弟兄聚在一起，說起話來非常熱情，克洛夫特夫人看起來和周圍的軍官一樣聰敏、熱情。

安妮總是和拉賽爾夫人待在一起，這樣才不用自己一個人散步。可是有一天早上，大概是克洛夫特夫婦到達巴思一週或十天後的一個早上，她剛好離開了她的朋友，或說離開了她朋友的馬車，從城鎮南面獨自一個人返回卡姆登巷。當她走到米爾薩姆街時，她幸運地碰見了將軍。他一個人站在畫商的櫥窗前，背著手，一本正經地望著一幅畫出神，她就算從他身邊走過去，他也不會看見。她只好碰了他一下，喊了一聲，才引起他的注意。當他認出是她時，他又變得和平常一樣率直而幽默了。

「哈！是妳啊，謝謝妳！謝謝妳！妳這是把我當成了朋友呢！妳看到了，我在這裡仔細地看著一幅畫。我每次路過這個商店時都要停下來。可是這個東西是什麼呢？看樣子像是一艘船。看看它！妳過去有沒有見過這樣的船呢？你們那些傑出的畫家真是一些奇怪的人，居然以為有人敢坐著這種不像樣的小破船去玩命！而且還真的有兩個人待在船上，顯得很悠然自得的樣子，望著周圍的山岩，好像不會翻船一樣；其實，這艘船馬上就要翻了。真不知道這艘船是什麼地方建造的。（說著，他哈哈大笑起來）我甚至不敢坐著它到池塘去冒險，哦，（他轉過身來）現在，妳要到什麼地方去呢？我可以替妳去任何地方，或陪妳一起去。我可以幫幫忙嗎？」

「不用了，謝謝你，不過我們還是有一小段同路的，就勞駕你陪我走走。我要回家去。」

「我非常樂意，而且願意送妳送得遠一點。是的，是的，我們就舒舒服服地一起散散步吧。我們一路走，我還有一點事情要告訴妳。來吧，挽著我的手，這就對了，我要是沒有一個女人在旁邊挽著手，就會覺得很不舒服。上帝啊！這是一艘什麼船啊！」他最後再看了那畫一眼，然後他們就開始散步了。

「你剛才說有一些事情要告訴我，先生，是嗎？」

「是的，是有，我很快就會告訴妳的。可是，那邊來了一位朋友，布里格登上校。當我們和他打照面時，我只需要說聲：『你好啊！』我們不用停下來。『你好啊！』布里格登看到我沒有和妻子在一起，瞪大了眼睛。她真是可憐啊，被一隻腳給連累了。她有隻腳後跟上長了個水泡，足足有一個三先令硬幣那麼大。如果妳朝街對面看過去，就會見到布蘭德將軍和他的弟弟走過來了。那是兩個寒酸的傢伙！我很高興他們沒有走到街這邊來。蘇菲亞不能忍受他們。他們曾經有一次用詭計戲弄我，拐走了幾個我最好的士兵。下次我再找時間告訴妳整個故事。妳看啊，老阿奇博爾德．德魯爵士和他的孫子走過來了。妳看，他看到我們了，還在對妳送吻呢！他把妳當成我的妻子了。哈！和平來得太早了，那個年輕人還沒有找到發財的機會。可憐的老阿奇博爾德爵士！艾略特小姐，妳喜歡巴思嗎？這裡太適合我們了，我們總是在這裡遇到一些老朋友或其他人。每一天早上，滿街都是這些人，遇到我們就要沒完沒了地聊天。於是我們只好躲開，把自己關在家裡，坐在我們的椅子裡畫畫，舒舒服服的，就像住在凱林奇一樣，甚至就像過去住在北亞茅斯和迪爾一樣。我確定，我們現在這裡的住宅，讓我想起我們最開始在北亞茅斯的住宅，但是我們並不因為這裡差而不喜歡這裡，跟北亞茅斯的住宅一樣，這裡的牆壁也透風。」

等他們走了一會兒之後，安妮又再一次大膽地催促他說是什麼事情。她本來以為走出米爾薩姆街時，她自己的好奇心就可以得到滿足，誰知道她還要再等一等，因為將軍打定了主意，要等走到寬闊寧靜的貝爾蒙特街再開始說。雖然她不是克洛夫特夫人，但還是必須照他的意思來。

兩人走上貝爾蒙特之後，將軍說話了：「哦，現在妳會聽到一些讓妳很吃驚的事情。可是首先，妳必須要先告訴我我要說的那位年輕女士的名字。那位年輕的女士，妳是知道的，我們都非常關心她。所有這些事情都是關於默斯格羅夫小姐的。她的教名是……我經常忘記她的教名。」

安妮本來很不好意思顯出馬上心領神會的樣子，不過現在卻能萬無一失地說出「路易莎」這個名字。

「唉，唉！路易莎．默斯格羅夫小姐！就是這個名字！我希望年輕小姐們不要起那麼動聽的教名，她們要是都叫蘇菲之類的名字，我是絕對不會忘記的。哦，這位路易莎小姐，妳知道，我們本來都以為她要嫁給弗雷德里克的，他已經追求了她好幾個星期。人們唯一感到奇怪的是他們還在等什麼，後來出了萊姆這件事，很顯然，他們一定是在等到她頭腦恢復正常。可是，就算是在那個時候，他們進展的方式也有一些奇怪。他沒有待在萊姆，卻跑到了普利茅斯。然後又跑去看愛德華。而當我們從邁恩黑德回來時，他已經跑到愛德華的家裡，而且直到現在都還待在那裡，我們從十一月開始，就再沒有見到他了，就連蘇菲亞也感到無法理解。可是現在，事情發生了非常奇怪的變化，因為那位年輕的女士，也就是那位默斯格羅夫小姐，她不打算嫁給弗雷德里克了，而是嫁給詹姆斯．本維克。妳知道詹姆斯．本維克的。」

「認識。我和本維克上校有一點來往的。」

「哦，那她就是要嫁給他了，不，他們很有可能已經結婚了。因為我真不知道他們還需要等什麼。」

「我認為本維克上校是一個非常討人喜歡的年輕人，而且我知道他的性格很好。」安妮說。

「哦，是的，是的，詹姆斯．本維克是無可非議的。不錯，他只是個海軍上校，去年夏天晉升的，現在這個時候很難往上爬啊！可是，據我所知，他就再也沒有其他的缺點了。我可以向妳保證，他是一個非常優秀、心地也很善良的年輕人。還是個非常積極熱情的軍官，這也許是妳想像不到的，因為妳從他那溫和的舉止上看不出來。」

「事實上，先生，你說這個話就錯了。我一點也不認為本維克上校缺乏活力。我覺得他的舉止十分討人喜歡，一定是人見人愛。」

「很好，很好，女士們都是最好的評論家。可是在我看來，我覺得詹姆斯．本維克太文靜了，很可能是偏愛的緣故，反正蘇菲亞和我總認為弗雷德里克的舉止比他強。我們更喜歡弗雷德里克。」

安妮愣住了。本來，人們普遍認為朝氣蓬勃和舉止文靜是完全相反的兩種性格，她只不過想表示不同意這一看法，完全不想把本維克上校說成是最好的。跟著，她猶豫了一會兒，又開始說：「我並沒有拿這兩位朋友來做比較。」

不過，將軍打斷了她的話：「這件事情是確鑿無疑的，這可不是什麼留言，我們是聽弗雷德里克自己說的。他的姊姊昨天收到他寄來的一封信，在信裡他告訴了我們這件事情。當時，他也是剛剛從哈威爾的信裡面知道的，那封信是哈威爾從厄波克勞斯寫給他的。我想他們都在厄波克勞斯。」

這是安妮不能錯過的一次機會，所以她說：「我希望，將軍，我希望溫特沃斯上校信裡的語氣不會讓你和克洛夫特夫人感到特別不安。去年秋天，看起來他和路易莎．默斯格羅夫之間是有一點感情的，不過，我想你們可能了解，他們雙方的感情都已經淡漠了，雖然並沒有激烈的爭吵。我希望他的信裡沒有透露出他受了虧待。」

「完全沒有，完全沒有。自始至終沒有詛咒，也沒有抱怨。」

安妮低下了頭來掩飾她的笑容。

「不，不，弗雷德里克不是會哭訴和抱怨的人。他很有志氣，不會那樣做的。如果那個姑娘更喜歡另外一個人，她理所當然應該嫁給那個人。」

「當然，但我的意思是，從溫特沃斯上校寫信的方式來看，我希望沒有什麼東西讓你覺得他認為自己被朋友辜負了。你知道，這種情緒不用直說就能流露出來的。他和本維克上校之間的友誼，如果因為這樣一件事而遭到破壞，或受到損害，我將感到十分遺憾。」

「是的，是的，我明白妳的意思。但信裡完全沒有那樣的情緒。他完全沒有任何話是攻擊本維克的。他連這樣的話都沒說：『對此我感到奇怪。我有理由感到奇怪。』不，妳從他的信裡看不出他曾把這位小姐（她名字叫什麼？）當成意中人。他非常寬宏大量地希望他們在一起生活能夠幸福。我想，這裡面沒有什麼是不可原諒的。」

將軍一心想說服安妮，但安妮卻並不完全能夠相信這一點，不過進一步追問下去也是沒有用的，所以她只泛泛地談論兩句，或是靜靜地聽著，將軍也就可以盡情地說下去。

「可憐的弗雷德里克！」他最後說，「那麼現在他又必須和另外一個人重頭開始了。我想我們必須叫他到巴思來。蘇菲亞得給他寫一封信，請他到巴思來。我相信，這裡有太多的漂亮女孩了。他用不著再去厄波克勞斯，因為我發現，那另一位默斯格羅夫小姐已經和她那位當牧師的年輕表哥好上了。艾略特小姐，難道妳不認為我們最好把他叫到巴思嗎？」

19

就在克洛夫特將軍和安妮一邊散步，一邊表達希望溫特沃斯上校能到巴思來時，溫特沃斯上校已經在來巴思的路上了。在克洛夫特夫人寫信之前，他就已經到了。而在安妮下一次出門散步時，她就見到了他。

艾略特先生正陪著他的兩個表妹和克萊夫人。他們來到了米爾薩姆街，天開始下起了雨，雖然不是很大，可是夫人、小姐們希望能找個躲雨的地方，特別是艾略特小姐，她希望達爾林普爾夫人的馬車能把她們送回家，那輛馬車就停在離她們不遠的地方。所以，她、安妮和克萊夫人就躲進了莫蘭糖果店，艾略特先生來到達爾林普爾夫人面前，請求她幫一個忙。他很快又回到她們身邊，當然，他成功了。達爾林普爾夫人十分樂意送她們回家，過幾分鐘就會來招呼她們。

子爵夫人用的是一輛四輪馬車，只能不很舒服地坐下四個人，再多就擠不下了。卡特雷特小姐陪著她母親，所以不能期望讓卡姆登巷的三位女士都上車。毫無疑問，艾略特小姐是要坐上去的，無論讓誰承受不便也不能讓她承受。但是解決另外兩個人的謙讓問題卻費了一番工夫。安妮不在乎這點雨，非常誠懇地希望和艾略特先生走回去。但克萊夫人也完全不在乎這一點雨，她甚至認為雨根本就沒有下，而她的鞋底也很厚，比安妮小姐的要厚。總而言之，她客客氣氣的，就像安妮一樣，希望和艾略特先生一起走回去。兩個人就這樣既大方又有禮貌地堅決謙讓著，實在爭執不下，只好讓其他人來決定。艾略特小姐堅持認為克萊夫人已經有點感冒了，而艾略特先生受到懇求，還是斷定他堂妹安妮的皮靴更厚一些。

所以事情就這樣決定了，克萊夫人坐上了馬車。而他們剛剛做出這個決定，在窗戶旁的安妮就清清楚楚地看見溫特沃斯上校順著大街走來。

只有她察覺到自己的驚訝，但又馬上就覺得自己是這個世界上最大的笨蛋，甚至不可理喻、荒唐！有那麼幾分鐘時間，她什麼也看不到了。所有一切完全變得混亂。她失去控制能力，怪自己不冷靜，等她好不容易恢復意識，卻發現別人還在等車。而艾略特先生（他通常都很熱情），馬上朝聯盟街走去，去幫克萊夫人辦點什麼事情。

安妮很想走到外門去，她想看一看還有沒有在下雨。她為什麼要懷疑自己別有用心呢？溫特沃斯上校一定已經走得看不見了。她離開座位想走。她不應該懷疑自己心裡有什麼不理智的念頭，也不應該懷疑自己腦袋裡有什麼見不得人的東西，她只是要看看天還有沒有在下雨。不過，她又退了回來，因為過了一會兒，她看到溫特沃斯上校和一幫先生、女士走了進來。很明顯，這些人都是他的朋友，他一定是在米爾薩姆街下面一點碰見他們的。可是他一見到安妮，就顯得十分震驚，安妮從來沒有看見他這麼慌張過，他看起來滿臉通紅。自從他們重新認識了之後，這還是她第一次感覺到自己沒有他激動。她比他有個有利條件，在最後一剎那做好了思想準備，就在他感到吃驚時，剛開始那種震懾、眩暈、手足無措的感覺已經消失。可是，她心裡仍然很激動。那是一種激動、痛苦而又快樂的情緒，悲喜交加。

溫特沃斯上校對她說了話，然後就轉身走開了。他說話的樣子很尷尬，安妮既不能說他冷漠，也不能說他友好，也不能斷定他很窘迫。

不過，過了一會兒，他又朝她走了過來，又說了話。兩人相互詢問了一些共同關心的問題，可是很有可能他們誰都沒有聽進去。安妮仍然覺得他不像以前那樣從容不迫。過去，由於他們經常在一起，說起話來顯得非常自然、隨便，但是他現在卻做不到。時間改變了他，或是路易莎改變了他。他總是顯得有一點不安。

他看起來很好，就像身體和精神都沒有受到傷害，他談起厄波克勞斯，談起默斯格羅夫一家，不，甚至談起路易莎，而且在提到她的名字時，臉上甚至掠過一副既可笑又得意的表情。可是，溫特沃斯上校還是顯得不自在，不輕鬆，不能裝出很自然的樣子。

安妮發現伊莉莎白沒有表示認識他，她對此並不吃驚。她見他也看到了伊莉莎白，而伊莉莎白也看到了他，而且互相都很清楚對方是誰。她相信，溫特沃斯上校很願意被當成是朋友，正在滿心期待著，不過，安妮痛心地看到她姊姊把臉一轉，依然是一副很冷漠的樣子。

就在艾略特小姐等得不耐煩時，達爾林普爾夫人的馬車過來了，僕人走過來通報。天又開始下起了雨，時間已經被耽誤了，大家趕緊忙著，說著，這讓擠在商店裡的人都明白，是達爾林普爾夫人來請艾略特小姐上車。最後，艾略特小姐和她的朋友在那個僕人的照料下上了車（因為那個表哥沒有回來），而溫特沃斯上校看著他們，又轉過身去看著安妮，他雖然沒有說話，但是從他的行為可以看得出來，他想送她上車。

她回答說：「我非常感謝你，可是我不和她們一起走。那輛馬車坐不下那麼多人。我散步回去，我喜歡散步。」

「可是在下雨啊！」

「哦，這雨下得很小，我不把它當回事。」

在停頓了一會兒之後，他說：「雖然我昨天才剛剛到，可是已經完全做好在巴思生活的準備。妳看啊（他指了指一把新雨傘），如果妳決定要散步的話，我希望妳能用得上它，不過我想，最好還是讓我幫妳弄一輛車來。」

她表示非常感謝他，但還是謝絕了，重複說她相信雨很快就會停。然後她又補充說：「我只是在等艾略特先生，我想他很快就會到這裡來了。」

幾乎就在她說話時，艾略特先生就走了進來。溫特沃斯上校記得他。他和站在萊姆台階上用愛慕的目光望著安妮走過的那個人一模一樣，只是現在仗著自己是她的親戚和朋友，神情姿態有一些不同了。他急急忙忙地走進來，似乎眼裡看到、心裡想著的只有安妮。他為自己的耽擱表示歉意，為讓安妮久等而感到很難過，迫切希望在雨下大之前馬上就帶她走。轉眼間，他們就一起走開了，她挽著他的手臂，在從溫特沃斯上校面前經過時，只來得及朝他溫柔而尷尬地望了一眼，說了一聲「再見」！

就在他們走出視線後，在溫特沃斯上校周圍的幾個女士已經開始談論起他們。

「我覺得，艾略特先生並不是不喜歡他的堂妹吧？」

「哦，不，這已經夠清楚的了，人們隨便猜也能猜到他們之間會發生什麼事。他總是和他們在一起，我想，他有一半的時間都在他們家裡。他可真是一個好看的男人啊！」

「是的，阿金森小姐曾經和他一起在沃利斯家裡吃過晚餐，她說他是她所認識的最討人喜歡的男人。」

「我認為，安妮．艾略特小姐很漂亮，仔細地看她你就會發現，她非常漂亮。現在雖然不流行這樣說，可是我還是要承認，我喜歡她甚過她的姊姊。」

「哦，我也是。」

「哦，我也是。根本沒法相比。可是男人們都像風一樣去追逐艾略特小姐，安妮對他們來說太矜貴了。」

安妮就這樣不得不和她的表哥一起朝卡姆登巷走去。如果他一路上不說一句話的話，安妮倒會對他感激不盡，但她從來沒有發現聽他說話是這麼困難，儘管他表現得非常關心和照顧，而且談論的大都是能引起她興趣的話題：一是熱烈而公正地讚揚拉賽爾夫人，顯得很有鑑賞力；二是含沙射影地攻擊克萊夫人，聽起來也非常有道理。可是現在她心裡只想著溫特沃斯上校，她不明白他現在的心情，不知道他到底是否承受著失戀的痛苦？不弄清楚這一點，她是沒有辦法讓自己平靜下來的。

她很希望自己現在能理智一點、聰明一點。可是，唉！唉……她必須承認，自己現在還不夠明智。

還有個很重要的情況是她需要知道的，那就是溫特沃斯上校打算在巴思待多久？他並沒有提到這一點，或者是她想不起他有沒有提。他也許只是路過。可是，也很有可能要在這裡住下去。如果是那樣的話，由於在巴思每一個人都有可能相遇，拉賽爾夫人很有可能會在什麼地方遇到他。她還記得他嗎？情況又會是怎麼樣的呢？

她出於無奈，已經把路易莎·默斯格羅夫要嫁給本維克上校的消息告訴了拉賽爾夫人。看到拉賽爾夫人吃驚的樣子，她覺得很難受。而現在，如果她有機會遇到溫特沃斯上校，而她對所有的情況又不是很了解，一定又會增加她對他的偏見。

第二天早上，安妮和她的朋友一起出門。在剛開始的那一個小時裡，她不斷地擔心會不會遇到溫特沃斯上校，但是沒有。可是到最後，當她們順著普爾蒂尼街往回走時，她在右邊的人行道上發現了他，他所站的位置讓她離著大半條街也能看得見。他和很多人在一起，一隊一隊地朝這邊走了過來，不會有人認錯他的。她本能地看著拉賽爾夫人，這倒不是因為她有什麼奇怪的念頭，認為拉賽爾夫人能像她自己一樣立即認出溫特沃斯上校。不，除非他們面對面，不然拉賽爾夫人是不會認出他來的。無論如何，她還是不時焦慮不安地看著拉賽爾夫人。

溫特沃斯上校出場的時刻就要到了，安妮雖然不敢再扭頭去看（因為她知道自己的臉色不是很好看），但她十分清楚，拉賽爾夫人的目光正對著溫特沃斯上校的那個方向——總之，她正專心地看著他。她可以理解，溫特沃斯上校在拉賽爾夫人心目中很有魅力，她的目光很難從他身上抽回來，見他在異鄉服了八、九年役，居然沒有失去半點魅力，這怎能不讓她感到驚訝呢！

最後，拉賽爾夫人轉過了頭。現在，她會怎麼說他呢？

她說：「妳一定很奇怪，我的眼睛在看什麼看了這麼久。我在尋找一種窗簾，是阿利西亞夫人和弗蘭克蘭太太昨天晚上告訴我的。她們說有一家客廳的窗簾是全巴思最美觀、最實用的，而那一家店就在這一條街，但是她們記不清門牌號碼，我只好設法找一找。不過說實話，我在這附近看不見她們說的這種窗簾。」

安妮嘆了一口氣，紅著臉笑了一下，不知道是對她的朋友還是對她自己生起了一股憐憫之情。最讓她感到惱火的是，她謹小慎微地虛驚了一場，結果坐失良機，連溫特沃斯上校有沒有發現她倆都沒注意到。

一、兩天就這樣平安無事地過去了。溫特沃斯上校最可能出入的戲院、娛樂廳，對艾略特一家人來說卻不怎麼時尚，他們晚上唯一的樂趣就是舉行風雅而無聊的家庭舞會。至於安妮，她厭煩那種死氣沉沉的場面，也不喜歡對什麼事都一無所知，覺得自己有力氣沒有地方用，她身體比以前強多了，所以迫不及待地想要參加音樂會。這場音樂會是專為達爾林普爾夫人的被保護人舉辦的，所以她們一家人當然應該出席。

這真的是一場很好的音樂會，而溫特沃斯上校又非常喜歡音樂。如果她可以再和他說幾分鐘話，那她就會感到非常滿足了。至於說她有沒有勇氣去向他打招呼，她覺得只要時機合適，她會有勇氣那麼做的。伊莉莎白不理他，拉賽爾夫人瞧不起他，這反倒讓她堅強起來，她覺得她應該關心他。

她曾經含含糊糊地答應史密斯夫人，那天晚上要陪她一起度過。可是後來，她只匆匆忙忙地在她家裡坐了一會兒，並解釋說今天晚上她不能待太久，明天一定再來多坐一會。史密斯夫人很愉快地答應了。

她說：「當然可以，當妳來時，要告訴我關於音樂會的所有事。誰和妳一起去？」

安妮說了他們所有人的名字。史密斯夫人沒有回答什麼，可是在安妮準備離開時，她卻帶著半認真、半開玩笑的神氣說：「哦，我衷心地希望你們的音樂會能夠成功。如果妳明天能來的話，千萬不要讓我失望，因為我已經開始有預感，妳來看我的次數不會那麼多了。」

安妮感到很震驚又很困惑。可是她焦慮不安地站了一會兒之後，只好匆匆忙忙地離開，心裡並不感到抱歉。

20

沃爾特爵士帶著他的兩個女兒，以及克萊夫人，是那天晚上最早到達音樂會場的人。因為還要等達爾林普爾夫人，他們就在八角廳的一個爐火旁坐了下來。才剛坐好，就看到門再一次開了，只見溫特沃斯上校獨自走了進來。安妮離他最近，於是立刻向前走了兩步和他說話。他本來打算鞠個躬就走開的，可是聽到她溫柔地說「你好嗎」時，他就改變了路線，走到她前面，回問起她的情況，儘管她那令人敬畏的父親和姊姊就在背後。他們坐在背後倒更讓安妮放心了，因為她看不到他們的表情，就更有勇氣去做她覺得正確的事情。

當他們在說話時，她聽到父親和姊姊在竊竊私語。她聽不清楚他們在說什麼，可是猜得出他們談論的話題。溫特沃斯上校遠遠地朝他們鞠了個躬，她意識到父親已經認出他了，向他做了一個簡單的表示。安妮再往旁邊一看，正好見到伊莉莎白微微行了個屈膝禮，雖說晚了些，也很勉強，顯得不是很有禮貌，可是總比完全沒有表示要好。安妮的心情頓時輕鬆了一些。

不過，他們在聊過天氣、巴思和音樂會之後，談話的勁頭就開始減弱，到最後就沒有什麼可說的了。她以為他很快就會走開，可是他沒有，他看起來並不急著要離開她。

過了一會，他又恢復了興致，臉上泛出微微的笑容和淡淡的紅暈，然後說：「自從在萊姆之後，我幾乎就沒再見過妳，我擔心妳一定是受驚了。妳當時沒被嚇倒，以後更容易受驚。」

她向他保證說她沒有受驚。

他說：「那真是太可怕的一刻了，真是太可怕的一天。」然後他用手抹了一下眼睛，就像現在回想起那一幕仍然很痛苦的樣子。可是，過了一會兒，他又笑著補充說：「不過，那一天還是產生了一些影響，而且是和本來應該產生的可怕後果相反的影響。當妳鎮定自若地建議說最好讓本維克去請醫生時，妳根本想像不到，他最後會成為最關心路易莎康復的人。」

「我當然沒有想到。但是看起來……我希望這是一樁很幸福的聯姻。他們雙方都有美好的信仰和溫和的性格。」

他看起來並不是很傾向於這種說法，他說：「是的，可是我認為，他們的相同點也是這些。

我真心地希望他們幸福，如果他們可以幸福的話，我會非常高興的。他們在家裡不會遇到什麼困難，不會有人反對，也沒有人反覆無常，也沒有人想拖延什麼。默斯格羅夫夫婦為人一貫都很體面厚道，他們出於做父母的一片真心，只想促成女兒的幸福。所有這一切都可以讓他們更加幸福，也許要超過……」

他停了下來，突然看到安妮紅了臉，目光落到地上，他彷彿忽然想起了什麼往事，讓他也嘗到了幾分安妮心裡的滋味。

然後，他清了清嗓子，接著說：「我承認，我不認為他們是沒有差別的，他們有太大的差別，本質上的差別，可以說是智力上的差別。我認為路易莎・默斯格羅夫是十分親切、非常溫柔的姑娘，理解力也不差，但本維克比她要更好一些，他是很聰明、很有知識的男人。我得承認，他會愛上路易莎真的讓我有一點吃驚。如果他是出於感激之心才愛上她，如果他是因為她先愛上了他，那就是另外一回事。但是我沒有理由認為情況是那樣的。看起來剛好相反，他的感情好像完全是自發的，這就讓我感到奇怪了。像他那樣的一個人，又是處於那樣的情況下！他的整顆心都千瘡百孔了，受了傷，幾乎破碎了！范妮・哈威爾是個非常優秀的女人，他對她的愛可是真正的愛啊！一個男人不會忘情於這樣一位女人的！他不應該忘情，也不會忘情。」

然而，他不知道是意識到他的朋友已經忘情了，還是意識到別的什麼問題，他沒有再說下去。而安妮，儘管他後面那部分話的語氣很激動，儘管屋裡一片嘈雜，房門砰砰地響個不停，進進出出的人們唧唧喳喳地說個沒完，但她還是聽清楚了他說的每一個字。她不禁既激動，又興奮，又有些心慌，感到呼吸急促，百感交集。要她談論這樣一個話題，那是不可能的。

不過，在停了一會兒之後，她感覺有必要說點什麼，而且又絲毫不想完全改變話題，於是只打了個岔：「我想，你在萊姆應該待了很長時間吧？」

「大概兩個星期。在還沒有確定路易莎完全恢復之前，我是不能離開的。這個惡作劇讓我陷得太深了，心裡一時安靜不下來。這都是由我造成的，完全是我的錯。如果我不是那麼軟弱，如果她不是那麼倔強的話。萊姆周圍的鄉村環境非常好，我經常散步和騎馬。我看得愈多，就發現自己愈喜歡那個地方。」

「我真的很想再去看一看萊姆。」安妮說。

「真的嗎？我還以為妳對萊姆完全沒有這樣的感情呢！妳被捲入驚恐和煩惱之中，搞得思想緊張，精神疲憊，我以為妳對萊姆的最後印象一定是深惡痛絕的。」

安妮回答說：「最後那幾個小時的確非常可怕，可是當痛苦結束以後，回憶又變得愉快起來。人們並不會因為在某個地方遭受到痛苦就不喜歡那個地方，除非那裡除了痛苦再無其他。但是萊姆並不是這樣的。我們只不過是在最後那兩個小時經歷了焦慮和痛苦，而在那之前還是非常快樂的，有那麼多新鮮而美麗的事物。我出外旅行得太少，每一個新鮮的地方都能引起我的興趣，而萊姆真的很漂亮。總而言之（她想起了什麼事情，臉有一點泛紅），我對萊姆的印象還是非常愉快的。」

就在她剛說完時，入口的門再一次開了，他們正在等的那一群人到了。

「達爾林普爾夫人！達爾林普爾夫人！」有個聲音欣喜地喊著。

沃爾特爵士和他的兩位女士帶著熱切而優雅的神態，迫不及待地走上前去歡迎她。達爾林普爾夫人和卡特雷特小姐，在幾乎同一時間抵達的艾略特先生和沃利斯上校的陪同下進入了房間，其他人也來到她們身邊，安妮覺得自己也有必要加入，於是她離開溫特沃斯上校，至於他們有趣的、幾乎是太有趣的談話，只能暫時中斷了。不過，和引起這場談話的愉快心情相比，這點犧牲畢竟是微不足道的！在最後那十分鐘裡，她已經了解到他對路易莎的感覺，了解到那麼多他對其他問題的看法，這完全出乎她的意想之外。她帶著愉快而激動的心情，去滿足大家的要求，做了一些必須的應酬。由於她有了這樣的情緒，以至於讓她對所有的人都客客氣氣的，對每個不如她幸運的人都深表同情。

當她離開眾人再去找溫特沃斯上校時，卻發現他不在了，這種快樂的情緒因而稍微減弱了些。就在這個時候，她又看到他走進了音樂廳。他走了，他消失了，那一刻她感覺到非常遺憾。可是他們還會再見面的，她心想，他會來找她，不等音樂會結束就會來找她，目前也許分開一會兒也好。她需要一點空隙定定心。

接著，拉賽爾夫人出現了。所有人又聚到了一起，只等著列隊走進音樂廳。每個人都盡量裝出神氣十足的樣子，盡可能引起別人的關注、竊竊私語和心神不寧。

當伊莉莎白．艾略特和安妮．艾略特走進音樂廳時，她們兩個人都非常、非常的高興。伊莉莎白挽著卡特雷特小姐的手，望著走在前面的達爾林普爾子爵夫人的寬闊背影，似乎覺得自己沒有什麼奢望是達不到的。而安妮呢？對安妮來說，拿她的幸福觀和她姊姊的幸福觀相比較，那將是一種恥辱，因為一個是出於自私自利的虛榮心，一個則是出於高尚的愛情。

安妮什麼也看不到，也沒有想到這個房間有多麼富麗堂皇。她的幸福感是發自內心的。她的眼睛閃著光彩，她的臉頰緋紅，可是她自己對此一無所知，她心裡唯一想的就是剛剛過去的那半個小時。等大家來到座位前時，她匆匆回想了一下當時的情景，溫特沃斯選擇的那些話題，他的那些表情，特別是他的舉止和神色，讓她只能得出一個看法：他並沒有看上路易莎・默斯格羅夫，而且他急著要把他這個看法告訴安妮。他為本維克上校感到驚訝，對第一次熱戀的看法，話語剛開了個頭就說不下去了，躲躲閃閃的眼睛，以及那意味深長的目光，所有的一切，所有的一切都證明了，他心裡至少已經恢復了過去對她的感情。過去的怒火、怨恨、躲避，都已經不存在了，取而代之的不只是友好和關心，而且是過去溫柔的感情。是的，很有幾分過去的情誼了，她不需要多麼仔細地考慮就能感到一點變化。他一定是愛上她了！

她一心想著這些念頭，腦海裡閃現出當時的種種情景，攪得她心慌意亂，沒有辦法再關心周圍的事情。她走進音樂廳，並沒看見他，甚至也不想去尋找他。當他們的位置都確定了，大家都坐好了之後，她看了一下周圍，看看他是不是也在屋子的某個角落，可惜他不在。她的目光看不到他，音樂會剛好開始，她暫時只得將就一下，感受著這相形見絀的歡樂。

大家被分成了兩組，安排在兩條挨著的長凳子上。安妮坐在前排，艾略特先生在他的朋友沃利斯上校的協助下，十分巧妙地坐到了她旁邊。艾略特小姐一看周圍都是她的堂表親戚，沃利斯上校又一味地向她獻殷勤，不由覺得十分得意。

安妮心裡高興，對當天晚上的節目也感到很滿意。而這些節目也是很夠讓她娛樂的，充滿感情的她喜歡，充滿樂趣的也能激起她的興趣，內容精采的她能注意聽，讓人厭煩的她也能耐心聽。她從來沒有聽過這樣的音樂會，至少在第一幕時是這樣。在第一幕結束時，趁著唱完一支義大利歌曲的間隙，她向艾略特先生解釋歌詞。他們兩人正合用著一份節目單。

她說：「這個，就是大概意思，或更確切地說，是歌詞的大概意思，因為義大利愛情歌曲的含義是無法用語言表達的，而這大致上就是我所能說明的歌曲意思。我不想對這種語言不懂裝懂，我的義大利語學得很差。」

「是的，是的，我看妳是學得很差，我看妳一點也不明白這個意思。妳只有那麼一點語言知識，卻能夠即席把這些倒裝、變位、縮略的義大利歌詞翻譯成清晰、易懂、優美的英語。妳不需要再說妳有多麼無知了，這個就已經完全證明了。」

「我不會反對像這樣的恭維，但是我必須很抱歉地說，我想要得到更精確的解釋。」

他回答說：「我已經有很長時間不曾有幸去卡姆登巷拜訪了，對安妮．艾略特小姐的事情也一無所知。我一向都認為她是這個世界上最謙虛的人，其他人通常只能達到她造詣的一半，而她又會非常自然而熟練地表現得比其他任何女人更加謙虛。」

「真是慚愧啊！真是慚愧啊！你這完全是在說奉承話嘛！我都忘了我們要看的下一幕是什麼了。」於是，她轉過臉去看節目單。

艾略特先生壓低聲音說：「也許，我比妳自己更了解妳的性格。」

「真的嗎？怎麼會這樣呢？你只是在我到巴思以後才認識我的，除非你之前就聽我的家裡人說起過我。」

「我在妳去巴思之前很早就聽說過妳了。我是聽一個和妳很親近的人說起妳的。我了解妳這個人已經有好多年了，妳的容貌、妳的地位、妳的造詣和妳的行為方式，我都知道。」

艾略特先生的話並沒有引起他預期的那種興趣，但是他並不感到失望。沒有人能抵擋這麼神祕的誘惑。很久以前就被一個不知姓名的人介紹給最近才認識的人，這個誘惑真是太大了。而安妮又是充滿了好奇心的。她很吃驚並著急地詢問著。可是這是沒有用的。他很高興能被詢問，卻並不回答。

「不，不，其他什麼時候吧，也許，不過不是現在，我現在不會提到任何一個名字的。不過，我可以向妳保證，這是事實，我在很多年前就聽人描述過安妮·艾略特小姐，說她可以用她的優點激發他的各種靈感，所以就很興奮地、充滿了好奇地想要了解她。」

安妮知道，除了溫特沃斯上校的哥哥，溫特沃斯牧師先生之外，沒有人在很多年前這樣充滿了偏愛地形容她，他那個時候也許正和艾略特一家在同一個教區裡。可是她卻沒有勇氣問出這個問題。

「安妮·艾略特這個名字，長期以來都讓我很有興趣。我著了魔一樣幻想了很長的時間，而且，如果我大膽一點的話，我希望這個名字永遠也不要改變。」

她相信，這些就是他說的話。可是，幾乎就在她聽到他們的對話時，她的注意力很快被她身後的聲音吸引住了。那是她父親和達爾林普爾子爵夫人在說一些瑣事。

沃爾特爵士說：「真是一個好看的男人，真是一個好看的男人啊！」

「真的是非常好的年輕人。」達爾林普爾子爵夫人說，「比那些經常在巴思看到的人要清新多了，我敢說，是愛爾蘭人。」

「不，我剛好知道他的名字。他是我以前認識的一個熟人。他叫溫特沃斯，海軍的溫特沃斯上校。他的姊姊嫁給我在薩姆賽特郡的房客，克洛夫特將軍，是他租下了凱林奇莊園。」

在沃爾特爵士指出這一點之前，安妮的眼睛已經找到了正確的方向，那個著名的溫特沃斯上校就站在離他們不遠的一群男人中間。她的眼睛才剛落到他身上，而他看起來卻似乎想躲避她。但那只是表面上看來，她似乎晚了一會兒，於是她就這樣大膽地看著他，而他沒有再看過來。可是表演很快又開始了，她不得不把注意力拉回到管弦樂隊上去，直接看向前方。

當她再想看他一眼時，他已經走開了。就算他想，他也不會再靠近過來，因為她被大家包圍著，圍在圈子裡面。可是，她還是捕捉到了他的眼神。

艾略特先生繼續惹她心煩地說著話，但她已經不想和他說任何話了，她希望他不要和她靠得那麼近。

第一幕演出結束。現在她希望可以把位置換得好一點，而且在這一群人無話可說地過了一段時間之後，有一部分人提議大家去喝一點茶。安妮是少數不願意走動的人之一，她繼續留在座位上，拉賽爾夫人也一樣。她很高興能夠擺脫艾略特先生，但這並不是意味著，如果溫特沃斯上校給她一個機會，她就會不顧拉賽爾夫人的感受去和他說話。

無論如何，他還是沒有再過來。安妮有時候覺得她隔著一段距離看到了他，可是他始終沒有過來。休息時間很快就過去了，安妮焦慮不安地空等了一場。其他人都回來了，房間又一次被人擠滿，每個人又重新坐回椅子上。要堅持這個鐘頭到底，有人覺得是件愉快的事情，有人覺得是種懲罰，有人從中得到樂趣，有人直打呵欠，就看你對音樂是真欣賞還是假欣賞。對安妮來說，這可能成為心神不寧的一個鐘頭，因為她如果不能再次見到溫特沃斯上校，不和他友好地對看一眼，她就無法安安靜靜地離開音樂廳。

現在大家重新坐好了之後，位置發生了很大的改變，結果很讓她高興。沃利斯上校不願意再坐下來，因此艾略特先生就被邀請坐到伊莉莎白和卡特雷特小姐中間，這個邀請是不容許拒絕的。由於還走了另外幾個人，再加上她自己又稍微挪動了一下，安妮於是坐到離長椅尾端更近的位置上，這樣更容易接近從這裡路過的人。她這樣做，結果並不十分愉快。不過，由於她旁邊的人接二連三地提早離去，到音樂會結束之前，她就發覺自己坐在長椅的尾部。

她就坐在這樣的一個位置上，旁邊有個空位，就在這個時候，溫特沃斯上校又出現在視線裡，她看到他在離自己不遠的地方。他也看到了她，可是他看起來臉色很陰沉，又顯出猶豫不決的樣子，只是慢慢騰騰地走到眼前，和她說話。她感覺一定有什麼事情發生了，因為這樣的變化太明顯了，他現在的神色和之前在八角廳裡的神色顯然大不相同。這是為什麼呢？她想到了她的父親，還有拉賽爾夫人。難道是有人給了讓他不愉快的目光嗎？

他談起音樂會，嚴肅的神情就像在厄波克勞斯一樣。他承認自己有些失望，他本來期待能聽到更優美的歌聲。總之，他必須承認，音樂會結束後他不會感到有什麼遺憾。安妮倒是為演唱會辯護了一番，不過為了照顧他的情緒，話說得十分委婉動聽。他的臉色又變得和悅了起來，說話時幾乎露出了笑容。他們又談了幾分鐘，他的臉色仍然是好看的，甚至低頭往長椅上看去，彷彿發現有個空位很想坐下去。可是就在這個時候，安妮的肩膀被人碰了一下，她不得不轉過身去，原來是艾略特先生。他請她原諒，還請她再解釋一下義大利語的歌詞，因為卡特雷特小姐急切地希望了解下面要唱的歌曲大概是什麼意思。安妮沒有辦法拒絕。可是就在她表面上禮貌地回覆時，她的內心從來沒有像這樣勉強過。

她雖然想盡可能地把時間減少，但還是不可避免地花費了好幾分鐘。當她轉過身來，掉過頭像先前那樣望去時，卻發現溫特沃斯上校走上前來，拘謹而匆忙地向她告別：「我希望妳今天晚上過得愉快，我要走了。我必須盡快趕回家去。」

「難道這首歌不值得讓你留在這裡嗎？」安妮說。她突然生出一個念頭，讓她更加急切地想慫恿他留下來。

「不！這裡沒有什麼值得我留下的。」他的回答讓人難忘，然後他很快地離開了。

他是在妒忌艾略特先生！這是唯一可以解釋的動機。溫特沃斯上校正在嫉妒她的感情！若是在一個星期之前，甚至是三個小時之前，她怎能想到這一點呢！這一刻，她心裡感到非常的滿意。可是，唉！她後來又生起很多不同的想法。該怎麼樣打消他這嫉妒的心呢？怎麼告訴他事實的真相呢？他們兩人的處境都很尷尬，他怎麼樣才能了解她的真實感情呢？一想到艾略特先生的好意她就覺得很痛苦，這一點帶來的後果是難以計算的。

21

第二天早上，安妮愉快地想起她答應要去看望史密斯夫人，這也就是說，在艾略特先生很有可能來訪時，她可以不待在家裡；避開艾略特先生簡直成了她的主要目的。

她對他的態度還是很友好，儘管他的殷勤讓她很煩惱，但她對他還是非常感激，非常尊重，也許還很同情。她情不自禁地想起他們剛認識時的各種奇怪的情況，想到他憑著自己的地位、感情和對她似乎很早就有了的喜愛，似乎也有權利引起她的興趣。這件事簡直太非同尋常，令人歡喜，又讓人痛苦。如果沒有溫特沃斯上校，她會有什麼樣的感覺呢？這是毫無疑問的。可是卻有溫特沃斯上校這麼一個人。目前這種懸而未決的情況不管最後的結局是好是壞，她都會永遠鍾情於他。她相信，他們無論是結合還是最終分手，都不能讓她再和別的男人親近了。

安妮懷著熱烈而忠貞不渝的愛情，從卡姆登巷向西門大樓走去，幾乎為這路撒下了無數的純淨和芳香。

她確定自己能受到很愉快的接待。她的朋友今天早上看起來似乎特別感謝她的到來，雖然她們是事先約好了的，但是她看起來似乎並沒有想到她能來。

史密斯夫人馬上要她介紹音樂會的情況。安妮興致勃勃地回憶了起來，史密斯夫人聽得笑顏逐開，不由得十分樂意談論這次音樂會。她把所有能告訴史密斯夫人的都快樂地說了出來，可是，她所敘述的這一切，對於一個參加過音樂會的人來說，是微不足道的，而對於史密斯夫人這樣的詢問者來說，這是不能讓她滿意的。因為關於晚會如何成功，表演了些什麼節目，她早就從一位洗衣女工和一位侍者那裡聽說了，而且比安妮說得還詳細。她現在詢問的是去看音樂會的人的某些具體情況，可是那是沒有用處的。在巴思，不管是舉足輕重的人，還是聲名狼藉的人，史密斯夫人每個都能說出名字。

她說：「我敢說，小杜蘭德一家肯定去了，他們總是張開嘴巴聽音樂，就像羽翼未豐的小麻雀等著吃東西一樣。他們一定不會錯過音樂會的。」

「是的，我自己沒有見到他們，可是我聽艾略特先生說了他們在房間裡。」

「那伊博森一家呢，他們去了嗎？還有那兩個新到的美人和那個高個子愛爾蘭軍官，據說他要娶她們其中的一個。他們也去了嗎？」

「我不知道，我想他們應該沒有去吧！」

「瑪麗・麥克萊恩老夫人呢？我根本不需要問她。我知道，她是絕對不會錯過的。妳一定見到她了，她應該就在妳那個圈子裡。妳一定是和達爾林普爾夫人一起去的，當然，她肯定就坐在樂隊附近的雅座上。」

「不，我最害怕坐在雅座上了。不管從哪個方面來看，它都會讓人覺得很不舒服。幸運的是，達爾林普爾夫人願意選擇遠一點的位置。所以，從聽的角度上來說，我們坐的位置非常好。我不是從看的角度上來說的，因為我好像什麼也沒有看到。」

「哦！妳能看到的東西已經足夠滿足妳了，我明白的，即使在人群之中也能感到一種家庭的樂趣，這一點妳是深有感受的。你們本來就是一大群人，除此之外沒有更多的要求。」

「可是我應該再多看一看我周圍。」安妮說。她說這話時心裡是很清楚的，她其實沒有少向四周張望，只是沒怎麼見到目標而已。

「不，不，妳做的事情更有意義。妳不需要說我也知道妳度過了一個很愉快的晚上，我從妳的眼睛就能看出來。我完全明白妳的時間是怎麼度過的，妳自始至終都有悅耳的歌曲可以傾聽，音樂會休息時還可以聊聊天。」

安妮擠出一點笑容，說：「這是妳從我的眼睛裡看出來的？」

「是的，我看出來了。妳臉上的表情清清楚楚地告訴我，妳昨天晚上是和妳認為的世界上最討人喜愛的那個人待在一起，這個人現在比世界上所有的人加在一起還更能讓妳感興趣。」

安妮的臉頰立刻變得緋紅，她什麼話也說不出來了。

「既然是這樣的情況……」史密斯夫人停頓一會兒，繼續說：「我希望妳能相信，我很清楚應該怎麼樣珍惜妳今天上午這樣好心地來看我的情誼。妳本來應該有更多更愉快的事情要做，卻來陪伴我，妳真是太好了。」

安妮什麼也沒有聽到，她仍然還在為她朋友的洞察力感到驚訝和困惑，她無法想像，關於溫特沃斯上校的傳言是怎麼傳到她耳朵裡的？

在一段安靜的時間之後，史密斯夫人說：「請問，艾略特先生知不知道妳認識我？他知道不知道我也在巴思？」

「艾略特先生！」安妮重複著，吃驚地抬起了頭。她沉思了一會兒，知道自己誤會了。她頓時醒悟過來，覺得安全了，就又恢復了勇氣，馬上更加泰然地說：「妳認識艾略特先生嗎？」

史密斯夫人嚴肅地說：「我對他太熟悉了，不過現在看起來疏遠了。我們已經有很長一段時間沒有見面了。」

「我完全不知道這一點，妳以前從來沒有跟我提到過。我要是知道的話，就會很高興地和他談起妳了。」

史密斯夫人恢復了她平時的快樂神情，說：「說實話，這正是我很希望妳去做的。我希望妳能跟艾略特先生談起我，我希望妳對他能夠產生一點影響，他可以幫我一個很有用的忙。親愛的艾略特小姐，如果妳願意好心地那麼做的話，那真是太好了。」

安妮回答說：「我非常高興。我希望妳不要懷疑我願意為妳幫點忙，可是，我懷疑妳高估了我對艾略特先生的情意，高估了我對他的影響力，實際的情況還沒有達到這一點。我不知道為什麼，可是我敢肯定妳是有這樣想法的。妳應該只把我看成是艾略特先生的親戚。從這個觀點出發，妳如果認為我可以向他提出什麼正當的要求，請妳毫不猶豫地吩咐我好了。」

史密斯夫人敏銳地看了她一眼，然後笑著說：「我發現，我有一點太著急了，請妳原諒。我應該等到有正式的消息再說，可是現在，我親愛的艾略特小姐，我的老朋友，請給我一個暗示，我可以在什麼時候說。下個星期？毫無疑問，下個星期我應該可以完全確定了嘛！我想借艾略特先生的好運氣謀一點私利。」

安妮回答說：「不，不是下個星期，也不是下下個星期，也不是下下下個星期，我向妳保證，妳所想的那種事情不管在哪個星期都不會被確定下來，我不會嫁給艾略特先生的。我真的很想知道，妳怎麼會覺得我會那樣做呢？」

史密斯夫人又再一次看著她，認真地、面帶笑容地看著她，然後搖了搖頭，喊著：「現在，我真的希望我能夠明白妳的心思。我真希望我知道妳說這些話是什麼意思！我心裡是很清楚的，等到時機成熟時，妳就不會故意這樣冷酷無情了。妳知道，不到合適時，我們女人是絕不想告訴任何人的。這對我們來說是理所應當的。每一個男人，在他提出求婚之前，我們都是要拒絕的。可是，為什麼妳要這麼殘忍呢？請讓我為我……我不能稱他是我現在的朋友，可是他是我過去的朋友啊，請讓我為他申辯幾句吧。妳在什麼地方還能找到像這麼合適的對象呢？妳在什麼地方還能遇到像他這樣舉止高雅、討人喜歡的男人呢？讓我向妳推薦一下艾略特先生吧。我敢肯定，妳從沃利斯上校那裡聽到他的情況全是好的。還有誰比沃利斯上校更了解他呢？」

「我親愛的史密斯夫人，艾略特先生的妻子去世才剛剛過了半年多一點時間，他不應該向任何人求愛啊！」

史密斯夫人頑皮地嚷著：「哦，如果妳認為只有這一點是不好的話，那艾略特先生就可以放心了，我也用不著再替他擔心了。我只想說，你們結婚時可別忘了我。讓他知道我是妳的一個朋友，那時候他就會認為麻煩他做點事算不了什麼。只是現在有很多事情、很多應酬，他非常自然地要盡量避免、擺脫這種麻煩。也許，這也是很自然的。一百個人當中有九十九個人都會這樣做的。當然，他也沒有意識到這對我來說有多麼重要。好了，我親愛的艾略特小姐，我希望、也相信妳一定會非常幸福的。艾略特先生很有見識，懂得妳這樣一個女人的價值，妳的安寧生活不會像我那樣遭到毀滅。妳對這個世界上所有的事都感到很放心，不用為他的品格擔憂。他不會被引入歧途，不會被人引向毀滅。」

安妮說：「不，我完全相信我堂兄的這一切。他看起來性情冷靜堅毅，是絕不會受到危險思想的影響。我十分尊敬他，從我內心觀察到的情況和他的行為來看，我沒有理由不去尊敬他。可是我才認識他不久，我認為，他也不是一個很快就能親近的人。史密斯夫人，聽到我這樣談論他，妳還不相信他對我是無足輕重的？的確，我說這個話時心裡是夠冷靜的。說實話，他對我來說是無足輕重的，如果他向我求婚的話（我沒有任何理由認為他會這樣做），我也不會接受他的。我向妳保證我不會的。我向妳保證，昨天晚上的音樂會不管有些什麼樂趣，妳總認為會有艾略特先生的一份功勞，其實跟他完全無關，真的不是艾略特先生……」

她停了下來，臉上脹得通紅，後悔自己話中有話地說得太多，不過說少了可能又不行。史密斯夫人如果不是察覺還有個其他的什麼人，幾乎很難馬上相信艾略特先生就這樣失敗了。事實上，她立刻表示服從了，而且裝出一副沒聽出弦外之音的樣子。安妮急著要避開史密斯夫人的進一步追問，急著要知道她為什麼會以為她要嫁給艾略特先生，她從什麼地方生出這個念頭，或是聽誰說的。

「妳能告訴我，妳的頭腦裡是怎麼產生這個念頭的嗎？」

史密斯夫人回答說：「我最開始有這個念頭，是我發現你們在一起的時間非常多，覺得這是你們雙方都希望做的最有益的事情。妳要相信我，所有認識妳的人都是像我這樣認為的。可是，我是在兩天前才聽到有人這樣說過。」

「還真的有人說起過？」

「妳昨天來看我時，有沒有注意到來幫妳開門的那個女人？」

「沒有，難道不是像平常一樣是斯皮德夫人，或是那個女僕嗎？我沒有特別注意到是什麼人來開門。」

「那是我的朋友魯克夫人，魯克護士。她，順便說一下，她非常好奇想見到妳，並且很高興去幫妳開門讓妳進來。她星期天才離開馬爾巴勒莊園。就是她告訴我，妳要嫁給艾略特先生的。她是聽沃利斯夫人本人說的，沃利斯夫人恐怕不是沒有依據的。魯克夫人每個星期一晚上陪我坐一個鐘頭，她把整個來龍去脈都告訴了我。」

「整個故事的來龍去脈？」安妮笑著重複說：「我想，就憑著一些毫無根據的小道消息，她應該編不出很長的故事吧！」

史密斯夫人什麼話也沒有說。

安妮很快又繼續說：「可是，雖然我真的不會嫁給艾略特先生，但我還是十分願意以我力所能及的任何方式幫妳。我需不需要向他提起妳就在巴思？需不需要給他捎一個口信？」

「不，謝謝妳，不用了，真的不用了。本來，出於一時的衝動，加上又鬧了一場誤會，我也許會告訴妳一些情況，可是現在不行了。不，謝謝妳，我沒有什麼事情要麻煩妳的。」

「我想，妳剛才說過，妳認識艾略特先生已經很多年了？」

「是的。」

「我想，應該不是在他結婚之前吧？」

「是在他結婚之前。我剛認識他時，他還沒有結婚呢。」

「那麼……你們很熟悉嗎？」

「非常熟悉。」

「真的嗎？那麼請妳告訴我，他那個時候是個什麼樣的人。我非常好奇地想知道艾略特先生在年輕時是個什麼樣的人，他看起來和現在一樣嗎？」

「我已經有三年沒有見過艾略特先生了。」史密斯夫人回答說。由於她的語氣很嚴肅，這個話題也就不好再追問下去了。安妮覺得一無所獲，更增加了好奇心。兩人都默默不語，史密斯夫人看來陷入了深思。最後……

「我請妳原諒，親愛的艾略特小姐，」她用她那天生的誠懇語氣說，「請妳原諒我給妳的回答很簡短，因為我也不知道應該怎麼做。我一直在懷疑和考慮應不應該告訴妳。有很多事情是需要好好考慮的。人們都討厭好管閒事，去給他人造成一些壞印象，對人有所傷害。家庭的和睦即使是表面現象，似乎也值得保持下去，雖然裡面並沒有什麼持久的東西。不過，我還是決定了，我認為我是正確的。我認為妳應該了解艾略特先生的真實性格。雖然，我完全相信，現在妳並不打算要接受他的求愛，但是很難說會出現什麼樣的情況，妳也許在某一個時候，會改變對他的感情。所以，現在，當妳還比較公正時，就聽一下事實的真相吧。艾略特先生是個沒有感情、沒有良心的男人，他陰險、狡猾、冷血，他一心只想著他自己。他為了自己的利益或安逸，只要不危及自己的整個聲譽，什麼冷酷無情的事情，什麼背信棄義的勾當，他都做得出來。他對其他人是沒有感情的，對於那些被他引向毀滅的人，他可以毫不理睬，一腳踢開，而絲毫不受良心的責備。他完全沒有任何一點正義感和同情心。唉！他是個黑心的人，又陰險又骯髒。」

安妮非常吃驚，她驚訝地叫了出來，讓史密斯夫人不得不停下來，然後她又恢復了平靜，繼續說：「我的話一定讓妳吃驚了。可是妳必須要原諒一個受傷、生氣的女人。不過我會試著控制我自己的。我不會辱罵他，我只想告訴妳我發現他是一個什麼樣的人。事實就能說明一切，他曾經是我最親愛的丈夫最親密的朋友，我的丈夫信任他，愛他，把他看成像自己一樣好。他們的親密關係在我們結婚之前就建立起來了，我發現他們的關係非常親密，所以我也就有些過分地喜歡艾略特先生，總是很熱情地接待他。妳知道，一個人在十九歲時，是不會很認真地思考問題的，而在我看來，艾略特先生就像其他人一樣好，而且比大多數人都更討人喜歡，所以我們幾乎總是在一起。我們主要是住在城裡，過著很好的生活。而他當時的環境比較差，他那個時候很窮，只能在教堂裡寄宿，雖然盡量對外顯出一副紳士的樣子。只要他願意，他隨時可以到我們家裡來住，我們都很歡迎他，就像對待兄弟一樣對待他。我可憐的查理斯，他是天下最慷慨的大好人了，他就是剩下最後一枚四分之一便士的硬幣，也會分給他用。我知道，他的錢包總是對艾略特先生敞開的。我知道他經常資助他。」

安妮說：「我想，就是這個時期，總是讓我覺得非常好奇。他大概也就是在那個時候認識了我父親和姊姊。我自己一直不認識他，只是聽說過他。不過，他當時對我父親和姊姊的態度，以及後來結婚的情況都有些奇怪，我覺得和現在的情況很不協調。這似乎表明他是另外一種人。」

史密斯夫人喊著：「這些我都知道，我都知道。在我認識他之前，他就被引薦給了沃爾特爵士和妳的姊姊，我總是聽他說起他們。我知道他受到邀請和鼓勵，而我也知道他選擇不去。也許我可以向妳提供一些妳根本不知道、又能滿足妳期望的事情。至於他的婚事嘛，我當時也知道得非常清楚。我完全清楚他追求什麼，又反對什麼。那個時候我被看成是他的朋友，他的希望和打算統統都會告訴我。雖然我之前並不認識他的妻子，因為她的社會地位很低，我不可能認識她，可是我卻了解她後來的情況，至少我知道她生命中最後兩年的情況。我可以回答妳想要問的任何一個問題。」

安妮說：「不，我對她沒有什麼特別的問題要問。我一直都知道他們並不是一對幸福的夫妻，可是我想要知道為什麼，他在那一段時間裡不願意和我的父親有任何來往？我的父親當然對他是很友好的，而且想要照顧他，可是為什麼艾略特先生不願意呢？」

史密斯夫人回答說：「艾略特先生，那個時候心裡只抱有一個念頭，那就是要發財。而且要透過比做律師更快、更穩當的途徑。他當時決心透過結婚來達到這個目的，至少，他下定了決心，不會讓一門輕率的婚事毀了他的發財之路。而我知道他相信（當然，我不能判斷這個看法對不對），你父親和姊姊的禮貌和邀請，是想讓繼承人和那位年輕小姐結婚，而這樣一門親事卻不可能滿足他要發財致富和獨立自主的想法。我肯定這就是他不願意結交他們的原因。他把整個故事都告訴了我，他對我毫無隱瞞。真是奇怪，我剛剛離開巴思，離開了妳，結果在婚後遇到的第一個、也是最重要的朋友，居然是妳的堂兄。從他那裡，我不斷聽到關於妳父親和姊姊的情況，他描述著一位艾略特小姐，可是我心裡卻很親熱地想著另外一位。」

安妮像是突然想到了什麼一樣，叫了出來：「也許，妳有時候會向艾略特先生說起我吧？」

「我當然會這樣做。我經常地說，我經常誇獎我的安妮．艾略特，說妳跟其他人不太相同……」

她突然停了下來。

安妮叫道：「這就是昨天晚上艾略特先生說那些話的原因了。我發現他經常聽人家說起我，我還不知道那是怎麼一回事呢。人一遇到和自己有關的事情，就會空想連篇！可是最後卻完全地錯了！不過請妳原諒，我打斷了妳的話。這麼說來，艾略特先生完全是為了錢而結婚的？那麼也許就是因為這個情況，才讓妳睜大了眼睛，看清楚了他的本質。」

史密斯夫人猶豫了一會兒。「哦，這種事太平常了。一個人生活在這個世界上，不管是男人還是女人，為了金錢而結婚的現象太普遍了，誰也不會感到奇怪。我當時很年輕，只跟年輕人打交道，我們那夥人沒有頭腦，沒有嚴格的行為準則，只會尋歡作樂。我現在可完全不一樣了，時間、疾病和悲痛讓我產生了不同的想法。可是在那個時候，我必須承認，我覺得艾略特先生的行為並沒有什麼可指責的。『做對自己最有利的事情』，也許這是一項義務。」

「可她不是一位地位低下的女人嗎？」

「是的。我也曾經提出過反對，可是他對此不在意。錢，錢，他要的只是錢。她父親是個牧場主人，爺爺是個屠夫，可是那都沒有關係，她是個漂亮的女人，受過體面的教育。她是被幾個堂兄妹帶出來的，剛好遇到了艾略特先生，然後就愛上了他。艾略特先生對她的出身既不計較，也不顧忌，他一心只想弄清楚她的真實財產到底有多少，然後才答應娶她。相信我吧，不管艾略特先生現在如何看重自己的社會地位，他年輕時對此卻毫不重視。繼承凱林奇莊園在他看來倒還不錯，但是他把家族的榮譽看得就像塵土一樣不值錢。我經常聽到他宣稱，如果準男爵的頭銜可以出售的話，任何人只要出價五十鎊，就可以買走。包括族徽和徽文、姓氏和僕人制服。不過，我說的這些話是不是有我聽到的一半那麼多，我還不敢說，否則就成了說假話了。可是，我的話口說無憑，妳應該見到證據，而且妳會看到證據的。」

安妮喊著：「說真的，我親愛的史密斯夫人，我不需要證據，妳說的情況和艾略特先生幾年前的樣子並不矛盾。相反的，這倒完全印證了我們過去聽到而又相信的一些情況。我不得不更加好奇，他為什麼現在會這麼不一樣？」

「可是，為了讓我滿意，請妳拉鈴叫一下瑪麗。等一等，我想妳應該很願意好心地到我的臥室去一下，就在壁櫥的上格妳能見到一只嵌花的小匣子，把它拿給我。」

安妮看到她朋友這麼迫切地希望她這麼做，於是就照做了。

盒子很快被拿來，放在史密斯夫人的面前，她一邊打開盒子，一邊嘆了一口氣，說：「這裡面裝滿了我丈夫的書信文件。這僅僅是他去世時我要查看的信件中的一小部分。我現在要找的這封信是我們結婚前艾略特先生寫給我丈夫的，幸好被保存下來了。怎麼會保存下來，人們簡直無法想像。我丈夫像別的男人一樣，對這一類的東西都是漫不經心，缺少整理的。是我在收拾他的這些東西時，我發現這封信和其他一些信件放在一起，那些信件完全沒有價值，都是分布在四面八方的人們寫給他的，而許多真正有價值的書信文件卻被毀掉了。在這裡，我沒有燒掉它，因為我當時就對艾略特先生不是很滿意，我決定把我們過去關係密切的每一份證據都保存下來。我現在之所以能很高興地把這封信拿出來，還有另外一個目的。」

這封信寄給「滕布里奇威爾斯，查理斯．史密斯先生」，寫自倫敦，日期在一八〇三年七月。信的內容是這樣的：

親愛的史密斯：

你的來信我已經收到了。你的好意真是讓我萬分感動。我真希望大自然能造就更多像你這樣的好心人，可惜我在世上活了二十三年，卻沒有見到像你這樣的好心人。目前，我的確不需要靠你幫忙，我又有現金了。恭喜我吧！我擺脫了沃爾特爵士和他的女兒。他們回凱林奇去了，幾乎逼著我發誓要我今年夏天去看望他們。不過，我第一次去凱林奇莊園時，一定要帶上一個鑑定人，讓他告訴我如何以最有利的條件把莊園拍賣出去。不過，準男爵並不是不能再結婚的，他真是夠傻的。無論如何，如果他真的再結婚了，他們倒是會讓我清靜一些，這在價值上完全可以和繼承財產相提並論。他的身體不如去年了。

我希望我可以有其他的名字，而不是叫艾略特，這個名字讓我感到很不舒服。謝天謝地，沃爾特這個名字我可以去掉了！我希望你千萬別再拿我的第二個W來侮辱我，這就是說，我今後永遠是你忠實的——威廉·艾略特。

安妮讀了這麼一封信，被氣得滿臉通紅。而史密斯夫人，看到她的臉變了顏色，就說：「我知道，他的語言非常失禮。雖然，我已經不記得確切的用詞了，但是對整個意思我的印象卻很深刻，而從這裡就可以看出他是怎樣的一個人。妳看看他對我那可憐丈夫說的話，還有比那更奇怪的話嗎？」

安妮發現艾略特用這樣的言詞侮辱她父親，她心裡的震驚和屈辱是無法立即消除的。她情不自禁地想起，她看這封信是違背道義準則的，人們不應該拿這樣的證據去判斷或了解任何人，私人信件是不能允許其他人過目的。後來她恢復了鎮定，才把那封她一直拿著苦思冥想的信件還給史密斯夫人，說：「謝謝妳。這封信毫無疑問可以證明所有的事情，證明妳所說的每一件事情，可是他現在為什麼又要和我們來往呢？」

「我同樣也可以解釋這一點。」史密斯夫人笑著說。

「真的能嗎？」

「我已經讓妳看清楚了十二年前的艾略特先生，而現在，我會讓你看清楚現在的他。他現在想要什麼，在做什麼，我已經無法再向妳提供書面的證據，不過我可以如妳所願地提供更加可信的口頭證據。他現在不再是一個偽君子了，他現在真的想和妳結婚。此刻的他非常真誠的關心妳的家庭，完全是發自內心的。我要提出我的證據，那就是他的朋友——沃利斯上校。」

「沃利斯上校？妳也認識他？」

「我不是直接從他那裡聽說的，而是拐了一、兩個彎，不過那沒有關係。我的消息還是確切可靠的。艾略特先生曾經坦率地對沃利斯先生談起對妳的看法，我想這位沃利斯上校本人倒是個聰明、謹慎而又有眼光的人，可他有個十分愚蠢的妻子，他告訴了她一些不該說的事情，把艾略特先生的話原原本本地說給她聽了。她的身體處於康復階段，精力特別充沛，所以就把一切都全部告訴了她的護士。而她的護士又知道我認識妳，所以也就很自然地把所有一切告訴了我。星期一的晚上，我的好朋友魯克夫人向我透露了馬爾巴勒莊園的這麼多祕密。所以，當我說到整個來龍去脈時，妳看我並不像妳想像的那樣言過其實。」

「我親愛的史密斯夫人，妳的證據是不夠充分的，這樣是不能證明什麼。艾略特先生對我有想法，絲毫不能說明他為什麼要盡力爭取和我父親和好。那都是我來巴思以前的事情，我到來時，就發現他們非常友好了。」

「我知道是這樣的。我很清楚地知道這一點，可是……」

「史密斯夫人，說真的，我們不能期待透過這種管道獲得真實的消息。事實也好，看法也好，被這麼多人傳來傳去，要是一個由於愚笨，另一個由於無知，結果都會被曲解了，那就很難剩下多少真實的內容。」

「妳只需要聽我說一下。妳要是聽我介紹一些妳自己能即刻加以反駁，或是加以證實的詳細情況，那麼妳很快就能推斷出我的話大致上是不是可信。沒有人認為他最開始是受了妳的誘惑。事實上，在他來巴思之前就見過妳，愛慕妳，但是他不知道那個人是妳，至少我的歷史學家是這樣說的。這是事實嗎？他去年夏天或秋天是不是見過妳？他的原話是：『在西面的某一個地方』，可是又不知道那個人就是妳？」

「他的確是見過我，是這樣的，那是在萊姆。那個時候，我剛好在萊姆。」

史密斯夫人有些得意地繼續說：「哦，既然我說的第一個情況是成立的，那就證明我的朋友還是可信的。艾略特先生在萊姆見到了妳，非常喜歡妳，後來在卡姆登巷再遇到妳，知道妳是安妮．艾略特小姐時，他是非常高興的。從那個時候開始，我可以肯定，他去卡姆登巷有兩個目的。不過他還有一個目的，一個更早的目的，我現在就來解釋。如果在我說的話裡，妳覺得有任何是假的或不可能的事情，請妳打斷我。我要這麼說，妳姊姊的朋友，現在和你們住在一起的那位夫人，我聽妳提起過她，早在去年九月（總之就是在他們剛來這裡時），她就一起來了，而且一直待到現在。她是一個非常聰明、善於曲意奉承，又很漂亮的女人，人雖然窮，可是嘴卻很巧，從她現在的境況和態度來看，沃爾特爵士的親朋好友會有一個大致印象，那就是她想成為艾略特夫人。而讓大家都感到吃驚的是，艾略特小姐顯然沒有意識到這個危險。」

說到這裡，史密斯夫人停頓了一下，可是安妮什麼話也沒有說，於是她就繼續說下去：「早在妳回家之前，了解妳家情況的人就有這個看法。沃利斯上校雖然當時沒有去卡姆登巷，但是他很注意妳父親，也已經觀察到了這個情況。但是他出於對艾略特先生的關心，就很留心地注視著那裡發生的一切。就在耶誕節前夕，艾略特先生剛好來到了巴思，準備在這裡待上一、兩天，沃利斯上校就向他介紹了一些情況，於是人們就流傳開了。現在妳該明白，隨著時間的推移，艾略特先生對準男爵價值的認識發生了根本的變化，在門第和親屬關係這些問題上，他現在完全變成了另外一個人。長期以來，他有足夠的錢供他揮霍，在貪婪和縱樂方面再沒有其他的奢望了，就漸漸學會把自己的幸福寄託在他要繼承的爵位上。我認為他在停止和我們來往之前就有了這樣的想法，可是現在，這個想法得到了證實。他不能忍受自己不能成為威廉爵士的想法。所以，妳可以猜得到，他從他朋友那裡聽到的消息不可能是很愉快的，於是他決定盡快回到巴思，在那裡住上一段時間，企圖恢復過去的交往，恢復他在你們家的地位，這樣才能搞清楚他的危險程度；如果發現危險性很大，他就要設法擊敗那個女人。這是兩位朋友商量好唯一要做的事情，沃利斯上校會想方設法來幫助他。於是，艾略特先生介紹沃利斯上校，沃利斯上校又介紹他的妻子，每一個人都被介紹認識了。所以，艾略特先生就回來了，就像妳所知道的那樣，他請求得到原諒，然後重新被你們家庭接受了。這就是他在這裡不變的目的，也是他唯一的目的（直到妳來了之後，才有了第二個目的），那就是監視沃爾特爵士和克萊夫人。他不會錯過任何一個和他們在一起的機會，接連不斷地登門拜訪，硬是夾在他們中間。不過，關於這方面的情況，我就不用細說了，妳可以想像，一個多麼詭計多端的人才會這麼做啊！也許，透過我這麼一說，妳可以回想起妳看到的他做過的一些事情吧。」

安妮說：「是的，妳告訴我的情況，和我了解到的或是可以想像的情況完全相符。一說起玩弄詭計的細節，總是會讓人討厭的，那些自私狡詐的小動作永遠讓人感到噁心。可是我剛才聽到的事情並不是真正讓我驚訝的。我知道有些人聽妳這樣說艾略特先生一定會大吃一驚，他們對此將很難相信。妳還是沒有讓我完全滿意，我想知道他除了表面上的目的之外，還有什麼其他的目的。我想要知道，對於他所擔心的事情，他現在還在擔心嗎？或他認為危險已經減少了，還是沒有呢？」

史密斯夫人回答說：「我想應該是減少了，他認為克萊夫人很怕他，知道他能夠看穿她的心思，所以不敢像他不在時那樣隨心所欲。可是他總有一天是會離開的，只要克萊夫人保持著目前的影響，我看不出來艾略特先生有什麼是安全的。同時，魯克護士告訴我，沃利斯夫人有一個有趣的想法，當妳嫁給艾略特先生時，要在結婚條款裡寫上這樣一條：妳的父親不能和克萊夫人結婚。大家都說，也只有沃利斯夫人才能想得出來這樣的計謀。我那聰明的魯克護士就看出了它的荒唐，『唉，說真的，夫人，』她說：『這樣就可以阻止他和其他任何人結婚了嗎？』而且事實上，我覺得魯克護士從心裡來說，並不是很反對沃爾特爵士再婚的。妳知道，她應該算得上是一個婚姻的保護者。而且（從自私的角度上考慮）誰敢說她不會想入非非，希望透過沃利斯夫人的推薦，服侍下一位艾略特夫人呢？」

安妮在想了一會兒之後，說：「我很高興能夠知道這些事，從某些方面來說，和他來往只會讓我感覺到更加痛苦，可是我知道該怎麼做了，我的行為方式應該更直接一點。艾略特先生很明顯是一個沒有誠意的、虛偽的、世俗的人，除了自私自利之外，我想，再也沒有更好的法則引導過他了。」

可是，艾略特先生的事情還沒有說完呢。史密斯夫人說著說著就偏離了她最初的方向，安妮因為擔心自己家裡的事情，忘記了之前對他的滿腹怨恨。但是，她的注意力現在集中到史密斯夫人那些最早的暗示上，聽她詳細地說了起來。史密斯夫人的敘說即使不能證明她對他那麼深的怨恨是完全正常的，也能證明艾略特先生對她非常無情，既冷酷又缺德。

安妮意識到（在艾略特先生結婚之後，他和史密斯先生的親密關係並沒有受到損害，而是繼續在發展）他們還是像以前那樣總是待在一起，艾略特先生教會了他的朋友大手大腳地花錢，他花的錢遠遠超過了他的經濟能力。史密斯夫人不想責備她自己，也不想隨意責備自己的丈夫，可是安妮想起來，他們的收入從來不能和他們的生活方式持平，從一開始，他們就大量地奢侈、揮霍浪費。安妮從史密斯夫人的話裡可以看出，史密斯先生是個為人熱情、脾氣溫和、粗心大意又不是很聰明的人。他比他的朋友要隨和很多，而且還有很大的不同，艾略特先生一直牽著他的鼻子走，而且還有可能看不起他。艾略特先生透過結婚成功地發了大財，他可以盡情滿足自己的欲望和虛榮心，而不讓自己陷入麻煩（因為他儘管放蕩不羈，可是卻變得謹慎了起來）。而就在他的朋友發現自己開始貧窮時，他開始富裕了起來。可是他似乎對他朋友的經濟狀況不怎麼關心，而且剛好相反，他還不斷地鼓勵、慫恿朋友不停地花錢，史密斯夫婦也就因此而破產了。

那個做丈夫的死得還真是時候，也就不用完全了解這些情況。在這之前，他們已經感到有些窘迫，曾經考驗過朋友們的友情，事實證明，艾略特先生最好還是不要考驗。但是，直到史密斯先生死後，人們才全面了解到他的家境究竟敗落到什麼地步。史密斯先生出於感情而不是理智上的原因，相信艾略特先生對他還很敬重，就指定他作為自己遺囑的執行人。可是，艾略特先生沒有執行，他的拒絕為史密斯夫人帶來很多麻煩，再加上她的處境，因而變得更加孤苦無依，所以敘說者不可能不感到非常痛苦，聽眾也不可能不感到義憤填膺。

安妮看到幾封他當時在那樣的情況下寫的信，都是對史密斯夫人幾次緊急請求的回信，態度非常堅決，堅持不願意給自己增添無益的麻煩。信裡還擺出一副冷漠而客氣的姿態，對史密斯夫人可能遭到的不幸那麼冷酷無情，漠不關心。這是忘恩負義、毫無人性的可怕寫照。安妮有時候甚至覺得，這比公開犯罪還要可惡。她有很多事情要聽，所有過去那些傷心場面的細節，所有那些悲傷事件的細節，這在過去的談話中都是隱藏的，這下子卻滔滔不絕地全傾吐出來。安妮完全可以理解這種莫大的寬慰，對於她的朋友平時心裡可以那麼平靜，就更加感到驚訝不已了。

在史密斯夫人委屈的歷史中，有一件事情讓她特別憤怒。她有很好的理由相信，她丈夫在西印度群島有份資產，多年來一直被扣押著，可以用來償還本身的債務，只要採取妥當的措施，是完全可以重新要回來的。而這筆財產，雖然數目不是很大，卻足夠讓她富裕起來，只是沒有人去操辦這件事情。艾略特先生什麼事也沒有做，而她自己又什麼都做不了，因為她身體虛弱不能親自奔波，再加上手裡缺錢不能花錢請人代辦，她甚至沒有親戚幫她出主意，也請不起律師幫忙。於是，實際上有了眉目的資產，現在又令人痛心地複雜化了。她感覺自己的情況本來應該可以再好一些的，只要在該用力時稍微用一點力，而拖延下去只會讓索回財產變得更加困難，這真叫她憂心如焚啊！

就是在這個問題上，史密斯夫人希望安妮能做一做艾略特先生的工作。她之前以為他們兩人要結婚，非常擔心因此而失去自己的朋友，但她後來斷定艾略特先生不會幫她的忙，因為他甚至不知道她在巴思。可是，她跟著又想到：艾略特先生所愛的女人只要施加點影響，還是能幫上她的忙。所以，她盡量裝出尊重艾略特先生人格的樣子，想要激發出安妮的感情，可是誰知道，安妮卻反駁說他們並沒有像其他人想像的那樣有婚約，所以事情又完全變了。她最近產生的希望——覺得自己最渴望的事情有可能獲得成功，誰知道，安妮的反駁又讓她的希望破滅了。不過，她至少可以按照自己的方式來講述整個事情，從中得到些許安慰。

安妮聽了所有對艾略特先生的描述，不禁對史密斯夫人在一開始說話時對艾略特先生的稱讚感到有些驚奇。「可是，妳剛才似乎是在向我推薦他，誇獎他啊！」

史密斯夫人回答說：「親愛的，我沒有別的辦法啊！雖然他還沒有向妳求婚，可是我以為你們差不多就要結婚了，所以我不能說出關於他的太多事實，就像他真的是妳的丈夫了一樣。當我在說到幸福時，我的心在為妳流血。不過，他是一個聰明的、對人和氣的人，有了妳這樣一個女人，幸福也不是絕對不可能的。他對他的第一個妻子非常無情，他們在一起非常可悲。不過她也太無知，太輕浮了，不配受到敬重，更何況他從來沒有愛過她。我期願妳比她幸運。」

安妮心裡倒勉強能夠承認，她本來是有可能被人勸說嫁給艾略特先生的，但是一想到接踵而來的痛苦，她又不得不感到一陣顫抖。她完全有可能被拉賽爾夫人說服！如果出現這種情況的話，等時間過了很久，這一切才慢慢披露出來，那不是太晚了嗎？

最好不要讓拉賽爾夫人再上當了。兩個人這次重要的談話持續了大半個上午，最後得出的結論之一，就是和史密斯夫人有關係、而又和艾略特先生有牽連的每一件事情，安妮都要盡可能地告訴她的朋友。

22

安妮回到家以後，開始思考她所聽到的一切，她對艾略特先生的了解有一點讓她心理感到寬慰，而且她對他再也沒有什麼感情了。他和溫特沃斯上校恰好相反，他總是那麼讓人討厭地咄咄逼人，而昨天晚上，他居心不良地大獻殷勤，可能已經造成無可挽回的損失，這讓安妮一想起來就覺得很不舒服，不知所措。她對他的憐憫已經結束了，不過，這是唯一可以感到安慰的地方。至於其他方面，她看了一下四周，或是展望一下未來，發現還有更多的情況值得懷疑和憂慮。她擔心拉賽爾夫人會感到失望和痛苦，擔心她父親和姊姊一定會感到很羞恥，她還傷心地預見到許多不幸的事情，但是不知道該怎麼去避免它們。

她慶幸自己認清了艾略特先生，她從來沒有想到，自己會因為沒有藐視史密斯夫人這樣一位老朋友而得到報答，可是現在她確實因此而得到了回報！史密斯夫人居然告訴了她一個其他人都不知道的事實。她需要把她所知道的事情告訴家人嗎？這是毫無意義的。她必須跟拉賽爾夫人談一談，告訴她，和她商量一下，盡她最大的努力，然後等心情盡可能地平靜下來之後，看事情怎麼變化。然而，讓她最不能安靜的是，她有一樁心事不能向拉賽爾夫人吐露，只能一個人焦慮和擔心了。

當她回到家裡時，她發現就像她所打算的那樣，她刻意避開見到艾略特先生的機會。他來拜訪過，而且費了他們整個上午的時間，但幾乎就在她剛剛有一點為自己感到慶幸，感到放心了時，她又聽說他晚上還會再來。

伊莉莎白漫不經心地說：「我一點也不想讓他晚上來，可是他做了那麼多暗示。至少，克萊夫人是那樣說的。」

「我是那樣說的，我一生中從來沒見過任何人像他那樣苛求別人的邀請。好可憐的人！我真是替他傷心。安妮小姐，看來，妳那狠心的姊姊還真是個鐵石心腸啊！」

伊莉莎白喊著：「哈！我對這樣的遊戲早就已經習以為常了。不會一聽到男人暗示幾句，就搞得不知所措。不過，當我發現他今天上午因為沒見到父親而感到萬分遺憾時，我馬上讓步了，因為我真的從來沒有忽略讓他和沃爾特爵士待在一起。他們在一起時看起來多麼融洽啊！所有的舉止都那麼討人喜歡，艾略特先生看起來充滿了尊敬。」

「相當讓人高興！」克萊夫人喊著，可是她不敢把目光對著安妮。「完全就像父親和兒子一樣。親愛的艾略特小姐，我可不可以說父親和兒子呢？」

「哦！我不會阻止任何人的言論。如果妳真的有那樣的想法的話。可是，說實話，我幾乎感覺不到他比其他人更殷勤。」

「我親愛的艾略特小姐！」克萊夫人喊了一聲，同時舉起雙手，抬起雙眼。接著她又採取最簡單的辦法，用沉默抑住了她全部的驚訝。

「哦，我親愛的潘娜洛普！妳不需要對他感到這樣驚慌！妳知道，我邀請他了，還微笑著送他走呢！當我發現他明天一整天都真的要去桑貝里莊園的朋友那裡，我就很可憐他。」

安妮很讚嘆這位朋友的精采表演，她明明知道艾略特先生的出現一定會妨礙她的主要意圖，卻能顯得非常高興地期望他真的到來。克萊夫人不可能不討厭見到艾略特先生，然而，她卻能裝出一副非常殷切、非常嫻靜的神情，就像很願意把自己平時花在沃爾特爵士身上的時間減掉一半一樣。

至於安妮自己，當她看到艾略特先生走進屋裡時，她感到非常煩惱，而當他向她走過來和她說話時，她又覺得非常痛苦。她以前就經常感覺到，他不可能總是那麼誠心誠意的，而現在她發現他做的每一件事情都是不真誠的。他現在刻意對他父親的尊敬，和他過去的言論形成鮮明的對比，讓人感到噁心。而當一想到他對史密斯夫人的殘忍行為，她就無法忍受看到他現在的笑容和溫和的態度，或聽到他那麼虛偽、充滿感情的聲音。

安妮覺得他的態度不要變得太突然，以免引起他的抱怨，她的主要目的是要避開他的詢問和關注。不過她要毫不含糊地對他冷淡，這已經和他們之間的關係協調起來。本來，她在艾略特先生的誘導下，漸漸對他產生了幾分多餘的親密，現在要盡量無聲無息地冷下來。所以，她比前天晚上來得更加謹慎，更加冷淡。

他希望能再次激起她的好奇心，來問他過去是怎麼樣、在什麼地方、被什麼人提起過她，而且非常希望她能多問一下。可是他的魅力消失了，他發現他的堂妹過於自謙，要想引起她的虛榮心，還要靠那氣氛熱烈的公眾場合。至少，他發現目前其他人總是纏住他不放，所以如果他貿然對安妮作出任何表示，都是沒有用的。他萬萬沒有料到，他這樣做對他剛好是很不利的，只會讓安妮當即就想起他那些最不可饒恕的行為。

安妮很高興地發現，他第二天早上真的要離開巴思，走得很早，而且會離開差不多兩個整天。雖然他回來的那天晚上還是被邀請到卡姆登巷拜訪，但可以確定的是，從星期四到星期六晚上，他是一定不會來的了。有一個克萊夫人經常出現在安妮面前就已經足夠了，再加上個更虛偽的偽君子，似乎破壞了所有的安寧和舒適。只要一想到他們對她父親和伊莉莎白的一再欺騙，想到他們以後還可能蒙受的種種恥辱！克萊夫人的自私自利既沒有艾略特先生的複雜，也沒有他的讓人噁心，她嫁給沃爾特爵士雖然有很多不好的地方，但是為了不讓艾略特先生處心積慮地加以阻攔，安妮寧願立即同意這門婚事。

星期五早上，她打算早早出門去找拉賽爾夫人，向她透露她必須知道的資訊。她本來打算在早餐之後就直接過去，可是克萊夫人也同樣打算要出門，為她的姊姊辦一點事情，於是她就只好先等一等，免得和她一起走。所以，她看到克萊夫人走遠了，才說她打算到李弗斯街去。

伊莉莎白說：「好吧！我沒有什麼事，就幫我問她好吧。哦，妳最好把她一定要借給我的那本討厭的書給她帶回去，就假裝說我看完了。我的確不能用英國出版的新詩、新書來折磨自己，可是拉賽爾夫人總是拿一些新出版的刊物來煩我。這個話妳就不用告訴她了。我覺得那天晚上她打扮得太可怕了，我一直都認為她在穿著方面還是有一些品味的，可是她在音樂會上的打扮真是讓我為她感到羞恥，她的神態那麼拘謹！那麼做作！她坐得那麼筆直！當然，代我致以最親切的問候。」

沃爾特爵士補充說：「也幫我問好。最親切的問候。妳可以說，我不久就會去拜訪她。捎個客氣話，我只不過想去留個名片。早晨就去拜訪一個像她那樣年齡的女人是不合適的，因為她們現在打扮得很少了。她只要化好妝，就不會害怕讓人看見，不過我上次去看她時，注意到她馬上放下了窗簾。」

就在她父親說話時，外面傳來了敲門聲。會是誰呢？安妮一記起艾略特先生事先說定好的隨時都可能來訪，就會往他身上想，可是，目前她知道他到七英里以外赴約去了。大家像通常那樣捉摸不定地等了一陣之後，聽到客人像往常那樣愈走愈近的聲音，接著查理斯·默斯格羅夫夫婦就被帶進了房間。

他們的到來讓大家都非常驚訝，不過安妮見到他們確實很高興，而其他人也並不後悔自己竟然能裝出一副表示歡迎的表情。後來，當他們這兩位至親表示他們到這裡來並不打算住在沃爾特爵士府上時，沃爾特爵士和伊莉莎白的熱情頓時就增加了，客客氣氣地招待起他們來。他們和默斯格羅夫夫人一起到巴思來已經有幾天了，住在白哈特賓館。後來，直到沃爾特爵士和伊莉莎白把瑪麗領到另一間客廳，高高興興地聽著她的稱讚，安妮才從查理斯那裡得知他們來巴思的真實經過。或說，查理斯和瑪麗剛才有意賣了一個關子，笑瞇瞇地暗示說他們的那個特殊任務。他說明他們一行有哪些人，因為他們幾個人對此顯然有所誤解。

安妮發現，他們一行人，除了他們兩個之外，還有默斯格羅夫夫人、亨麗埃塔和哈威爾上校。查理斯把整個事情給她做了很清楚的介紹，事情是哈威爾上校早在一個星期前就提出來的，他要來巴思辦一點事。查理斯因為狩獵期結束了，為了有點事幹，提出要和哈威爾上校一起來，哈威爾夫人似乎非常喜歡這個主意，覺得對她丈夫很有好處。可是瑪麗不能忍受被丟下，顯得對此很不高興，有那麼一、兩天，這件事看起來好像無法決定或無法結束。可是後來，查理斯的父、母親對這件事產生了興趣，他的母親也有一些老朋友在巴思，也想要見一見。大家認為這對亨麗埃塔來說倒是個好機會，可以為自己和妹妹置辦結婚禮服。總之，最後就促成了默斯格羅夫太太一行，而且處處為哈威爾上校帶來了方便和舒適條件。為了方便大家，他和瑪麗也被包含在隊伍裡。他們前一天深夜才到。哈威爾夫人和她的孩子們，還有本維克上校，留在厄波克勞斯陪著默斯格羅夫先生和路易莎。

唯一讓安妮感到吃驚的是，事情發展得太快了，居然談到了亨麗埃塔的結婚禮服。她原本還以為他們在經濟上會遇到很大的困難，不會這麼快就準備結婚的。可是她從查理斯那裡聽說，最近（也就是瑪麗寫給她最後那封信之後），查理斯．海特得到一位朋友的建議，要他代替一個年輕人履行牧師的職務，那個年輕人在幾年內不會接任。憑著目前的這筆收入，直到那個協議期滿以前，他幾乎可以肯定獲得長期的生活保障，所以男、女兩家答應了年輕人的心願，他們的婚禮可能和路易莎的一樣快，再過幾個月就要舉行了。

「那真的是一個好差事！」查理斯補充說，「離厄波克勞斯只有二十五英里遠，在一個非常漂亮的村子裡，屬於多賽特郡一個很美的地方。在王國的中央位置還有很多最好的狩獵區，周圍有三個大業主，他們一個比一個更小心，而查理斯．海特至少可以得到兩個大業主的特別垂愛。

這倒不是說他會對此很珍惜，這是他應當珍惜的。」他補充說：「查理斯太不愛動了，這是他的最大弱點。」

安妮喊著：「我真的非常高興，特別高興能發生這樣的事情。這兩個姊妹，她們應該有同等的生活，她們是最好的朋友，一個人前程燦爛，就不能讓另一個人黯然失色——她們應該同樣有錢，同樣享福。我希望你父母親對這兩門親事都感到很高興。」

「哦，是的。如果那兩位紳士能更有錢一些，我的父親就會更高興了。至於其他方面，他找不到什麼不好的了。錢，妳知道的，他要拿出錢來——一次嫁掉兩個女兒——這可不是件讓人高興的事，他需要處理很多事情。無論如何，我並不是說做女兒的沒有權利要錢，她們理所當然應該得到嫁妝。我敢說，他對我一直是個十分慈愛、十分慷慨的父親。瑪麗並不是很喜歡亨麗埃塔的結婚對象，妳是知道的，她從來就不喜歡。可是，她對他很不公平，或說小看了溫斯羅普。我無法讓她意識到那是一筆多大的財富，隨著時間的推移，這會是非常好的一對，我一直都很喜歡查理斯．海特，現在也是這樣。」

安妮喊著：「像默斯格羅夫夫婦這樣優秀的父母，是一定會為他們的孩子們的婚事感到高興的。我敢肯定，他們做的每一件事都是為了要讓他們的孩子們幸福。年輕人有這樣的父母可真是幸福啊！你的父母親看起來完全沒有其他多餘的想法，不會害得一家老小犯那麼大的錯誤，吃那麼多的苦頭。路易莎完全康復了吧？」

他的回答有一些支支吾吾的：「是的，我想是這樣的，已經恢復得差不多了。可是她變了。她現在不跑也不跳，不再笑，也不再跳舞，和以前完全不一樣了。如果有人稍微用力一點關門，她就會大吃一驚，就像一隻小水鳥一樣蠕動身子。本維克一整天都坐在她旁邊，為她念詩，或竊竊私語。」

安妮忍不住笑了出來。她說：「我知道，這完全和你的愛好不一樣，可是我相信他還是一個很優秀的年輕人。」

「他當然是，沒有人會懷疑這一點。我希望妳不要以為我那樣狹隘，想讓每個人都有和我一樣的愛好和樂趣。我非常器重本維克，誰要是能打開他的話匣子，他就可以說個不停。讀書對他來說是沒有傷害的，因為他讀書就像打仗一樣好。他是一個勇敢的年輕人，這個星期一，我對他比過去有了更多的了解。我們在我父親的大穀倉裡逮老鼠，大鬧了一個上午，他幹得很出色，從此我就更喜歡他了。」

說到這裡，他們的談話中斷了。因為查理斯不得不跟著大家一起去觀賞鏡子和瓷器。不過安妮聽到的事情夠多的了，足以了解厄波克勞斯目前的狀況，並對那裡的喜慶局面感到高興。雖然她一邊高興一邊嘆氣，但是她的嘆息裡絲毫沒有因為妒嫉而產生的惡意。她當然希望他們能夠得到幸福，而不是減少幸福。

這一次的拜訪就這樣高高興興地過去了。瑪麗興致很高，她很享受這樣出來換換環境，遇到這樣輕鬆的氣氛，她一路上乘著她婆婆的四馬馬車，到了巴思又能不依賴卡姆登巷而完全自立，對此她也感到十分得意。所以，她完全有心思欣賞一切理應欣賞的東西，當娘家的人向她詳細介紹這房子的優越性時，她也能欣然地應承幾句。她對她父親和姊姊沒有任何要求，能坐在他們那漂亮的客廳裡，她就覺得非常神奇。

伊莉莎白有一段時間感到非常苦惱。她覺得，她應該請默斯格羅夫太太一群人來家裡吃飯，但是家裡的生活方式已經變得完全不一樣了，減少了傭人，一請他們吃飯就一定會露餡的，而讓那些地位總比凱林奇的艾略特家低下的人們來看熱鬧，這是伊莉莎白所不能忍受的。這是虛榮心和禮節之間的鬥爭，可是虛榮心要更多一些，所以伊莉莎白又高興了起來。

她在心裡是這樣說服自己的，「這都是一些舊觀念，他們都是一些鄉下來的客人。我們不需要請他們吃飯。在巴思，很少有人這樣做。艾麗西亞夫人絕對不會，她甚至都沒有邀請她的姊妹一家人，哪怕他們已經在這裡住了一個月了。而我敢說，我的邀請會給默斯格羅夫夫人帶來很大的不便，讓她很不自在。我敢肯定她寧願不來，她和我們在一起是不會感到輕鬆的。我可以邀請他們來玩一個晚上，那樣會更好，既新穎又熱情。他們以前從來沒有見過像這麼漂亮的兩間客廳。他們明天晚上一定會很高興來的，那會是一個正規的宴會，雖然小，但是非常精緻。」就這樣，讓伊莉莎白感到很滿意了。

當她向在場的兩人提出邀請，並且答應向不在場的人發去邀請時，瑪麗感到同樣很滿意。她還特別問到會不會遇到艾略特先生，並且想要被介紹給達爾林普爾夫人和卡特雷特小姐。很幸運的是，他們幾個都說好了會來。有他們賞臉，這樣瑪麗就覺得更高興了。當天上午，艾略特小姐當然要去拜訪一下默斯格羅夫太太。安妮跟著查理斯和瑪麗一起走了出去，這就去看看默斯格羅夫太太和亨麗埃塔。

她要去和拉賽爾夫人坐一坐的機會現在只能讓步了。他們三個到李弗斯街待了幾分鐘，安妮心想，原來打算要告訴拉賽爾夫人的情況，晚一天再說也沒關係，於是就匆匆忙忙地趕到白哈特旅館，去看望去年秋天和她一起相處的朋友。由於多次接觸的緣故，她對這些朋友都有著很深的感情。

他們在房間裡見到默斯格羅夫夫人和她的女兒，安妮受到她們很熱情的接待。亨麗埃塔因為最近有了喜事，心裡也很高興，見到以前喜歡過的人，總是充滿了體貼和關心。而默斯格羅夫太太又想到，安妮在危急時刻幫過他們的忙，對她也是一片真心，十分疼愛。安妮在家裡嘗不到這種樂趣，現在受到這樣真心誠意、熱情好客的接待，就更加感到高興了，她們懇求她盡量多去她們那裡，邀請她天天去，而且要她整天和她們待在一起，或說得更準確一些，把她看成了他們家庭的一分子。而相同的，她也很自然地、習慣性地關心他們，幫助他們。而當查理斯離開她們走了之後，她就開始聽到默斯格羅夫夫人說起路易莎的事情，也聽著亨麗埃塔介紹她自己的情況。安妮還談了她對市場行情的看法，推薦她們到哪些商店去買東西。在這期間，瑪麗還不時需要她幫這幫那，從幫她換緞帶，到幫她算帳，從幫她找鑰匙、整理細小裝飾品，到設法讓她相信誰也沒有虧待她。瑪麗儘管平常總是笑呵呵的，可是現在站在窗戶邊俯瞰著礦泉廳門口，不禁又想像自己受人虧待了。

那個是一個非常混亂的早上。那麼大一群人住在賓館裡，是一定會出現那種瞬息多變且亂哄哄的場面，前五分鐘收到一張便條，後五分鐘又接到一個包裹，安妮在那裡還不到半個小時，那麼大一個飯廳，似乎已經有一半擠滿了人。一群忠實的老朋友圍坐在默斯格羅夫夫人周圍，查理斯回來時，還帶著溫特沃斯上校和哈威爾上校。溫特沃斯上校的出現只不過讓安妮驚訝了一會兒，她不可能不感覺到，他們共同朋友的到來必定會讓他倆很快重新相見。他們的最後一次見面非常重要，讓他打開了他的情感之門，而她的心裡得到了確定，這讓她非常高興。但是她害怕看他的臉，上次他以為安妮另有他人，匆匆離開了音樂廳，只怕他心裡還被這種不幸的念頭所左右著。看樣子，他並不想走上前來和她搭話。

安妮試圖讓自己平靜下來，一切順其自然，她試著往合情合理的方向去想。「的確，如果我們雙方都是忠貞不渝，那麼我們的心不久就會相通了。我們不再是小男孩和小女孩了，不會互相吹毛求疵，動不動就發火，不會讓一時的疏失迷住眼睛，拿自己的幸福當兒戲。」不過，在幾分鐘之後，她又感覺到，在現在這種情況下，他們這樣相處，只會給他們帶來更多的怠慢和輕視，只會對他們不利。

瑪麗仍然待在窗口，喊著：「安妮，我可以肯定，那個是克萊夫人，她站在廊柱下面，千真萬確，還有個男人陪著她。我剛剛才在巴思大街的拐角處見過他們，他們看起來聊得很深入。那是誰啊？好了，快告訴我吧。感謝上帝啊！我想起來了！那就是艾略特先生本人！」

安妮很快地回答說：「不，我可以向妳保證，那不是艾略特先生。他今天早上九點鐘已經離開了巴思，在明天之前是不會回來的。」

就在她說話時，她感覺到溫特沃斯上校正看著她，這樣的感覺讓她又著急又不安，後悔自己不該說那麼多，儘管只是簡單幾句話。

而瑪麗，她最恨別人以為她不了解自己的堂兄，就十分激動地談起了她們家人的相貌特徵，更是一口咬定就是艾略特先生，還再次招呼安妮過去親自看一看，可是安妮沒有打算要動一下，她努力表現出一副冷漠而不關心的樣子。不過讓她痛苦的事情又回來了，有兩、三個女客人相互笑了笑，會心地使著眼色，就像她們相信自己相當了解那個祕密一樣。顯然是關於她的那些新聞已經傳開了，接下來是一陣短暫的停頓，似乎是在確保這個消息會傳得更遠。

瑪麗叫著：「過來啊，安妮！妳自己過來看啊。妳如果不趕緊過來的話就晚了。他們準備離開了，他們正在互相揮手呢！他轉身走了。我怎麼會不認識艾略特先生！妳似乎把在萊姆的事情都忘記了。」

為了讓瑪麗平靜下來，也許是為了掩飾她自己的窘迫，安妮平靜地來到窗戶。她來得太及時了，剛好看到那真的是艾略特先生，她覺得難以置信，很快的，艾略特先生就朝街道的一邊消失不見了，而克萊夫人也很快地消失在街道的另一邊。安妮覺得非常吃驚，這兩個人有著截然不同的利害關係，居然擺出一副友好商談的樣子，她平靜地說：「是的，那當然是艾略特先生，我猜，他應該是改變了他外出的時間，僅此而已。也許是我弄錯了，我沒有太注意。」然後她又走回到她的椅子上，恢復了鎮定，心想自己表現得還不錯，不禁覺得有些欣慰。

客人們告辭了，查理斯客氣地送了他們出去，又朝他們做了一個鬼臉，責備他們不該來，而且說：「哦，母親，我做了一件會讓妳高興的事情。我剛才到戲院去了，已經訂了一個明天晚上的包廂。我是不是一個好孩子呢？我知道妳很喜歡看戲。我們大家都有位置，開演的時間是九點鐘，而且我已經約好了溫特沃斯上校。我想，安妮也不會不願意加入我們吧，我們都很喜歡看戲的。我做得好嗎，母親？」

默斯格羅夫太太剛剛幽默地回答說，如果亨麗埃塔和其他人都喜歡看戲的話，她也百分之百地喜歡，不過，她的話被瑪麗著急地打斷了，只聽她大聲嚷著：「上帝啊！查理斯！你怎麼想得出這樣的事情呢？在明天晚上訂了一個包廂！你難道忘了我們約好了明天晚上要到卡姆登巷去嗎？伊莉莎白還特別要求我們見一見達爾林普爾夫人和她女兒，還有艾略特先生？都是我們家的主要親戚，特意讓我們認識一下，你怎麼能這麼健忘？」

查理斯回答說：「呼！呼！一個晚會算什麼？根本就不值得記在心上！我想，妳父親如果想見我們的話，也許會請我們去吃晚餐的，妳可以做妳喜歡做的事情，可是我要去看戲。」

「哦！查理斯，我敢說你這樣做的話是很讓人討厭的，因為你答應了要去的。」

「不，我並沒有答應，我只是傻笑著鞠了一個躬，然後說了一聲『我很高興』，可是我並沒有答應。」

「可是你必須去，查理斯。如果失約，那是不可原諒的，他們是特意要為我們做介紹的。達爾林普爾一家人和我們之間一直都有著密切的聯繫，雙方無論發生什麼事情，都是馬上就去通報的。你知道，我們是關係這麼親密的親戚。而艾略特先生也是，你應該特別要和他認識一下，並且關心一下艾略特先生，他是我父親的繼承人，是將來我們這個家族的代表。」

查理斯嚷著：「不要跟我談論什麼繼承人，什麼代表，我可不是那種放著當政的權貴不予理睬，卻去巴結那些新興權貴的人。我要是看在妳父親的面上都不想去，卻又為了他的繼承人而去，那豈不是很荒唐。那個艾略特先生對我來說算什麼啊？」安妮一聽這樣冒失的話，覺得說得痛快，只見溫特沃斯上校正在全神貫注地望著、聽著，聽到最後一句話，他不得不把好奇的目光從查理斯身上移到安妮身上。

查理斯和瑪麗仍然在用那樣的方式爭論著，他半嚴肅半開玩笑地堅持著要去看戲，而她，非常嚴肅激烈地反對去看戲，並且沒有忘記說明：她自己儘管必須去卡姆登巷不可，但是他們如果撇開她去看戲，那她就會感到自己受到了虐待。

默斯格羅夫太太提出了她的意見，「我們就把看戲往後面推一推吧，查理斯，你最好回去一趟，把包廂訂在星期二。把我們分開的話太可惜了，我們不應該把安妮小姐一個人丟下，而且，那個聚會還是他父親舉辦的。我敢肯定，如果安妮小姐不和我們一起去的話，不管是我還是亨麗埃塔，都不會願意去看戲的。」

安妮真誠感激她的這番好意。她還十分感激這給她提供了一個機會，可以明言直語地說：「夫人，如果僅僅只是依著我的意願，那麼家裡的晚會（除了因為瑪麗），絕不會給我造成任何一點妨礙。我並不喜歡那一類的晚會，很願意改成去看戲，而且和你們一起去。不過，也許最好不要這麼做。」她把話說了出來，可是說話時她在顫抖，她意識到有人在聽她的話，她甚至不敢去觀察她的話產生了什麼樣的影響。

很快的，大家就都同意了星期二去看戲，只是查理斯仍然保持著繼續戲弄他妻子的權利，一直堅持說：明天就算別人不去，他也要去看戲。

溫特沃斯上校離開了他的座位，朝著壁爐走過來。他很有可能是想在那裡稍微待一會兒，然後就找個機會，隱蔽地向安妮靠近。

「妳待在巴思的時間不長，還不能欣賞這裡的舞會。」

「哦，不，通常舞會那些東西都不合我的胃口。我不打牌。」

「我知道妳以前不打。妳那個時候不喜歡打牌，可是時間可以改變很多東西。」

「我改變得可不多！」安妮叫了起來，又停了下來，擔心會造成什麼誤解。

一會兒之後，他像是發自內心地在說：「真的是時光飛逝啊，都已經八年半了！」

他會不會繼續說下去，那只有讓安妮自己在平靜的時間裡去想像了，就在她聽著時，他突然停了下來，原來是亨麗埃塔提到了另外的話題，這讓她吃了一驚。原來，亨麗埃塔一心想趁著現在的空閒時間趕緊溜出去，就招呼她的伙伴不要耽誤時間，免得再有人進來。

他們不得不準備離開了。安妮說她已經完全準備好要走了，而且做出一副要走的樣子。可是她感覺到，如果亨麗埃塔知道她在離開那張椅子、準備走出屋子時心裡有多麼遺憾，多麼勉強，憑著她對自己表哥的情感，憑著表哥對她自己牢靠的情意，她一定會很同情安妮的。

就在大家都準備好了時，卻突然停了下來。他們聽到一陣驚恐的聲音。又有客人上門了，門開了以後，他們看到的是沃爾特爵士和艾略特小姐。他們的到來讓大家心裡頓時涼了半截，安妮立刻感覺到一種壓迫感，不管她的目光往哪個方向看，都會感覺到一樣的壓迫感。屋裡的那種舒適、自由、快樂的氣氛頓時消失了，代替它的是冷漠和鎮靜，面對著她那冷酷而高傲的父親和姊姊，大家有的硬是閉口不語，有的趣味索然地敷衍幾句。出現這種情況，真叫人感到羞恥啊！

她警惕的目光對此僅有一個情況感到滿意。溫特沃斯上校再一次得到了他們的認可，伊莉莎白比以前顯得更和藹，她甚至還和他說了話，不只一次地看了他。而事實上，伊莉莎白正在醞釀一個大計畫。她先是很恰當地寒暄了幾句，花了幾分鐘時間，接著就提出了邀請，要求默斯格羅夫府上所有在巴思的人全都光臨。

「明天晚上，跟幾個朋友聚一聚，不是什麼正式的晚會。」所有的話都說得很得體，而且她還帶來了請帖，上面寫著「艾略特小姐恭請」，她恭恭敬敬、笑容可掬地把請帖放在桌子上，恭請各位賞光。特別是她還笑著給了溫特沃斯上校一張請帖。事實上，伊莉莎白在巴思待的時間久了，她完全明白對待像溫特沃斯上校這樣的風度和外形的人，有多麼重要。過去算不了什麼。現在的問題是，溫特沃斯上校可以體面地在她的客廳裡走來走去。請帖直接交給了他，然後沃爾特爵士和伊莉莎白就起身告辭了。

這段打擾雖然讓人不愉快，但是很短暫，當他們離開了，大門一關上，屋子裡的人就又變得輕鬆而有活力。只有安妮除外，她心裡還想著剛才驚訝地看著伊莉莎白送請帖的情景，想著溫特沃斯上校接請帖的樣子，意思讓人捉摸不定，與其說是欣喜，不如說是驚奇，與其說是接受邀請，不如說是客氣地表示收到請帖。她了解他，她看到他眼睛裡帶著輕蔑，實在不敢相信他會接受這樣的一個邀請，並把它看成是過去對他傲慢無禮的補償，安妮的情緒不覺低沉了下來。等她父親和姊姊走了之後，溫特沃斯上校把請帖捏在手裡，好像是在深深地思考著什麼。

「只需要想一想，伊莉莎白邀請了每一個人，我就一點兒也不會吃驚溫特沃斯上校會感到高興，你看他拿著請帖都不放手呢！」瑪麗低聲說話的聲音大家都聽得見。

安妮和他對視了一眼，看到他的臉頰發紅，嘴角浮現出一絲輕蔑的表情，瞬息間就消逝了。安妮走開了，既不想多看，也不想多聽，省得引起她的苦惱。

大家就此分開了。男士們去忙他們自己的，而女士們也去忙自己的事情了，安妮在場時，他們沒有再待在一起。大家誠懇地要求安妮再回來和他們一起吃晚飯，今天就陪著大家玩到底。可是安妮的精神已經消耗得太多，現在覺得精神有一點不濟，只有回家最好，那樣她可以如自己所願地享受清靜。

她答應明天整個上午都過來陪他們，所以，她就結束了現在的疲憊，辛苦地朝卡姆登巷走去。晚上的時間主要都在聽伊莉莎白和克萊夫人說她們會如何為明天的晚會忙碌準備，聽她們一再地列舉邀請了哪些客人，一項項布置愈說愈詳細，一邊說一邊改進，簡直想把這次晚會辦成巴思最體面的一次。而在此期間，她無休止地問自己一個問題，那就是溫特沃斯上校會不會來？他們都肯定他會來，可是她卻感到焦慮不安，要想連續平靜五分鐘都做不到。她整體上還是認為他會來，因為她大概認為他應該來，然而這件事又不能從義務和審慎的角度認為他一定能來，那樣勢必無視對立的感情因素。

安妮從這種激動不安的沉思中醒悟過來，只對克萊夫人說，就在艾略特先生原本準備離開巴思三個鐘頭之後，有人看見克萊夫人和他在一起。安妮本來期待克萊夫人自己說出這件事，可是她沒有。於是安妮決定主動提出來，她似乎看到當克萊夫人聽到這個問話時，臉上有愧疚的表情。不過那是短暫的，很快就完全消失了。但是安妮心想，她從克萊夫人的神情裡可以看出，也許是因為他們暗地裡有什麼計畫，也許是害怕艾略特先生的專橫跋扈，她只能乖乖地聽他說教，不允許她在沃爾特爵士身上打主意，而且也許一談就是半個小時。

不過，克萊夫人用偽裝得十分自然的語氣大聲說：「哦！親愛的！是真的！妳只要想一想，艾略特小姐，我在巴思大街上遇到他時有多麼吃驚啊！我從來沒有這樣吃驚過。他轉過頭來，陪我走到礦泉廳。他遇到了某件事情，沒有按時出發去桑貝里，而我確實忘了是什麼事情。我當時匆匆忙忙的，不可能很專心，我只知道他絕不願意推遲回來。他想要知道，他明天最早可以在什麼時候過來。他滿嘴都在說『明天』，很顯然的是，從我進到屋裡，知道了你們要多請些客人來，知道了有這樣、那樣的情況，我也是滿腦子想著明天，否則我無論如何也不會忘記我今天曾經見過他。」

23

安妮和史密斯夫人的談話才過去一天，她又遇到讓她更感興趣的事情，現在對於艾略特先生的行為，除了所造成的後果還讓她感到關心以外，別的方面她已經不太感興趣了。所以到了第二天早晨，理所當然地，她要再次推遲到李弗斯街去解釋一切。她答應了默斯格羅夫夫人，要陪她從早餐待到午餐。她的信譽一向是很好的。於是，艾略特先生的聲譽可以像山魯佐德王后（註：伊斯蘭教國王的王妃）的腦袋一樣，再次保全了一天。

不過，她沒有按時去赴約。由於天氣不允許，下起雨來，她先為她的朋友和她自己擔憂了一陣，然後才開始往外走。當她來到白哈特旅館，走進她要找的房間時，發現自己既不是到得很準時，卻也不是第一個到達的。她面前就有好幾個人，默斯格羅夫夫人正在和克洛夫特夫人說著話，哈威爾上校也和溫特沃斯上校說著話。而她也立刻聽到，瑪麗和亨麗埃塔已經等得不耐煩，準備等天一晴就出去，不過，她們很快就會回來的，她們還要求默斯格羅夫太太，別忘了叫安妮等她們回來。安妮只好遵命，坐下來，表面上裝得很鎮靜，心裡卻頓時覺得激動不安起來。本來，她只以為在上午結束之前，才會嘗到一些激動不安的滋味，可是現在，她立刻就陷入了這樣痛苦的幸福之中，也許是如此幸福的痛苦之中。

她走進屋子兩分鐘，只聽到溫特沃斯上校說：「哈威爾，我們剛才在說寫信的事，如果你給我紙和筆，我們現在就開始寫吧。」

紙和筆都有，分別被放在另外一張桌子上。溫特沃斯上校走了過去，幾乎是背朝著大家坐下，全神貫注地寫了起來。

默斯格羅夫夫人在向克洛夫特夫人介紹她大女兒的訂婚經過，用的還是那種讓人討厭的語氣，一邊假裝竊竊私語，一邊又讓大家都聽得一清二楚。安妮覺得自己和這個談話沒有關係，不過，由於哈威爾上校似乎在思考什麼問題，並不打算要說話，所以她不可避免地聽到很多有傷大雅的細節，比如：默斯格羅夫先生和他妹夫海特先生是如何一再地見面，商量這件事；某一天他的妹夫海特是怎麼說的；而第二天默斯格羅夫先生又是怎麼提議的；她的妹妹海特夫人又是怎麼想的；而年輕人又有什麼願望；默斯格羅夫太太剛開始說什麼也不同意，後來聽了別人的勸說，覺得倒挺合適的。她就這樣直言不諱地說了一大堆。這些細節，即使說得非常文雅，非常得體，也只能讓那些和這件事有切身利害關係的人感到興趣，更何況善良的默斯格羅夫太太還做不到這一點。而克洛夫特夫人聽得津津有味，說話時也顯得非常聰明。安妮希望先生們能夠專心做自己的事情，聽不到這些話。

「就是這樣的，夫人，所有的事情都被考慮到了！」默斯格羅夫夫人「大聲地」竊竊私語，「雖然，我們可能不希望這樣做，但是我們覺得再拖下去也不是辦法，因為查理斯·海特都快急瘋了，亨麗埃塔也同樣很心急，所以我們認為最好讓他們馬上成親，盡量把婚事辦得體面一些，就像許多人在他們之前所做的那樣。我說過，無論如何，這總比長期訂婚要好。」

克洛夫特夫人說：「這正好是我想說的，我寧願讓年輕人靠著一小筆收入馬上結婚，一起和困難抗爭，也不願讓他們捲入長期的訂婚。我總是認為，沒有相互間……」

「哦，親愛的克洛夫特夫人，」默斯格羅夫夫人沒有等她把話說完，就喊著：「沒有什麼事情比讓年輕人長時間訂婚更讓我討厭的了，我總是反對我的孩子們這樣做。我經常說，對於年輕人們來說，訂婚是一件好事，如果他們可以確定在六個月甚至一年內結婚的話。可是，長期訂婚……」

克洛夫特夫人說：「是的，親愛的夫人，或是一個不太確定的訂婚，也可能被拖得很長。開始時還不知道在某時某刻有沒有能力結婚，我覺得這是很不穩當、很不明智的，我認為所有做父母的應該努力阻止。」

安妮聽到這裡，意外地產生了興趣。她覺得這話是針對她說的，渾身頓時緊張起來。而與此同時，她的眼睛本能地朝遠處的桌子那裡望去，只見溫特沃斯上校停住筆，頭抬了起來，靜靜地聽著。緊接著，他轉過臉，迅速而會心地對看了安妮一眼。

兩位夫人繼續說著話，一再強調那些公認的真理，並且用自己觀察到的事實來舉例子，說明背道而馳是會帶來不良後果的。可是安妮什麼也聽不清楚了，在她耳朵裡只有嗡嗡的聲音，頭腦一片混亂。

哈威爾上校的確是一句話也沒有聽見，他現在離開座位，走到窗戶，安妮似乎是在注視他，雖然她的腦袋裡已是一片空白。然後她才注意到，哈威爾上校在請她到他那裡去。他微笑著看著她，稍微點了一下頭，像是在說：「到我這裡來，我有一些話要告訴妳。」他的態度真誠大方，和藹可親，讓人感覺輕鬆愉快，好像早就是老朋友一樣，於是安妮不得不接受這個邀請，站了起來，朝他走過去。哈威爾上校佇立的窗戶位於屋子的一邊，兩位夫人坐在另一邊，雖然距離溫特沃斯上校的桌子近了些，但還不是很近。當安妮走到他面前時，哈威爾上校的面部又擺出一副認真思索的表情，看來這是他臉上的自然特徵。

「妳來看看，妳知道這是誰嗎？」他一邊說著，一邊打開手裡的一個小包，展示出一幅小型畫像。

「當然，這是本維克上校。」

「是的，妳應該猜得出這是送給誰的？可是（他加深了語氣），這可不是為她而畫的。艾略特小姐，妳還記得我們在萊姆一起散步時，一起為他而傷心嗎？我當時完全沒有想到——可是這也沒有關係。這個畫像是在好望角畫的，他之前答應送給我那可憐的妹妹一幅畫像，在好望角遇到一位很有才華的年輕德國畫家，就讓他畫了一幅，帶回來送給我妹妹。而現在，我卻要找人把它裝裱好，送給另外一個人了。這件事是委託讓我去辦的！但是，難道就沒有其他人可以委託了嗎？我希望我能諒解他。說真的，如果把這件事交給其他人去做，我並不是感到抱歉，可他就要這樣做。（他又看了看溫特沃斯上校）他現在正在寫信說這件事呢。」然後他又顫抖著嘴唇補充說，「可憐的范妮，她可不會這麼快就把他忘了的。」

「不會的，我很相信這一點。」安妮壓低聲音，充滿感情地說。

「她不是那種性格的人，她太愛他了。」

「只要是真心相愛的女人，沒有人是那樣的性格。」

哈威爾上校笑了，然後說：「妳真的那麼對女人肯定嗎？」她同樣笑著回答這個問題，「是的，我們當然不會像你們忘記我們那樣快地忘了你們。也許，你與其說這是我們的優點，不如說這是我們的命運。我們對這一點也沒有辦法，我們關在家裡，生活平平淡淡，總是受到感情的折磨，而你們男人不得不忙忙碌碌的。你們通常都有一個職業、一種追求，或一些其他什麼事情，馬上就能把你們帶回到塵世當中去，不停的忙碌和生活的變化可以削弱人們的印象。」

「就算妳的看法是正確的（可是我想我不是很同意妳的看法），認為世事對男人有這麼大的威力，見效這麼快，可是這並不適用於本維克。他沒有被迫在忙著什麼。當和平到來時他就回到了岸上，而且從此就一直和我們生活在一起，生活在我們家那個小圈子裡。」

安妮說：「那倒是。的確是這樣的。我沒有想到這一點。可是，我們現在應該說什麼呢，哈威爾上校？如果變化不是因為改變外在環境而造成的，那麼就一定是發自內心的，這是很自然的，一定是由於男人的天性，男人的天性幫了本維克上校的忙。」

「不，不，我不覺得這是因為男人的天性。對自己喜愛或是曾經喜愛過的人朝三暮四，甚至忘情，我不承認這是男人的天性，而是女人的本性，我相信這是剛好相反的。我認為，我們的身體和精神狀態是完全一致的，因為我們的身體更強壯，我們的感情也更強烈，能經得起巨大風浪的考驗。」

安妮回答說：「你們的感情也許更強烈，可是要像這樣身心一致地要求的話，我可以這樣說，我們的感情更加溫柔。男人比女人強壯，但是壽命不比女人長，這就恰好說明了我們對他們的感情的看法，要不然的話，這對你們來說就太辛苦了，你們要和艱難、困苦與危險戰鬥。你們總是在艱苦奮鬥，遇到各種各樣的困難和阻撓，你們離開了家庭、祖國和朋友，時光、健康和生命都不能說是你們自己的。這真是太殘酷了，真的！（安妮帶著猶豫不決的語氣）如果再具備了女人的感情的話。」

「我們在這個問題上是永遠也不會達成一致的。」哈威爾上校剛開始說，就聽到「啪」的一聲輕響，他們的注意力被吸引到溫特沃斯上校所在的地方，那裡到現在為止一直是靜悄悄的。那只不過是他的筆掉到地上去了。不過，安妮驚奇地發現，他比她想像中的距離要近得多，她甚至有一點懷疑，他之所以把筆掉到地上，是因為他在注意他們倆，想聽清楚他們的談話。不過，安妮覺得，他根本聽不清楚。

「你寫完信了嗎？」哈威爾上校說。

「還沒有完全寫好，還剩下幾行字。我五分鐘之內就可以寫完了。」

「我這邊不著急。不管在什麼時候，只要你準備好了，我就準備好了。我現在待在一個很好的拋錨地點，（他對著安妮笑）有很好的供給，什麼都不缺。根本不著急等信號。哦，艾略特小姐，（他壓低聲音說）就像我剛才所說的一樣，我想，在這個問題上，我們永遠也不可能達成一致。也許，沒有哪一個男人和一個女人會達成一致。但是，請聽我說，所有的歷史記載都和妳的觀點背道而馳——所有的故事、散文和韻文，如果我有本維克那樣的記憶力，我可以立刻引出五十個例子來，來證實我的論點。我想，我這輩子只要一打開一本書，總要說到女人的朝三暮四，所有的歌詞和諺語都談到女人的反覆無常。不過妳也許會說，那都是男人寫的。」

「也許我會那樣說。是的，是的，如果你願意，請不要再引用書裡的例子了。男人比我們具有種種有利的條件，可以講述他們的故事。他們受的教育比我們高得多，筆也握在他們手裡，我不承認書本可以證明任何事情。」

「可是，那我們該如何證明任何事情呢？」

「我們永遠也證明不了。在這個問題上，我們永遠也不能證明任何東西。這種意見分歧是無法證明的。我們大概從一開始就對自己的同性有一點偏心，而出於這種偏心，就用發生在我們周圍的一起起事件，來為同性們辯護。這些事件有很多（也許正是那些給我們的印象最深刻），一旦說出來，就一定要吐露一些不為人知的事，或在某些方面說些不該說的話。」

哈威爾上校用激動的語氣大聲喊著：「哈！當一個人最後看一眼自己的老婆和孩子，眼睜睜地望著把他們送走的小船，直到看不見為止，然後轉過身來，說了聲：『天知道我們還會不會再見面！』我真希望能讓妳理解，那個時候的他，有多麼痛苦啊！同時，我真希望讓妳知道，當他再次見到老婆、孩子時，心裡又有多麼激動啊！也許當他離開了一年之後，終於回來了，但船奉命駛入另一港口，他就盤算著什麼時候能把老婆、孩子接到身邊，然後假裝欺騙自己說：『他們在某一天之前是不會到達的。』可是，他一直在希望他們能早到十二個小時，而最後看見他們還早到了好多個小時，就像上帝給他們插上了翅膀一樣，他心裡會有多麼激動啊！我要是能向妳說明這一切，說明一個人為了他生命中的那些珍貴的寶貝，能夠承受多大的磨難，做出多大的努力，而且以此為榮，那該有多好！妳知道，我說的只是那些有心的人！」說著，他激動地按了按自己的心臟。

安妮熱情地喊著：「哦，我希望自己能充分理解你的情感，理解像你們這種人的感情。上帝也不允許我低估我的同胞熱烈而忠貞的感情！如果我膽敢認為只有女人才懂得堅貞不渝的愛情，那麼我就應該被人們看不起。不，我相信在你們結婚之後，你們有能力把所有的事情都做得很偉大、很好，我相信你們會付出努力，對家人百般克制，只要你們心裡有個目標——如果我可以這樣說的話。我的意思是，只要你們所愛的那個女人還活著，為你們而活著。我認為我們女人的長處（這不是個令人羡慕的長處，你們不需要感到羨慕），就在於她們對於自己的愛人，即使是人不在世，或是失去希望，也能天長日久地愛下去！」

一時之間，她再也說不出一句話了，她的心被積壓得滿滿的，都快要喘不過氣來了。

哈威爾上校一邊喊著：一邊非常親熱地把手搭在她的胳臂上，「妳真是一個很好的女人，我可不想和妳爭吵。而且我只要一想起本維克，就說不出話來了。」

這時候，他們的注意力被轉移到其他人那裡，克洛夫特夫人正準備告辭了。

她說：「弗雷德里克，我想，我們就要在這裡分手了，我要回家去了，而你和你的朋友還有事。今天晚上，我們大家會很高興地在你們家的聚會上再次見面。（她轉身對安妮說）我們昨天接到了妳姊姊的請帖，而且我知道弗雷德里克也接到了請帖，雖然我沒有看到。弗雷德里克，你是不是也像我們這樣，今天晚上有空呢？」

溫特沃斯上校正在急急忙忙地疊信，要嘛是不能回答，要嘛是不願意認真地回答。

他說：「是的，非常正確。我們就在這裡分手吧，哈威爾和我會很快跟上妳的。也就是說，哈威爾，你要是準備好了，我再過半分鐘就完了。我知道你想走，我再過半分鐘就陪你走。」

克洛夫特夫人離開了他們，而溫特沃斯上校正火速地把他的信封好，他也真的準備好了，甚至露出一副倉促不安的神氣，表明他一心急著要走。安妮覺得有些莫名其妙。哈威爾上校非常親切地向她說了聲：「再見了，願上帝保佑妳。」可是溫特沃斯上校卻沒有說一個字，連看都沒看她一眼，就這樣走出了屋子！

安妮剛剛走近他先前伏在上面寫信的那張桌子，忽然聽到有人走回房間的腳步聲。房門打開了，回來的正是溫特沃斯上校。他請大家原諒，因為他忘了他的手套，所以立刻穿過屋子，來到寫字台前面。他背對著默斯格羅夫太太，從一把散亂的信紙底下抽出一封信，放在安妮面前，用深情、懇切的目光凝視了她一陣，然後匆匆拾起手套，又走出了屋子，搞得默斯格羅夫太太幾乎不知道他回來過。他的動作真是太快了！

轉眼間，安妮心裡所起的變化是沒有辦法形容的。很顯然，這就是他剛才匆匆忙忙在摺的那封信，收信人是「安·艾小姐」，字跡只能勉強看清楚。當大家都以為他只是在給本維克寫信時，他還同時寫了一封信給她。對安妮來說，這個世界上所有的一切都寄託在這封信的內容上了。任何事情都是有可能的，任何事情她都能承受得住，就是不能再等待了。默斯格羅夫夫人正坐在自己的桌前忙著處理自己的瑣事，所以不會注意安妮在幹什麼，於是她坐上溫特沃斯上校坐過的椅子，伏在他方才伏案寫信的地方，兩眼貪婪地讀起信來：

「我再也不能安靜地聽下去了。我必須盡可能地向妳表示，妳的話深深刺穿了我的心靈。我又是苦惱，又是充滿了希望。請妳不要對我說：我表白得太晚了，那種珍貴的感情已經一去不復返了。

八年半以前，我的心幾乎被妳扯碎了，現在我懷著一顆更加忠於妳的心，再次向妳求婚。我不敢說男人比女人忘情要快，而且他的愛也去得更快。我除了妳之外，沒有愛過任何人。我可能不夠公平，既意志薄弱，又滿腹怨恨，但是我的感情從來沒有變過。只為了妳，我才來到巴思。

我的一切考慮、一切打算，都是為了妳一個人。難道妳沒有看到這一點嗎？妳難道不能理解我的心意嗎？如果我可以讀懂妳的心意，就像我相信妳一定已經看穿了我一樣，那麼我就不會再等待十天了。

我幾乎寫不出來了。我每時每刻都在聽到一些征服我的話。妳壓低了妳的聲音，可是妳那語氣別人聽不出，我卻可以分辨得出來。妳真是太優秀，太高尚了！妳的確對我們做出了公正的評價。妳相信男人當中也存在著真正的愛情和忠貞。

請相信我最熾烈、最堅定不移的愛情。

弗・溫

我必須走了，因為我的命運不知道是怎麼樣的。可是我會盡快回到這裡，或跟著大家一起走。只需要一句話，一個眼神，就可以決定我今天晚上是到你父親家裡去，還是永遠也不去了。

讀到這樣一封信，情緒是不能馬上平靜下來的。半個小時的獨處和思考也許會讓她平靜下來。可是，只是這樣過了十分鐘，她就被打斷了。再加上她的處境受到種種約束，心裡不可能得到平靜。相反的，每時每刻都在增加她的激動不安。這是無法壓抑的幸福，她滿心激動的第一個階段還沒有過去，查理斯、瑪麗和亨麗埃塔就全都走了進來。

她不得不努力地克制住自己，想要讓自己恢復正常，可是過了一會，她再也堅持不下去了。別人說的話她一個字也聽不進去，所以她不得不推說自己身體感到不舒服。於是大家都看出來她臉色很不好，都很吃驚，對她表示關心，如果沒有她，他們是不會出去走動的。這真是太討厭了，只要他們都出去，留她一個人安靜地在這個房間裡待著，她倒可能恢復平靜，可是他們一個個都站在她周圍，等候著，真叫她心煩意亂。她無可奈何，就說她想要回家。

默斯格羅夫夫人說：「好的，親愛的，妳直接回家去吧！要照顧好自己，晚上才能覺得舒服一點。我希望莎拉可以在這裡為妳看一看病就好了。查理斯，去找一輛車來，她是絕對不能走路的。」

可是她無論如何也不能坐車，那會比什麼都糟糕！她如果能自己靜悄悄地走在街上，就可以和溫特沃斯上校說幾句話（她覺得幾乎肯定能遇到他），她說什麼也不能失去這個機會。於是她真誠地反對了坐車，而默斯格羅夫夫人腦子裡只想到一種病痛，因此帶著幾分憂慮地自我安慰說：這次可不是摔倒引起的，安妮最近從沒摔倒到過，頭上沒有受過傷。她百分之百肯定她沒有摔倒過，所以就高高興興地和她分手，相信晚上一定能看到她有所好轉。

而安妮深怕有所疏忽，就努力掙扎著，說：「夫人，我擔心這件事沒有很好地理解清楚。請妳告訴另外幾位先生，我們希望今晚見到你們所有的人。我擔心出現什麼誤會，希望妳特別轉告哈威爾上校和溫特沃斯上校，就說我們希望見到他們二位。」

「哦，親愛的，我向妳保證，我們大家都完全明白的。哈威爾上校是一心想著要去的。」

「妳真的是這樣認為嗎？可是我擔心啊，而且如果他們不去的話，那就太抱歉了。當妳再次見到他們時，妳願意答應我再次向他們提一下這件事嗎？我敢說，妳今天上午還會再見到他們的。妳答應我吧！」

「如果妳希望這樣的話，我答應妳，我一定會這樣做的。查理斯，不管你在什麼地方見到哈威爾上校，請記得把安妮小姐的口信傳達給他。可是說真的，親愛的，妳不需要這麼不安。我敢保證，哈威爾上校是一定會去的。我敢說，溫特沃斯上校也是一樣。」

安妮不能再做什麼了。可是她總是預見會有什麼閃失，給她完全充滿了幸福的心裡帶來一些沮喪。然而，這個念頭不會持續多久。即使溫特沃斯上校本人不來卡姆登巷，她完全可以託哈威爾上校捎一個明確的口信。可是，轉眼間，另外一個讓人煩惱的事情又出現了。查理斯出於真正的關心和善良的天性，想要送她回家，怎麼攔也攔不住。這幾乎是太殘酷了，可是她又不能太不領情。查理斯本來要去一家獵槍店，可他為了陪安妮回家寧可不去那裡。於是安妮就和他一起出發了，表面上裝出一副十分感激的樣子。

當他們走到聯盟大街時，突然聽到身後有急促的腳步聲。而這個聲音有一些耳熟，她聽了一會兒之後，知道後面是溫特沃斯上校。他追上了他們。可是好像又有一點猶豫不決，不知道該陪著他們一起走，還是超到前面去。他一聲不響，只是看著安妮。安妮控制住自己，就讓他那樣看著，可是沒有顯得冷漠。頓時，安妮蒼白的面孔變得緋紅，溫特沃斯的動作也從躊躇不決變得果斷起來。溫特沃斯上校在她旁邊走著。

過了一會，查理斯突然興起一個念頭，就說：「溫特沃斯上校，你要走哪一條路？只是去蓋伊街，還是去城裡更遠的地方？」

「我也不知道。」溫特沃斯上校的回答很讓人驚訝。

「你是不是要走到貝爾蒙特街？是不是要走近卡姆登巷？如果是這樣的話，我就可以毫不猶豫地要求你代我把安妮小姐送到她父親的家門口。她今天上午太累了，走這麼遠的路沒有人陪著送一下可不行。而我，應該到市場巷那個傢伙的家裡去。他有一支非常好的獵槍準備賣出去，答應要給我看一看，他說他要等到最後再打包，這樣就方便讓我看一眼，我要是現在不往回走，就沒有機會了。從他描述的來看，很像我那支二號雙管槍，就是你有一天拿著在溫思羅普附近打獵的那一支。」

這個建議不會有任何異議的。在大家看來，溫特沃斯上校非常有禮貌，非常爽快地答應了。他收斂起笑容，心中卻欣喜若狂。過了半分鐘，查理斯又回到了聯盟街街口，另外兩個人繼續一起往前走。不久，他們經過商量，決定朝比較幽靜的礫石路走去。在那裡，他們可以盡情地交談，讓現在這一刻成為真正的幸福時刻，當以後無比幸福地回憶他們自己的生活時，可以讓這一刻成為永遠難忘的回憶。

於是，他們再次談起當年的感情和諾言，這些感情和諾言曾經一度讓所有的事都顯得萬無一失，但後來卻讓他們分離疏遠了這麼多年。他們再一次回到了過去，對於他們的再一次團聚，也許比他們最開始想像的還要高興、激動。他們的感情更加溫柔，更經得起考驗，更加穩固。他們了解了彼此的性格、忠心和情意，同時也更能表現出來，更有理由表現出來。

最後，他們慢慢地朝著緩坡上爬去，完全不注意周圍的人群，既看不到逍遙漫步的政客、忙碌的女管家和調情的少女，也看不到保母和兒童，只是沉醉在他們自己的回憶和感謝中；特別是相互說明最近發生了什麼情況，這些情況是既讓人覺得痛苦，又讓人有無窮的興趣。上星期一切細小的異常現象全都談過了，一說起昨天和今天，簡直沒完沒了。

安妮沒有看錯他。對艾略特先生的嫉妒成了他前進的阻力，這給他帶來了懷疑和痛苦。他在巴思第一次見到安妮時，這種妒嫉心就開始作怪了，後來收斂了很短的一段時間，接著又回來作怪，破壞了那場音樂會。在最後二十四小時裡，這種妒嫉心左右著他說的每句話，做的每件事，或是讓他什麼也不說，什麼也不做。而這種妒忌心漸漸輸給了更好的希望，她的眼神，她的語言，或她的行為偶爾能激起這種希望。當安妮和哈威爾上校說話時，他聽到了她的意見和語氣，妒嫉心最後終於被克服了，於是他抑制不住內心的激動，抓起一張紙，表達了自己的愛意。

而他信裡所寫的，沒有一點虛言或折扣，他堅持說，除了安妮之外，他沒有愛過其他人。她從來沒有被別人取代過。他甚至認為，他遇過的人當中，沒有人可以和她相比。的確，他不得不承認這樣的事實：他的忠誠是無意識的，或說是無心的。他想像自己可以忘掉她，而且相信自己可以做得到。他以為自己可以滿不在乎，其實他只是生氣。他不能公平地看待她的那些優點，因為他就是那些優點的受害者。現在，在他心裡，她的性格是完美的，既可愛至極，又剛柔適度。

不過他不得不承認：他在萊姆時才開始公正地看待她，也是在萊姆時才開始了解他自己。在萊姆，他受到了不只一種教訓。艾略特先生那一瞬間的傾慕之情至少激勵了他，而他在碼頭上和哈威爾上校家裡見到的情景，就讓他認清了安妮的卓越不凡。

之前，他試圖去追求路易莎．默斯格羅夫（是因為帶著生氣的傲慢），他說他始終覺得那是不可能的，他不喜歡、也不可能喜歡路易莎。雖然直到那一天，直到後來他才想清楚，才認識到安妮那崇高的心靈是路易莎根本不能比的，這顆心牢牢地抓住了他自己的心。從這裡，他認清了堅持原則和固執己見的區別，膽大妄為和冷靜果斷的區別；從這裡，他發現他失去的那個女人的一切，都讓他感到敬佩。他開始懊悔自己的傲慢、愚蠢和滿腹怨恨，由於有這些思想在作怪，等安妮來到他面前時，他又不肯努力去重新贏得她。

從那一個時期開始，他就感到非常愧疚。他不久前才從路易莎出事後的驚恐和悔恨中解脫出來，剛剛覺得自己又恢復了活力，卻又開始認識到，自己雖然有活力卻失去了自由。

他說：「我發現，哈威爾認為我已經訂婚了。不管是哈威爾還是他的妻子，都毫不懷疑我們之間的感情。我非常吃驚，被嚇到了。在某種程度上，我可以立刻表示反對，可是又反過來一想，別人可能也有同樣的看法——她的家庭，不僅如此，也許還有她自己——這事已經輪不到我說了算。如果路易莎有這樣的意願，我在道義上是屬於她的。我太不謹慎了，在這個問題上從來就沒有認真思考過。我沒有考慮到和她們過多的親密接觸會產生很多危險的後果。我沒有權利試圖看看能不能愛上兩姊妹中的一個，這樣做即使不會造成其他惡果，也會引起流言蜚語。我犯了一個嚴重的錯誤，只能自食其果。」

總之，他發現已經太晚了，他已經不能阻止自己了。就在他確信他完全就不喜歡路易莎時，如果她對他的感情真的像哈威爾夫婦所認為的那樣的話，他就必須將自己視為是和她在一起的了。於是他決定離開萊姆，在別的地方等待她完全康復。他很高興採取任何正當的手段，來削弱人們對他現有的看法和揣測，所以他去找他哥哥，打算過一段時間再回到凱林奇，見機行事。

「我和愛德華待了六個星期，看到他很幸福，我不會再有別的快樂了，我不配擁有。他特別向我問起妳的情況，甚至問到妳的相貌有沒有變化。他不會知道，在我眼裡，妳是永遠也不會改變的。」

安妮笑了，沒有回答。他這話雖然說得不對，但是聽起來卻非常順耳，不應該受到責備。一個女人活到二十八歲，還聽人說自己絲毫沒有失去年輕時候的青春魅力，這倒是一種安慰。不過對安妮來說，這種讚美的語言卻具有無法形容的更加重大的意義，因為和他之前的言詞比較起來，她覺得這是他恢復深情厚意的結果，而不是起因。

他一直待在希羅普郡，後悔自己不應該盲目驕傲，不應該失算，後來驚喜地聽到路易莎和本維克訂婚的消息，他立刻從路易莎的約束下解脫出來。

他說：「我糟糕的情況就過去了。現在我至少可以有機會為我的幸福鋪路了。我可以努力，我可以去做點什麼。但是我毫無動作地等待了這麼長的時間，最後只等來了不幸，這真是太可怕了。我一聽到消息之後的第一個五分鐘，就說：『我星期三就到巴思去。』而我也是這樣做的。我認為很值得跑一趟，來時還帶著幾分希望。難道不是情有可原的嗎？妳還是單身，可能像我一樣，還保留著過去的那種感情，剛好我又受到了鼓勵。我絕不懷疑別人會愛妳，追求妳，不過我確知妳至少拒絕過一個條件比我優越的人，我情不由己地常說：『這是為了我吧？』」

他們在米爾薩姆街的第一次見面有很多東西可以談論，不過那次音樂會可談的更多。那天晚上，似乎充滿了奇妙的時刻。一會兒，安妮在八角廳裡走上前去和他說話；一會兒，艾略特先生進來把她拉走了；後來又有一、兩次，忽然又重新浮現出希望，可是突然又更加感到失望。兩個人很熱切地談個不停。

他說：「看到妳，看到妳待在那些不喜歡我的人中間，看到妳的表哥緊挨著妳，不停地說著，笑著，感覺你們真是非常適合的一對啊！再一想，這肯定是那些想左右妳的每個人的心願！即使妳自己心裡不願意，或是不感興趣，想想看他有多麼強大的後盾！這難道還不夠讓我看起來像個傻子嗎？我在一邊看著，怎麼能不痛苦呢？一看見妳的朋友坐在妳後面，一回想起過去的事情，知道她有那麼大的影響力，對她的勸導威力留下了不可磨滅的印象——難道這一切不都對我大為不利嗎？」

安妮回答說：「你應該有所區別，你現在不應該再懷疑我了。事情已經完全不一樣了，而我的年齡也已經完全不一樣了。如果我曾經聽人家錯誤地勸說了一次，做出了讓步，請記住他們那樣勸導是為了讓我更謹慎，不想讓我冒什麼風險。我過去讓步時，我認為那是服從義務，可在這個問題上不能求助於義務。如果我嫁給一個對我無情無意的人，那就可能招致種種風險，違背一切義務。」

「也許我應該充分地相信這些解釋，可是我做不到。我最近才認識了妳的人品，可是我沒有辦法從中得到什麼好處，我無法讓這種認識發揮作用，這種認識早被以前的感情所淹沒，所葬送，這麼多年來，我吃盡了那些感情的苦頭。我一想起妳，就只想到妳屈服了，拋棄了我，妳誰的話都願意聽，就是不願意聽我的話。我看見妳和在那痛苦的歲月裡左右妳的那個人待在一起，我沒有理由相信，她現在的權威不及以前高了，這還要加上習慣勢力的影響。」

安妮說：「我還以為，我對你的態度可以消除你很多、甚至是全部的疑惑。」

「不，不！妳的態度只讓人覺得，妳和另一個男人訂了婚，也就心安理得了。我抱著這樣的信念離開了妳，可我決定還要再見見妳。到了早上，我的精神又振作了起來，我覺得我還應該待在這裡。」

最後，安妮又回到了家，家裡的人誰也想像不出她的快樂。所有的驚訝、疑惑，甚至是痛苦的感覺，在今天早上都已經因為這一次談話而消失了，她帶著快樂的心情回到房間，以至於不得不煞煞風景，頓時擔心這會好景不長。在這欣喜之外，還要防止一切危險的最好辦法，就是懷著幸運的心情，認真地思考一下。於是她來到自己的房間，在欣喜慶幸之餘，變得堅定無畏起來。

夜晚到來了，客廳的燈亮了起來，大家都聚在了一起。所謂的晚會，只不過打打牌而已。客人們當中不是一直未見過面的，就是見得過於頻繁的。真是一次平常的聚會，要親熱一些吧，嫌人太多，要豐富多彩一些吧，嫌人太少。可是安妮再也沒有發現比這個更短暫的夜晚了。她因為心裡高興而顯得容光煥發、可愛風趣，結果比她想像或是期望的還要令眾人讚羨不已。而她對周圍的每個人，也充滿了喜悅和包涵之情。艾略特先生也到了，她盡量避開他，可還是對他帶著同情。沃利斯夫人也來了，她很高興認識他們。達爾林普爾夫人和卡特雷特小姐——她們很快就能成為她不再是可憎的遠親了。她沒有去注意克萊夫人，對她父親和姊姊的公開行為也沒有覺得臉紅。她和默斯格羅夫一家人快樂地交談著，覺得很輕鬆自在。她和哈威爾上校談得很真切，就像兄妹一樣。她試圖和拉賽爾夫人說說話，但幾次都被一種微妙的心理所打斷。她對克洛夫特將軍和夫人表現得更加真誠而有興致，只是出於同樣的微妙心理，千方百計地加以掩飾。她和溫特沃斯上校交談了好幾次，但總是希望再多談幾次，而且總是知道他就在面前。

在一次短暫的接觸中，他們假裝在欣賞豐富多彩的溫室植物，安妮說：「我一直在考慮著過去，想要試著公正地判斷一下自己的對和錯，我的意思是說我自己。我必須認為我是正確的，我過去聽從朋友的勸導，儘管吃盡了苦頭，但還是正確的。將來你會比現在更喜歡我的這位朋友。對於我來說，她就像母親一樣。不過，請你不要誤會我的意思。我並不是說她的勸導沒有錯。這也許就屬於這樣一種情況：只有事情本身可以決定勸導是好還是壞。對於我自己來說，我在任何情況下也不會提出那樣的建議，不過，我的意思是，我聽從她的勸導是正確的，否則，我如果繼續保持婚約的話，那就一定會為放棄婚約而遭受更大的痛苦，因為我會受到良心的責備。而我現在，只要人類的良心允許的話，沒有什麼好責備的。而如果我沒說錯的話，強烈的責任感是女人一份不壞的嫁妝。」

他看著她，又看了看拉賽爾夫人，然後又再看著她，像是陷入了沉思，回答說：「我還沒有原諒她。可是總有一天我還是有希望會原諒她的。我相信我很快就能原諒她了。不過我也想了很多過去的事，有一個問題一直在提醒著我，我是不是有一個比那位夫人更可惡的敵人？我自己。請告訴我：一八〇八年我回到英國，帶著幾千鎊，又被分派到拉科尼亞號上，如果我那時候寫信給妳，妳會回信嗎？總之一句話，妳會恢復婚約嗎？」

「我會嗎？」這就是她的全部回答。不過她的語氣卻很肯定。

他喊著：「上帝啊！妳會的。這倒不是因為我沒有這個想法，或是沒有這個欲望，實際上是因為這件事才是對我其他成功的回報。可是我太傲慢了，不願意再一次求婚。我不明白妳的心意，我閉上了自己的眼睛，不理解妳，或不公正地對待了妳。一想起這件事，我就可以原諒任何人，除了我自己。這可以讓我們不用忍受六年分離的痛苦。一想起這件事，還會給我帶來新的痛苦。我曾經總自以為是地認為自己應該得到我所享受的一切幸福。我總是自恃勞苦功高，理所當然應該得到報答。我要像其他受到挫折的大人物一樣。我一定要努力讓自己的思想服從命運的安排。我必須認清，我比自己應得的幸福還要幸福。」

24

誰會懷疑接下來會發生什麼呢？當兩個年輕人下定了決心要結婚，他們一定會堅定不移地實現這個目標，儘管他們是那樣貧窮，那樣輕率，那樣不可能給對方帶來最終的幸福。得出這樣的結論也許是不道德的，但我相信這是事實。而如果這種人都能獲得成功，那麼像溫特沃斯上校和安妮·艾略特這樣的人，他們的優勢是既有成熟的思想，又懂得自己的權利，還有一筆豐裕的財產，怎麼可能衝不破種種阻力呢？

事實上，他們的確可以衝破比他們遇到的大得多的阻力，因為除了受到一些冷落怠慢之外，他們沒有什麼好苦惱的。沃爾特爵士沒有表示異議，而伊莉莎白只不過是看起來漠不關心。溫特沃斯上校有兩萬五千英鎊的財產，而他在戰場上的行動和能力又把他推上了很高的職位，他不再是一個無名小卒。現在，人們認為他完全有資格向一位愚昧無知、揮霍無度的準男爵提親，這位準男爵既沒有原則，又缺乏理智，不能保持上帝賜予他的地位。他的女兒本來應該分享一萬鎊的財產，可是目前只能給她其中的一小部分。

事實上，沃爾特爵士並不喜歡安妮，而且他的虛榮心也沒有得到滿足，所以他並沒有真心地感到高興，但他卻不認為這樁婚事不配她。剛好相反，當他再多看了看溫特沃斯上校，趁著白天反覆打量，仔細地觀察，不禁對他的外貌稱讚起來，覺得他儀表堂堂，不會有損安妮的高貴地位。所有這一切，再加上他那動聽的名字，最後促使沃爾特爵士欣然拿起筆來，在那卷光榮的家史裡加上這樁喜事。

在所有持反對意見的人當中，唯一讓人相當擔心的就是拉賽爾夫人。安妮知道拉賽爾夫人在認清艾略特先生的本質並且放棄他之後是覺得很痛苦的，她必須要經過一番努力，在真正地了解之後，才能夠公平地對待溫特沃斯上校。無論如何，這正是拉賽爾夫人現在正在做的事情。她必須承認她把這兩個人都看錯了，她被他們的外表蒙蔽了。因為溫特沃斯上校的風度不讓她滿意，她就馬上懷疑他是個性情魯莽而危險的人；因為艾略特先生的舉止穩重得體，溫文爾雅，正合她的心意，她就立即斷定那是他很有教育、見識廣泛的必然結果。拉賽爾夫人不得不承認自己完全錯了，準備樹立新的觀念，新的希望。

有一種人，擁有非常快的感知能力，善於識人，總之是擁有天生的洞察力，別人再有經驗也比不上。在這一點上，拉賽爾夫人就沒有她年輕的朋友能力那麼強。不過，她仍是一個非常優秀的女人，如果說她的第二個目標是要明智一些，能夠明斷是非，那麼她的第一目標就是要看著安妮獲得幸福。她愛安妮勝過愛她自己的才智。於是，當一開始的尷尬消失之後，她覺得對於那個能給她的教女帶來幸福的人，並不難像慈母般地加以疼愛。

而在所有的家人當中，瑪麗也許是對這件事最滿意的一個了。有一個姊姊要出嫁，這是一件很好的事情。她得意地認為：全靠她讓安妮在秋天去陪伴她，才促成了這門親事。她自己的姊妹總比她丈夫的姊妹要好，而且她也很高興溫特沃斯上校要比本維克上校和查理斯．海特更富有。也許她心裡還有一點事情感到難受，那就是當他們重新接觸時，她看到安妮又多了個優勢，成為一輛十分漂亮的四輪小馬車的女主人。可是當她看得再遠一些時，她又感到莫大的安慰，安妮將來沒有厄波克勞斯葛瑞特大宅，沒有地產，不能成為一家之主。只要溫特沃斯上校當不成準男爵，她就不願意和安妮換位置。

如果那位大姊也能如此滿意自己的處境，那就好了，因為她的處境不太可能發生變化。很快的，她就羞辱地看到艾略特先生離開了。她本來捕風捉影地對他抱著希望，現在希望破滅了，而且以後再也沒有遇見一個條件合適的人，來喚起她的這種希望。

艾略特先生突然聽到他的表妹安妮訂婚的消息，覺得非常吃驚。因為這樣，他那尋求家庭幸福的美妙計畫破產了，原以為自己會成為女婿，就可以阻止沃爾特爵士再娶的美夢也破滅了。不過，他雖然受到了挫敗，感到失望，但他仍然有辦法謀求自己的利益和享受。他很快離開了巴思。克萊夫人之後也很快離開了，之後就聽說她在倫敦，成了他的情婦。很顯然，艾略特一直在耍弄兩面手法，起碼他確實下定了決心不能讓一個狡黠的女人毀了他的繼承權。

克萊夫人的感情戰勝了她的利欲，她為了一個年輕男人的追求而做出了犧牲，放棄了她本來可以繼續對沃爾特爵士的追求。不過，她不但很有感情，而且還很聰明。他們兩個狡猾人究竟誰會取得最後的勝利，艾略特先生在阻止她成為沃爾特爵士夫人以後，他自己是不是會被連哄帶騙地最終娶她做威廉爵士夫人，這在現在還是一個謎。

毫無疑問，沃爾特爵士和伊莉莎白都感到很震驚，為他們失去了一個朋友並且一直受她的蒙蔽而感到很羞愧。當然，他們可以到那個尊貴的表親那裡尋求安慰，但是他們總會感到，只是奉承和追隨別人，而受不到別人的奉承和追隨，那只有獲得一半的樂趣。

而安妮，在拉賽爾夫人開始覺得自己應該喜歡溫特沃斯上校時，她就感到很滿意了。而現在，沒有什麼原因可以阻止她的幸福，唯一的遺憾是，她覺得自己的親戚當中，沒有一個是值得有頭腦的人交往的，沒有一個人可以和她的丈夫來往。他們在財產上的懸殊倒無所謂，完全不讓她感到後悔。她在他哥哥、姊姊家裡被尊為上賓，受到熱情的歡迎，可是她卻沒有個家庭可以得體地接待他，如實地評價他，無法給他提供一個可以體面、融洽、和善地來往的地方，這讓她在本來非常幸福的情況下感到痛苦。在這個世界上，她只能為他提供兩個朋友，那就是拉賽爾夫人和史密斯夫人。不過，他還是很願意認識這兩位朋友。拉賽爾夫人，儘管以前有過這樣、那樣的過失，但他現在卻能發自內心地敬重她。他雖然還用不著說什麼他認為她過去把他們拆散是對的，但是別的恭維話他幾乎都願意說。至於史密斯夫人，由於種種理由，很快就受到他始終不渝的尊崇。

由於史密斯夫人幫了安妮一個很大的忙，安妮和溫特沃斯上校結婚後，她不但沒有失去朋友，反而獲得了兩位朋友。溫特沃斯上校幫助她重新獲得她丈夫在西印度群島的那筆錢，他幫她寫信，做她的代理人，真的是一個勇敢的男子漢和堅定的朋友。經過他的努力斡旋，幫助史密斯夫人克服了案情中的種種細小困難，充分報答了她給予他妻子的幫助。

史密斯夫人的快樂，不會因為增加了收入，改善了健康，以及認識了經常來往的朋友而有所影響，因為她快樂、爽朗的性格並沒有改變。只要這些優點還繼續存在，她甚至可以藐視更多的榮華富貴。她即使非常有錢，身體也非常健康，也還是會高高興興的。她幸福的源泉在於她總是很有興致，就像她朋友安妮的幸福源泉在於她熱情的內心。

安妮的溫柔全部來自溫特沃斯上校對她的愛。他的職業是安妮的朋友們唯一擔憂的，就怕將來打起仗來會給她的歡樂帶來陰影，所以希望她少幾分溫柔。她為成為海軍軍官的妻子而感到光榮，可是，既然是這種職業，她就必須付出代價，如果發生戰爭，她就必定得跟著擔心受怕。其實，那些人如果辦得到的話，他們在家庭方面的美德要比為國效忠來得更卓著。

延伸閱讀

《傲慢與偏見》

（珍．奧斯汀）

故事的女主角伊莉莎白．班奈特出身於小鄉紳家庭，有四個姊妹，姊姊珍、妹妹瑪莉、凱蒂和莉蒂亞。姊妹五人單調且略顯平靜的生活，伴隨著兩個年輕小伙子的到來而泛起無可平滅的波瀾。健康向上的賓里和富家子達西是一對要好的朋友，在認識了鎮上班納特家的這「五朵金花」之後，一段美麗而飽含「傲慢與偏見」的愛情故事就此展開。

這位富豪子弟達西在短暫的交往中，深深愛上了美麗的伊莉莎白。並且不顧門第和財富的差距，勇敢地向她求婚，卻遭到無情的拒絕。

伊莉莎白對他的誤會和偏見是有原因的，因為出身富貴的達西經常表現出不可一世的傲慢，這讓正直善良的伊莉莎白非常討厭。而且她錯誤地認為姊姊和賓里的婚事是由於達西的阻撓而告吹，所以更加厭惡這個人。

但是經過一段時間的了解之後，漸漸地，伊莉莎白發現並親眼看到達西為人處世的善良，他一連串的所作所為，一改過去那種驕傲自負的態度，從而，伊莉莎白對他的誤會和偏見也逐漸消失，成就了一段美滿的姻緣，姊妹們也各自得到想要的甜蜜生活……

此書堪稱奧斯汀最出名的作品，是她關於婚姻、家庭、生活、情感的代表作，被譯成多國文字廣泛流傳。

《漂》

（瑪格麗特．米切爾）

這本書反應的背景雖然在地域上和《勸導》不同，但同樣是描述在特定歷史時期的曲折愛情故事。兩書最大的相同點是對女主角的刻畫細緻生動，且注重於描繪女主角內心自我發現的過程，故事情節完整，在文學史上具有深遠的意義和影響。

思嘉是一個美麗、大膽、自信、外向的女孩，她出生在亞特蘭大一個普通的農場主家庭，原本過著幸福的生活，有著自己心靈深處的愛人。無奈南北戰爭爆發，所有人的生活都被打亂。思嘉在前後嫁過三任丈夫，歷經戰爭的硝煙摧殘與親人離世的悲痛之後，終於在生活中找到自己的真愛和嚮往……

傲慢與偏見

——無關對與錯的真摯情愛

頁數：400　定價：249元

一再被改編成電影、電視影集播出，同時被視為永恆的愛情經典、影響女性最大的文學作品，更被列為世界十大小說之一！

珍・奧斯汀以其細膩而獨到的筆觸，極盡幽默、機智、諷刺之能事，鮮活刻畫了故事中的人物及情節。讓我們從理性束縛中看見了最真實的人性心理，感動之餘，我們可以說——這部十九世紀的愛情小說，依然撼動這一世紀的人心！

PRIDE AND PREJUDICE

曼斯菲爾莊園

——美麗心靈與純潔愛情

頁數：528　定價：350元

愛情要以理智為基礎，更要重視心靈之美！

芬妮出身貧寒，卻始終懷抱一顆善良的心。對於愛情，芬妮重視的不是金錢，而是人品和心靈，在情愛糾葛中，她始終立場堅定，終於以純潔、高尚贏得真愛的眷顧。

珍・奧斯汀以細膩的筆觸，描寫平凡生活的各種情節與感受，不僅真實表達了傳統美德的重要性，更以發生在曼斯菲爾莊園的愛情故事，溫柔詮釋愛的本質，演繹出愛的真諦。

MANSFRELD PARK

理性與感性

——平凡且細緻的情愛風景

頁數：368　定價：249元

在珍・奧斯汀看來，只有男女彼此平等、尊重、相愛的婚姻才是合乎人性和道德的，這樣的婚姻才會有幸福，女性和男性具有平等的追求愛情的權利，並把自己對戀愛婚姻的理想寄託於她的小說中。

英國文藝評論家安・塞・布雷德利說：「珍・奧斯汀有兩個明顯的傾向，她是一個道德家，同時是一個幽默家，這兩個傾向經常混同在一起，甚至是完全融合的。」

《理性與感性》是珍・奧斯汀的第一部小說，它開創了作者獨特的幽默風格——模仿加反諷的諷刺風趣手法，寫作技巧已相當成熟，筆法樸實、細膩，故事情節構思巧妙，結局給人以出乎意料的喜劇效果。

SENSE AND SENSIBILITY

艾瑪

——一部浪漫逗趣的愛情喜劇！

頁數：512　定價：350元

在亂點鴛鴦的愛情輕喜劇裡，有著更深刻的人性刻劃！

《艾瑪》是珍・奧斯汀後期的作品，當時她的寫作技巧已達相當水準，在看似平淡的敘述中，卻撞擊出一個又一個的火花，牽引著讀者思緒。

《艾瑪》延續了奧斯汀的一貫風格，故事發展圍繞著女主角對伴侶的選擇展開，並從側面反映了當時英國的社會現實。當時女性的擇偶標準不是以感情來衡量，而是以尋求未來的經濟保障、提高社會地位為目的。但女主角艾瑪卻想擺脫世俗標準，力圖與男子在思想、情感上有平等的理解與溝通，堅持自由選擇伴侶的權利，無異刻畫出奧斯汀內心要求社會地位平等的吶喊。而內容獨具匠心，穿插了諸多喜劇元素，使作品樸實幽默而不拘謹，引人入勝。

EMMA

國家圖書館出版品預行編目資料

勸導 / 珍．奧斯汀(Jane Austen)著. -- 初版.
-- 臺北縣板橋市：雅書堂文化, 2009.10
面；　公分
譯自：Persuasion
ISBN 978-986-6648-89-2(精裝)

873.57　　98016945

【文學菁選】24

勸導　Persuasion

作　　者／珍．奧斯汀
譯　　者／張瑋玲
總 編 輯／蔡麗玲
副總編輯／劉信宏
執行編輯／莊麗娜
編　　輯／方嘉鈴
特約編輯／黃建勳
封面設計／林佩樺
內頁設計／林佩樺
出 版 者／雅書堂文化事業有限公司
發 行 者／雅書堂文化事業有限公司
郵撥帳號／18225950　　戶名：雅書堂文化事業有限公司
地　址／台北縣板橋市板新路206號3樓
電　話／(02)8952-4078
傳　真／(02)8952-4084
網　址／www.elegantbooks.com.tw
電子郵件／elegant.books@msa.hinet.net

總　經　銷／朝日文化事業有限公司
進退貨地址／235台北縣中和市橋安街15巷1號7樓
電　　話／Tel：02-2249-7714　傳真／Fax：02-2249-8715
2009年10月初版一刷　定價／300元

星馬地區總代理：諾文文化事業私人有限公司
新加坡／Novum Organum Publishing House (Pte) Ltd.
20 Old Toh Tuck Road, Singapore 597655.
TEL：65-6462-6141 FAX：65-6469-4043
馬來西亞／Novum Organum Publishing House (M) Sdn. Bhd.
No. 8, Jalan 7/118B, Desa Tun Razak,56000 Kuala Lumpur, Malaysia
TEL：603-9179-6333 FAX：603-9179-6060